U0114451

英語認知語法：結構、意義與功用

（下集）

湯 廷 池 著

臺灣 學 生 書 局 印行

獻給愛兒志理

湯 廷 池 教 授

著者簡介

湯廷池，臺灣省苗栗縣人。國立臺灣大學法學士。美國德州大學（奧斯汀）語言學博士。歷任德州大學在職英語教員訓練計劃語言學顧問、美國各大學合辦中文研習所語言學顧問、國立師範大學英語系與英語研究所、私立輔仁大學語言研究所教授、《英語教學季刊》總編輯等。現任國立清華大學外語系及語言研究所教授，並任《現代語言學論叢》、《語文教學叢書》總編纂。著有《如何教英語》、《英語教學新論：基本句型與變換》、《高級英文文法》、《實用高級英語語法》、《最新實用高級英語語法》、《英文翻譯與作文》、《日語動詞變換語法》、《國語格變語法試論》、《國語格變語法動詞分類的研究》、《國語變形語法研究第一集：移位變形》、《英語教學論集》、《國語語法研究論集》、《語言學與語文教學》、《英語語言分析入門：英語語法教學問答》、《英語語法修辭十二講》、《漢語詞法句法論集》、《英語認知語法：結構、意義與功用（上集）》、《漢語詞法句法續集》、《國中英語教學指引》、《漢語詞法句法三集》、《漢語詞法句法四集》、《英語認知語法：結構、意義與功用（中集）》、《漢語詞法句法五集》、《英語認知語法：結構、意義與功用（下集）》等。

語文教學叢書緣起

現代語言學是行爲科學的一環，當行爲科學在我國逐漸受到重視的時候，現代語言學卻還停留在拓荒的階段。

爲了在中國推展這門嶄新的學科，我們幾年前成立了「現代語言學論叢編輯委員會」，計畫有系統地介紹現代語言學的理論與方法，並利用這些理論與方法從事國語與其他語言有關語音、語法、語意、語用等各方面的分析與研究。經過這幾年來的努力耕耘，總算出版了幾本尙足稱道的書，逐漸受到中外學者與一般讀者的重視。

今天是羣策羣力 和衷共濟的時代 ， 少數幾個人究竟難成「氣候」。爲了開展語言學的領域，我們決定在「現代語言學論叢」之外，編印「語文教學叢書」，專門出版討論中外語文教學理論與實際應用的著作。我們竭誠歡迎對現代語言學與語文教學懷有熱忱的朋友共同來開拓這塊「新生地」。

語文教學叢書編輯委員會　謹誌

「現代語言學論叢」緣起

語言與文字是人類歷史上最偉大的發明。有了語言，人類才能超越一切禽獸成爲萬物之靈。有了文字，祖先的文化遺產才能綿延不絕，相傳到現在。尤有進者，人的思維或推理都以語言爲媒介，因此如能揭開語言之謎，對於人心之探求至少就可以獲得一半的解答。

中國對於語文的研究有一段悠久而輝煌的歷史，成爲漢學中最受人重視的一環。爲了繼承這光榮的傳統並且繼續予以發揚光大起見，我們準備刊行「現代語言學論叢」。在這論叢裏，我們有系統地介紹並討論現代語言學的理論與方法，同時運用這些理論與方法，從事國語語音、語法、語意各方面的分析與研究。論叢將分爲兩大類：甲類用國文撰寫，乙類用英文撰寫。我們希望將來還能開闢第三類，以容納國內研究所學生的論文。

在人文科學普遍遭受歧視的今天，「現代語言學論叢」的出版可以說是一個相當勇敢的嘗試。我們除了感謝臺北學生書局提供這難得的機會以外，還虔誠地呼籲國內外從事漢語語言學研究的學者不斷給予支持與鼓勵。

湯 廷 池

民國六十五年九月二十九日於臺北

自序

《英語認知語法：結構、意義與功用(下集)》收錄從一九九二年六月初到一九九三年五月底這段期間發表或完成的有關英語語法的文章六篇。本來發排的文稿不止這些，但是出版書局認爲一本書的厚度以不超過三百五十頁爲宜，所以只得挑選較早排完的六篇。本來還計畫在本集裡附錄上、中、下三集的英漢術語對照與索引，也基於篇幅的顧慮而打消，敬請讀者原諒。第一篇〈對比分析與語言教學〉，全文共五十八頁；在扼要介紹對比分析的基本概念與理論基礎之後，針對詞彙(合成詞與複合詞)、句法(詞序)以及語意與語用(時制與動貌)提出英語與華語的對比分析，並舉例討論如何把對比分析的成果應用到語言教學上面來。

第二篇〈語言分析與英語教學〉，全文共二十九頁；除了強調語言分析對語言教學的重要性以外，並針對英語的「一類詞綴」與「二類詞綴」、「阻碍現象」、「動態動詞」與「靜態動詞」、「受事效應」等問題討論如何從看似雜亂無章的語言現象中尋找出簡單明白的規律來。

第三篇〈再談語言分析與英語教學：英語動詞的分類與功能〉，全文共一百零八頁；根據語意內涵與句法功能討論英語動詞的分類，包括「事態動詞」、「行動動詞」、「完成動詞」、「終結動詞」、「事實動詞」、「準事實動詞」、「反事實動詞」、「斷定動詞」、「非斷定動詞」、「含蘊動詞」、「非含蘊動詞」、「否定含蘊動詞」、「情意動詞」、「非情意動詞」、「言狀動詞」、「橋樑動詞」、「提升動詞」、「例外格位指派動詞」、「控制動詞」、「作格動詞」、「中間動詞」、「心理動詞」、「非賓位動詞」等二十多種，中間還介紹了不少當代英語語法理論的分析與研究成果。

第四篇〈對比分析與語法理論：「X標槓理論」與「格位理論」〉，全文共七十頁；從「原則參數語法」的觀點，特別是「X標槓理論」與「格位理論」的觀點，探討英語、日語、漢語三種語言之間有關名詞組、動詞組、形容詞組(含連詞組)、小句子、大句子等結構與詞序的對比分析，文中還扼要討論原參語法的基本概念與原則系統，對於主修英語、日語與漢語的讀者提供了學習當代語法理論與對比分析的機會。

第五篇〈大學入學考試英文科試題：檢討與建議〉，全文共四十八頁，討論如何評鑑並設計大學入學考試的英文試題，討論的內容包括測驗的用途與種類(「診斷測驗」、「進步測驗」、「成就測驗」、「甄別測驗」)、「主觀測驗」與「客觀測驗」、「分項題目」與「成段題目」、「追憶測驗」與「認識測驗」、「速度測驗」與「能力測驗」、「分項測驗」與「整體測驗」、「語言能力」與「語言表現」、「範疇上的錯誤」與「型態上的錯誤」、測驗的「效度」與「信度」、「題目分析」與「鑑別力」、命題基本原則、試題類型與命題注意事項等。

第六篇〈語言學與語文教學的回顧與展望〉，全文共三十一頁；回顧近三十年來的國內英語教學的發展與語言學的興起，並討論語言學的興起與推廣對於國內英語教學所產生的影響、當前英語教學所面臨的問題、國內語言學教育的現況、語言學與文學之間的聯繫、以及未來的展望。

本來答應讀者要把上集裡〈英語情態動詞的形態、意義與用法〉這一篇文章再加以補充，並附上參考文獻。但是書局的意見還是本書的頁數不宜過多，連〈語法理論與對比分析：「X標槓理論」〉與〈語法理論與對比分析：「格位理論」〉這兩篇文章都被迫合併爲一篇。這裡再向讀者致歉。

本書的上集是愛兒志理五週忌那一年出版的，又過了五年終於完成了中、下兩集。對他的思念，不但沒有因爲十年的歲月而沖淡，反而與時俱增。從小他就酷愛駿馬的優雅與高貴，平時愛畫奔馳著的馬，四歲生日，他要我買一匹馬做爲生日禮物。當我面有難色地告訴他養馬不但需要場地且要飼料的時候，他竟然天眞地問我：「我們家後院不是很大嗎？不是長著好多草嗎？」。他最後一次跟我跑步是在成功大學的運動場上。陪我跑了十圈四百公尺以後，他就覺得累了，便坐下來休息。但是當我跑十公里最後五圈的時候，他還是奮勇地站起來陪我跑完，並誇我說：「爸，你眞不錯！」。十年來，每逢電視銀幕上出現馬的時候，他那天眞無邪的表情就會浮現在眼前，並令我後悔當時爲什麼沒有給他買一匹小馬。十年來，在國內外各個地方跑步的時候，我會不時地抬頭仰望天空，因爲白雲深處我依稀看到他的笑臉，依稀地聽到他在喊爸爸加油。

湯　廷　池

一九九三年七月二日志理十週年忌

英語認知語法：
結構、意義與功用
（下　集）

目　錄

分析篇

應用篇

對比分析與語言教學

(Contrastive Analysis and Language Teaching)

一、前　言

凡是從事語言教學的人，無論是教中國人學習外語或是教外國人學習華語，都會發現學生常在不知不覺中把本國語的語言習慣搬到外國語的學習上面來。這種「遷移」(transfer) 的現象，可以從發音、用詞、造句、甚至文化背景與生活習慣等各方面觀察得出來。

以發音爲例，年紀大一點的本省人常把英語的 'O. K.' 〔ou

kei〕說成〔ɔ: ke:〕，就是表示音階的'do rei mi'〔dou rei mi:〕也常讀成〔dɔ: re: mi:〕。這是因爲閩南語的語音系統中只有長元音的〔ɔ:〕與〔e:〕，而沒有雙元音的〔ou〕與〔ei〕；所以〔ou〕與〔ei〕的音分別聽成〔ɔ:〕與〔e:〕，發音的時候也就變成〔ɔ:〕與〔e:〕。又如英語的「音節類型」(syllable pattern) 可以用'C_0^3 V C_0^4'的符號來表示；也就是說，主要元音'V'的前面最多可以有三個輔音'C'❶，而後面則最多可以有四個輔音❷。因此，英語裡允許〔strɛŋkθs〕('strengths')這樣相當複雜的音節結構。另一方面，華語的音節類型則可以用'C_0^2 V C_0^1'的符號來表示；也就是說，主要元音的前面最多只可以有兩個輔音❸，而後面則最多只可以有一個輔音❹。結果，華語裡最複雜的音節結構

---

❶ 根據英語音節的「音組論」(phonotactics)，在主要元音前面連續出現三個輔音的時候，第一個輔音一定是〔s〕，第二個輔音必須是「清塞音」(voiceless stop)〔p,t,k〕，而第三個輔音則是「流音」(liquid) 的〔l,r〕或「滑音」(glide) 的〔j, w〕；如'splash, strain, scrap, spew, square'等。可見，音節裡音的組合，不是個別「音素」(phoneme) 與音素之間的組合，而是「自然音類」(natural class) 與自然音類之間的組合。

❷ 這裡的輔音，除了絕對輔音或「阻音」(obstruent) 以外，還包括「滑音」(亦稱「半元音」(semi-vowel)、「流音」、「鼻音」(nasal) 等「響音」(sonorant)。

❸ 根據華語音節的音組論，在主要元音前面連續出現兩個輔音的時候，第二個輔音一定是「滑音」〔j,w,y〕，傳統的漢語音韻學稱爲「介音」(medial) 或「韻頭」以資與第一個輔音的「聲母」(initial consonant) 區別。

❹ 在北京話裡只有「鼻音」〔n, ŋ〕、「滑音」(即「半元音」)〔i ,u〕與「兒化音」(retroflex)〔r〕。在其他方言（如閩南話）裡還可能出現「鼻音」的〔m〕與「淸塞音」(voiceless stop)〔p, t, k〕。傳統的漢語音韻學把這些音統稱爲「韻尾」(ending)。

也不過是〔njau〕（'鳥'）或〔çuen〕（'勸'）等。這個音節結構上的差異可以說明爲什麼中國人常無法把英語裡兩個或兩個以上的「輔音羣」(consonant cluster)，特別是出現於元音後面的輔音羣，聽清楚或發清楚。再說「語調輪廓」(intonation contour) 而論，英語的選擇問句'Are you going today or tomorrow?'把前一個選擇'today'讀成「升調」(rising tone；即'↑')，而把後一個選擇'tomorrow'讀成「降調（falling tone；即'↓'）。但是在與此相對的華語選擇問句'您是今天去呢，還是明天去呢？'却前後兩個選擇'今天去呢'與'明天去呢'都讀成升調。因此中國人常把前後兩個選擇都讀成升調而說成'Are you going today or tomorrow?'❺。

在詞彙方面，華語不分動物或禽鳥的嘴都可以統稱爲'嘴'❻，也不分人、野豬或大象的鼻子都可以一律統稱爲'鼻子'；但是英文却分別以'mouth'與'beak'來區別'動物的嘴'與'禽鳥的嘴'，而分別以'nose'，'snout'與'trunk'來區別'人的鼻子'、'野豬的鼻子'與'大象的鼻子'。這些詞彙的用例顯示：就某些語意概念而言，英語的詞彙比華語的詞彙做更爲細緻的分類。另一方面，華語的'關門、合書、閉眼睛'裡三種不同的動詞'關、合、閉❼都在英語的'close {the door/the book/the eyes}'裡一律以

---

❺ 選擇問句的'Are you going today or tomorrow?'還以讀成「是非問句」(yes-no question) 的'Are you going today or tomorrow?'，相當於華語的'你是今天或是明天去嗎？'

❻ '嘴'可以指'獸嘴'或'鳥嘴'，但是'嘴巴'却多用來指人的嘴。

❼ 華語動詞'閉'在文言或書面語裡也可以與'門'連用(如'閉門造車'、'閉門謝過')，但是在現代華語裡則多與'眼睛'或'嘴(巴)'連用。

動詞 'close'來取代；而華語的'戴帽子、穿鞋子、佩項鍊、擦口紅、留鬍子、帶(著)笑容'裡六種不同的動詞'戴、穿、佩❽、擦、留、帶'都在英語的'wear {a hat/shoes/a necklace/lipstick/moustache/a smile}'裡一律以同一個動詞'wear'來取代。因此，就這些用例而言，華語的詞彙比英語的詞彙做更爲明確的區別。華語與英語詞彙上的不同，不僅顯示於詞義內涵上的區別，而且也表現於句法功能上的差異。例如，英語的'envy'與'forgive'都屬於「雙賓動詞」(double-object verb; ditransitive verb) 而可以帶上雙重賓語如'John envied *Dick* {*his beautiful girl friend/the reputation he had attained*}'與'Please forgive *us our sin*'。但是與英語動詞'envy'與'forgive'相對應的華語動詞'羨慕'與'原諒'却只能做爲「單賓動詞」使用，也就是說不能同時帶上兩個賓語；例如，'老張羨慕{老李(的)漂亮的女朋友/老李所贏得的名氣}'與'請原諒我們的罪'。又英語的子句有「限定子句」(finite clause) 與「非限定子句」(non-finite clause) 之分，而華語却沒有這種「時制」(tense) 上的區別。因此，中國人常受華語裡'請你原諒我沒有早一點寫信給你'的影響，而把英語的 'Please forgive me *for not having written to you sooner*' 說成 '*Please forgive me *that I haven't written to you sooner*'。

在句法方面，華語是沒有「屈折變化」(inflection) 的「孤立性語言」(isolating language) 或「分析性語言」(analytical

---

❽ '佩項鍊'也可以說成'戴項鍊'。

language)；既沒有名詞或動詞的詞尾變化，更不發生主語名詞與述語動詞之間的「呼應」(concord) 或「一致」(agreement)的問題。因此，中國學生常把英語的'He *has* a lot *books*'說成'*He *have* a lot of *book*'，並且對於'You *could have been staying* with us'這種比較複雜的動詞形態的意義與用法感到困難。又在華語句法裡，表示承接的「連接副詞」(conjunctive adverb)'那麼'、'{但/可/却}(是)'與'所以'可以分別與從屬連詞'如果'、'雖然'與'因爲'等連用，因而產生'**如果**你明天要去，**那麼**我也要去'、'**雖然**他有錢，**但是**他並不快樂'以及'**因爲**我很忙，**所以**我不能去'這樣的句子。另一方面，在英語句法裡，從屬連詞'if'與'though'固然可以分別與連接副詞'then'與'yet'連用，但是從屬連詞'though'與對等連詞'but'以及從屬連詞'because'與對等連詞'so'却不能彼此連用。初學英語的我國學生，並不了解這種從屬連詞、對等連詞以及連接副詞之間的區別與連用限制；因此，不但把華語裡從屬連詞與連接副詞的連用關係(如'如果…，那麼…'、'雖然…，但是…'、'因爲…，所以…'等)遷移到英語裡從屬連詞與連接副詞之間的連用(如'*If* you are going tomorrow, (*then*) I'll go, too'、'*Though* he is rich, (yet) he is not happy')來，而且還錯誤地引伸到從屬連詞與對等連詞之間的連用(如'*Though* he is rich, (*but*) he is not happy'、'*Because* I am busy, (*so*) I can't go')上面來。另外，除了少數例外[9]以外，華語的從屬子句都

[9] 例如在西語句型的影響之下出現於句尾的'……，如果……(的話)'與'……，除非……'。

出現於主要子句的前面（如'**他來見我的時候**，我正在睡覺'）。但是英語的從屬子句則不但可以出現於主要子句的前面（如'*When he came to see me,* I was sleeping'）來充當「修飾整句的狀語」（sentential adverbial），還可以出現於主要子句的後面（如'I was sleeping *when he came to see me*'）來充當「修飾謂語的狀語」（VP adverbial），並且以逗號的有無來區別這兩種狀語⑩。

除了語音、詞彙與句法上的差別以外，我們也應該注意到文化背景與生活習慣上的不同。例如，在英美社會裡送禮物的人常說'I've brought you a nice present. I'm sure you'll like it'這樣的話來强調帶來的禮物眞不錯；而得到禮物的人也常當場拆開禮物並說'This is really nice'甚或'This is just what I've been looking for'這類話來表示欣賞。相反地，在我國社會裡送

---

⑩ 修飾整句的從屬子句也可以出現於主要子句的後面，並以逗號來與主要子句劃開。例如，下面 (i) 與 (ii) 的含義並不盡相同。'because he has to take a make-up examination tomorrow'在 (i) 的例句裡充當修飾謂語的狀語，整句話可以用來做爲問句'Why is he working so hard?'的答句。另一方面，同樣的從屬子句却在 (ii) 的例句裡充當修飾整句的狀語，而可以做爲'What is he doing?'的答句。試比較：

(i) He is studying because he has to take a make-up examination tomorrow.

(ii) He is studying, because he has to take a make-up examination tomorrow.

由從屬連詞'because'引導而表示理由（因而可以用對等連詞'for'取代）的從屬子句也可以出現於主要子句的後面充當修飾整句的狀語，例如：

(iii) (I know that) they are not at home, because all the lights in the house are out.

禮的人却常說'這是小意思，希望您肯收下'這樣的客套話；而收禮的人也禮尙往來地以'那怎麼好意思，眞不敢當'這類話來客套一番，而且很少當場拆開禮物來看。又如英美人士遇到有人稱讚你的時候，都會大大方方地以'Thank you'來接受讚美，而國人却常以'那裡，那裡'或'僥倖，僥倖'來謙虛一番。再如在注重個人隱私的英美社會裡，打聽對方的年齡、收入或衣物價格等都一律視爲社交上的禁忌，而在我國社會裡却常有人犯這樣的禁忌。有時候，連打一個手勢都會引起一場誤會。例如，美英人常以手掌向下而手指上下擺動的手勢來表示要人走開或再見。但是中國人却以同樣的手勢⓫來表示請人過來。英美人在請人過來的時候所用的手勢是：手掌向上而把大拇指以外的四隻手指(或單獨把食指)向內彎曲。但是依中國人看來，這樣的手勢(尤其是食指單獨向內彎曲)並不雅觀，甚至有受侮辱的感覺。

二、對比分析

在兩種或兩種以上的語言之間，就其語音、詞彙、句法、語意、語用、文化背景等結構上的異同做有系統的分析與比較，叫做「對比分析」(contrastive analysis)，研究對比分析的學問就叫做「對比語言學」(contrastive linguistics)。對比分析對於語言教學的重要性，早爲語言學家與語文教師所承認，因爲

⓫ 嚴格說來，英美人是把手指由下而上地上下擺動，而中國人是把手指由上而下地上下擺動。但是由別人看來，這兩種手勢在外表上是完全一樣的。

對比分析可以對預測學生的學習困難、分析學生的錯誤原因⑫以及如何設計經濟有效的練習等提供很有價值的資訊。例如，Fries (1945:9) 就曾說：最有效的語言教材是把所要學習的語言客觀而科學地加以描述，並與學生母語客觀而科學的描述加以仔細比較後得來。Lado (1957:2) 更指出：一般說來，如果母語與外語的語言特徵相似，那麼因爲許多母語的語言習慣都可以直接遷移到外語上面來，所以學習的困難較少。反之，如果母語與外語的語言特徵相差太大，那麼由於母語語言習慣的可能干擾，學習外語時所遭受的困難也就較大。又 Carroll (1968) 認爲對比分析有「詮釋」(explanatory) 與「預測」(predictive) 兩種功用；而 Catford (1968) 則認爲對比分析只有詮釋的功用，至於預測的功用則必須依賴「錯誤分析」(error analysis)。下面就以華語與英語的對比分析爲例，介紹對比語言學的理論、方法與應用。

三、對比分析的理論基礎

在五〇年代從事語言教學的人，特別是受「結構學派語言學」(structural linguistics) 影響的學者與教師，過分強調語言與語言之間的差異；Joos (1958:96) 甚至認爲"語言與語言之間可能有無限的無法預測的差異"。因此，這些人常主張盡量避免母

⑫ 學生在語言學習上的錯誤可能來自母語語言習慣的干擾，也可能導因於「目標語言」(target language) 本身的難度與問題。前一種錯誤可以利用「對比分析」來處理，而後一種錯誤則可以借助於「錯誤分析」(error analysis) 來解決。

語的使用，藉以防止母語習慣的可能干擾。到了六〇年代「變形衍生語法理論」(transformational-generative theory）興起，許多語言學家與教師却認爲：結構學派針對傳統文法在拉丁文法的間架上建立各國語言的缺失而强調個別語言之間的差異，未免矯枉過正；因爲個別語言之間相異之處雖多，但是相似之點亦不少。母語與外語之間的差異，固然可能產生「負面的遷移」(negative transfer) 而干擾外語的學習，但是兩種語言在結構與功能上的相同或相似也可能促成「正面的遷移」(positive transfer) 而有助於外語的學習。因此，我們一方面要設法讓學生警覺母語習慣負面的遷移，讓他們有知有覺地防止這種遷移的干擾；另一方面也應該設法讓學生利用母語習慣正面的遷移，教他們從母語中既有的語言結構與功能去了解，甚至去預測，外語裡可能存在的語言結構與功能。

以往從事對比分析的人，很少就兩種或兩種以上的語言之間的結構與功能上的異同做全面而有系統的分析或比較，而只是做零零碎碎、片片斷斷的描述而已。結構學派盛行時期的對比分析，所注重的多半是句子的表面形態(特別是詞類形態與詞序先後)的比較。自從變形衍生語法理論提出「深層結構」(deep structure) 與「表面結構」(surface structure) 的區別以及聯繫這兩種結構的「變形規律」(transformational rule) 以後，對比分析的研究對象更進一步擴大到了深層結構與變形規律。根據此一語法理論，深層結構代表句子的語意內涵，人類所有自然語言的深層結構可能極爲相似。表面結構則指句子的表面形態，個別語言在表面結構上的差異可能相當大。這種表面結構上的差異是由於變形規律的適用而產生的。因此，對比分析的重點曾有一段時間移到變形規律的內容，期以了解個別語言如何從極爲相似的深層結構變成差異很大的表面結構⑬。但是「標準理論」(standard theory) 底下的變形衍生語法，變形規律的「描述能力」(descriptive power) 過分强大⑭。這種强有力的變形規律可以把任何形態的深層結構轉變爲任何形態的表面結構；如此，等於把變形規律的經驗內涵空洞化了，變形規律的比較也就失去了原有的意義。經過不斷的修正與改進，衍生變形語法演變成今天的「原則參數語法」(Principles-and-Parameters Approach；簡稱「原參語法」(PP-approach))。根據原參語法，語言或「語言能力」(language faculty) 主要由「詞彙」(lexicon) 與「運算系統」(computational system) 兩大部門而成。詞彙是個別「詞項」(lexical item) 的總和；每一個詞項都可以視爲「語意」(semantic)、「語音」(phonetic) 與「句法」(syntactic) 三種屬性的「滙合體」(complex)。個別語言或個別語法的特異性主要來自詞彙上的差異。另一方面，運算系統則由極少數的「原則」(principle) 以及有關這些原則的「參數」(parameter) 而成。凡是人類所使用的自然語言都要遵守這些原則，而且由個別語言來選定有關參數的「數値」(value)。參數的數値常由特定屬性的「正負値」'＋/－'來表示，或者從少數特定的「項目」

---

⑬ 從這種觀點所做的對比分析，參湯(1977)。

⑭ 根據數理語言學家的研究，變形規律的描述能力相當於「居林機器」(Turing machine)，亦卽「不受限制的改寫系統」(unrestricted rewriting system)，而居林機器可以說是我們所能想像的最强有力的規律系統。參 Bach (1974:200)。

(item) 中加以選擇。語言與語言之間不同參數値的選定導致這些語言在句法結構上的差異。這樣的運算系統在功能上相當於「普遍語法」(universal grammar)，而所有個別語言的「核心語法」(core grammar) 都要同受這些原則與參數的支配。個別語法，除了以核心語法爲主要內容以外，還包含少許「周邊」(periphery) 的部份來掌管個別語法特有的或「有標」(marked) 的句法結構。個別語法裡周邊的存在也導致個別語言之間句法結構上的差異。原參語法的理論，爲對比分析提供了新的研究工具，特別是以參數値的不同來描述或詮釋語言與語言之間的結構差異。有了這種有關普遍語法的理論，我們就可以全面而有系統地描述個別語法，並在個別語法之間做全面而有系統的對比分析⓯。

語法理論的演進，勢必引起語言教學上的改變。在結構學派的影響下盛行一時的「口說教學觀」(oral approach) 認爲：學習語言基本上是一種「習慣的培養」(habit formation)，與其他的行爲一樣要靠「刺激」(stimulus) 與「反應」(response) 的過程，不斷的「練習」(practice) 與「加强」(reinforcement)，一直到成爲習慣而能不加思索地運用自如爲止。但是在衍生語法理論的影響下興起的「認知教學觀」(cognitive approach) 却認爲：學習語言在本質上是一種「認知的活動」(cognitive activity) 或「心智的訓練」(intellectual exercise)。學習語言不是把個別的句子靠模仿、練習與反覆一個個地記在腦子裡，遇到需要的時候又一個個原封不動地搬出來使用；而是運用

⓯ 關於這方面的嘗試，參湯 (1988a, 1988b, 1989a, 1989b, 1990a, 1990b, 1991a, 1991b, 1991c, 1991d, 1992a, 1992b)。

心智去發現並掌握語法規律，然後運用這些語法規律創造適當的句子來達成表情達意的目的。因此，在語言教學的過程中，教師應該設法把有關語法(包括語音、詞彙、句法、語意與語用)的規律清清楚楚地交代給學生，使他們不僅能"知其然"更能"知其所以然"。認知教學等雖然不否認練習的重要性，但是更主張語言的學習必須先經過"有知有覺"的學習，然後經過反覆不斷的練習與應用，最後才能成爲"不知不覺"的習慣⑯。在認知教學觀之後，另有「功能教學觀」(functional approach)、「溝通教學觀」(communicative approach)與「自然教學觀」(natural approach)等語言教學理論之提出。這些語言教學觀，或者強調語言情境或語用場合的重要，或者主張在培養「語言能力」(linguistic competence)之外還應該致力於「語用能力」(pragmatic competence)與「溝通能力」(communicative competence)的訓練；但是其所依據的觀念或所提倡的方法並不與認知教學觀的內容發生衝突，反而可以收到相輔相成的效果。我們認爲語言的結構與功能，無論是語音、詞彙、句法、語意與語用，都可以經過觀察、分析與條理化用簡單而明確的規律表達出來。因此，Chomsky 說：語言是「有規律可循的行爲」(rule-governed behavior)。語言的結構與功能既有規律可循，那麼無論是語言能力、語用能力或是溝通能力，都可以藉有知有覺、清楚明白的說明與練習來加以培養或訓練。語言教師不能

---

⑯ 正如一個人學習打領帶或開汽車，剛開始的時候每一個步驟或動作都是有知有覺的運用心智的活動；等到日子久了，操作熟了，就可以成爲不知不覺的運動肌肉的習慣。

以"只可意會，不可言傳"爲藉口，任由學生暗中摸索、事倍功半地學習外語；而應該堅定"既可意會，必可言傳"的信念，幫助學生運用自如、事半功倍地學習外語。

根據以上的理論觀點，我們在下面的三節裡分就詞彙、句法、語意與語用提出一些具體的實例來討論英語與華語的對比分析以及對語言教學的功用。

四、英語與華語詞彙結構的對比分析

在「語言類型」(language typology) 上，英語常歸類爲兼重「詞序」(word order) 與「屈折變化」(inflection)，因而詞語結構較爲複雜的「綜合性語言」(synthetic language)，而且是一「詞」常含有多「音節」的「多音節語言」(polysyllabic language)；而華語則常歸類爲偏重詞序與很少屈折變化因而詞語結構相當簡單的「孤立性語言」(isolating language)⑰，而且是一詞只含一音節的「單音節語言」(monosyllabic language)⑱。但是英語的屈折變化較多、詞語結構較爲複雜與華語的屈折

---

⑰ 又稱「分析性語言」(analytic language)。

⑱ Li & Thompson (1981) 從⑴「詞語結構的複雜度」(the structural complexity of words)、⑵「詞語裡所包含的音節多寡」(the number of syllables per word)、⑶「主題與主語之間的取向」(the basic orientation of the sentence: "topic" versus "subject") 與⑷「詞序」(word order) 這四個觀點來觀察華語在語言類型上的特徵，他們所獲致的論點是：㈠華語是詞語結構相當簡單的「孤立性語言」，大多數典型的詞都由單獨一個「語素」(morpheme) 形成，不能再分析爲更小的構詞成分(10-11頁)；㈡華語已不再是「單音節語言」，因爲華語詞彙含有大量的「多音節詞」(polysyllabic word)，而這些多音詞的數量可能佔現代華語詞彙總數一半以上(14-15頁)；

(→)

變化較少、詞語結構較爲簡單，只是相對的比較，而不是絕對的差別。因此，英語與華語的詞彙結構固然有些許差異，却也呈現不少相似的特徵。以由「詞根」(root) 或「詞幹」(stem)⑲與「詞綴」(affix) 形成的「合成詞」(complex word) 爲例，英語的合成詞具有下列幾點特徵：㈠合成詞常以「詞根」爲語意上的主要語，並以出現於右端的「詞綴」(即「詞尾」) 爲句法上的主要語⑳；㈡每一個「詞法規律」(word-formation rule) 只能加一個詞綴到詞幹㉑，也就是說同一個詞幹只能加一個詞綴㉒；㈢改變詞類的「派生詞綴」(derivational affix；又稱「構詞詞綴」) 與不改變詞類的「屈折詞綴」(inflectional affix；又

㈢華語是「取向於主題的語言」(topic-prominent language)，因爲在華語裡「主題」(topic) 的概念遠比「主語」(subject) 的概念來得重要(15-16頁)；㈣華語在表面結構的基本詞序上兼具「主動賓語言」(SVO language) 與「主賓動語言」(SOV language) 的句法特徵，但是華語裡「主賓動語言」的句法特徵似乎比「主動賓語言」的句法特徵爲多。有關這些觀點與結論的評介，參湯(1987)。

⑲ 把「合成詞」裡所有的「詞綴」(包括「詞尾」(suffix) 與「詞首」(prefix) 去掉之後，所剩下來的部份叫做「詞根」；把「合成詞」裡任何詞綴去掉之後，所剩下來的部份叫做「詞幹」。例如，「詞根」(同時也是「詞幹」)'friend'之後加上詞尾'-ly'，就形成形容詞'friendly'；以'friendly'爲「詞幹」(但不是「詞根」) 加上詞尾'-ness'就形成名詞'friendliness'。因此，「詞根」一定又是「詞幹」，但「詞幹」却不一定是「詞根」。

⑳ 但有'enlarge, enrich, encase, encave'等極少以出現於左端的「詞首」爲主要語的例外。

㉑ 參 Aronoff (1976)「一詞綴、一規律的假設」(one affix, one rule hypothesis)。

㉒ 因此，合成詞的內部結構必然形成「二叉分枝」(binary branching) 的結構佈局，稱爲「二叉分枝的假設」(Binary Branching Hypothesis)。

稱「構形詞綴」)㉓同時出現的時候，出現的次序是派生詞綴在前(或內)、屈折詞綴在後(或外)；㈣在詞幹加上派生詞綴以後常可以再加上其他詞綴，但在詞幹加上屈折詞綴以後一般都不能再加上其他詞綴㉔；㈤可以加在詞幹的詞綴，其數目沒有特定的限制，在理論上可以無限制地加上去㉕。華語的合成詞，雖然「自由語」(free morph) 與「粘著語」(bound morph)，也就是詞根與詞綴的區別不如英語的清楚㉖，而且詞綴的數目也沒有英語那麼多，但是以上英語合成詞的五個特徵似乎也可以說是華語合成詞的特徵。英華兩種語言在合成詞內部結構與外部功能的差異只是相對程度上的不同而已。

㈠以英語的 'malleability' 與華語的'可塑性'(或譯'可鍛性') 爲例，二者都分別由三個粘著語素 'malle-, (-able＞) -abil-, -ity' 與'可、塑、性'合成，而且整個合成詞的詞類都分別由出現於右端的名詞詞尾'-ity'與'-性'來決定。試比較：㉗

㉓ 「屈折變化」(inflection) 包括「動詞的形態變化」(conjugation) 與「名詞、代詞的形態變化」(declension) 等。

㉔ 在名詞「複數詞尾」(plural suffix；如'childr*en*, boy*s*') 後面還可以加上「領位詞尾」(genitive suffix；如'childr*en's*, boy*s'*') 的情形可以說是唯一的例外。

㉕ 但是事實上我們並不可能造一些無限長的(合成)詞。

㉖ 因此，「合成詞」與「複合詞」(compound word) 之間的區別也不如英語那麼明確。

㉗ 我們用'X'(如'N,V,A')來表示「詞」(如名詞、動詞、形容詞)，而用''X'(如''X,'V,'A')來表示「語(素)」(如名詞語素、動詞語素、形容詞語素)。這些語素在英語合成詞裡除了詞根以外大多數都是「粘着語」；而在華語合成詞裡則可能是「粘着語」，也可能是「自由語」。關於華語裡「自由語」與「粘着語」的區別，參湯(1992)。

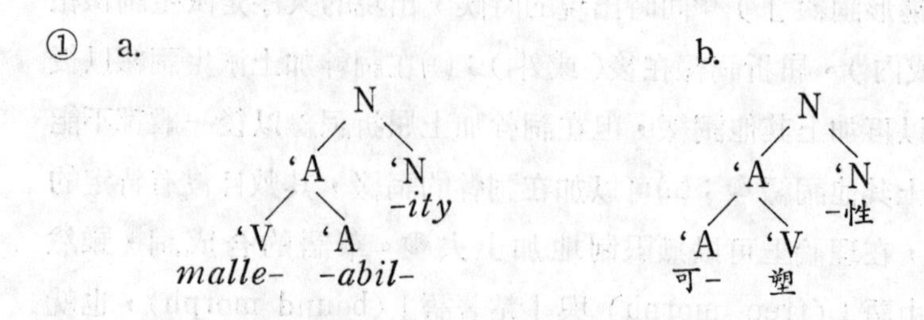

①a.與①b.在內部結構與外部功能上的差別，只是英語的形容詞'malle-able'由出現於右端的'-able'來決定詞類，而且可以單獨成詞；但是華語的形容詞'可塑'則由出現於左端的'可'來決定詞類㉘，而且不能單獨成詞。同時，英語'-able, -ible'的孳生力相當强，可以加在許多「動態及物動詞」(actional transitive verb) 後面合成形容詞；而華語'可'的孳生力則很弱，只能加在少數動詞(多半是「感覺動詞」(verbs of emotion) 後面合成形容詞。但是①a.與①b.的造詞結構是相當有規律而穩定的；除了'malleability'與'可塑性'以外，其他如'readability, feasibility, visibity'與'可讀性、可行性、可視性㉙'等也依照這個結構或規律形成合成詞。而且，英語裡只有極少數的詞首(如'en-({rich/large/case/throne}), im-({prison/print/poverish}, de-{bug/frost}, a-{sleep/wake/new}, be-({stir/smear/calm})')可

㉘ 華語的'可'本來做(助)動詞用(如'可(以){做／坐／站}')，但是做爲「構詞詞首」而加在單音節動詞語素的前面就可以形成形容詞(如'(很)可{愛／憐／惜／惡／悲／嘆／恥／觀／信／靠／取}')。

㉙ 'visibility'除了在語法理論上翻成'可視性'以外，氣象學上也譯做'能見度'。請注意，'能見度'這個名詞也由出現於右端的名詞詞綴'度'來決定詞類。

以決定或改變詞類以外，大多數的合成詞都由詞尾來決定詞類。華語的詞首與詞尾都沒有英語那麼豐富，但是除了詞首'可'與'{好/難}'({看/聽/聞/吃/用})可以改變詞類以外，其他如'阿({爸/姆/貓})、老({爹/娘/虎})、小({姐/寶/狗})、初({一/二})、第({一/二})'等詞首都原則上不改變詞類㉚，而'({桌/椅/矮/瘦})子、({木/骨/苦/老/念/看})頭(兒)、({桃/畫/蓋})兒、({彈/酸/黨})性、({長/熱/限})度、({打/能/水})手'、'({正/男/填鴨})式、({大/微/流線})型、({上/優/初})等、({高/超/初})級、({良/慢/綜合})性'、'({美/綠/電氣/大衆})化'、與'({突/竟/全})然、({似/幾/無須})乎、({特/忽/蹣跚})地'等詞尾分別屬於名詞詞尾、(非謂)形容詞詞尾、動詞詞尾與副詞詞尾。

㈡英語與華語的詞法結構都只能在同一個詞幹加一個詞綴；因此，在②與③的「結構樹圖解」(tree diagram) 中必然形成「兩叉分枝」(binary branching) 的結構佈局。試比較：

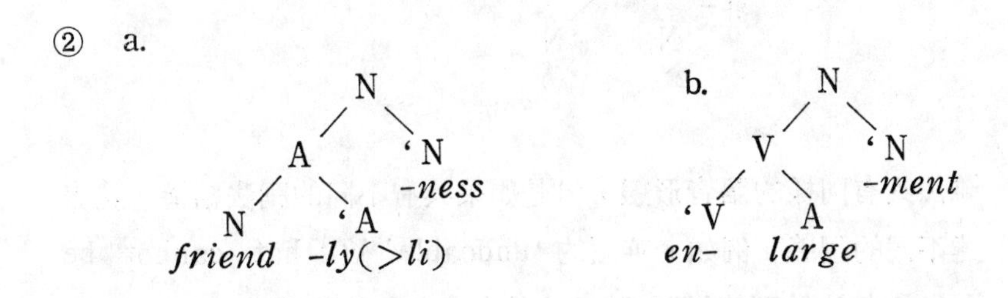

㉚ 但有'阿{呆/飛}、老{大/么}'等例外。

c.

N(>A)
'A N
anti-
V 'N
establish -ment

③

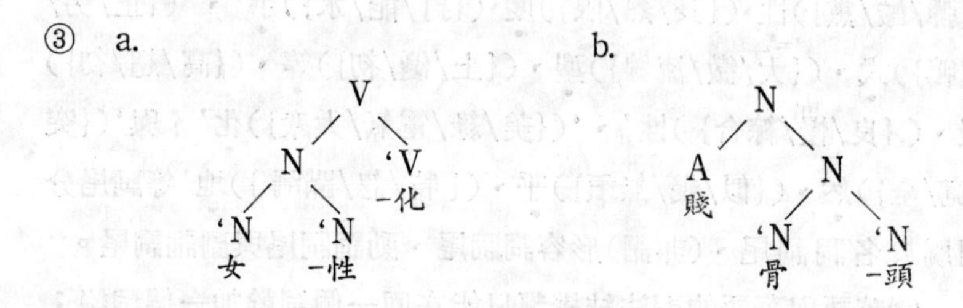

c.

N(>A)
'A N
非-
'N 'N
金 -屬

雖然具有同樣的語音形態，但是如果具有不同的詞法結構，就表達不同的詞義。例如，英語的 'undoable' 做 'that cannot be done；無法做到的' 解的時候，具有④a.的詞法結構；而做 'that can be unfastened, removed the effects of；可以解開的，可以回復原狀的' 解的時候，則具有④b.的詞法結構。試比較：

④ a. b.

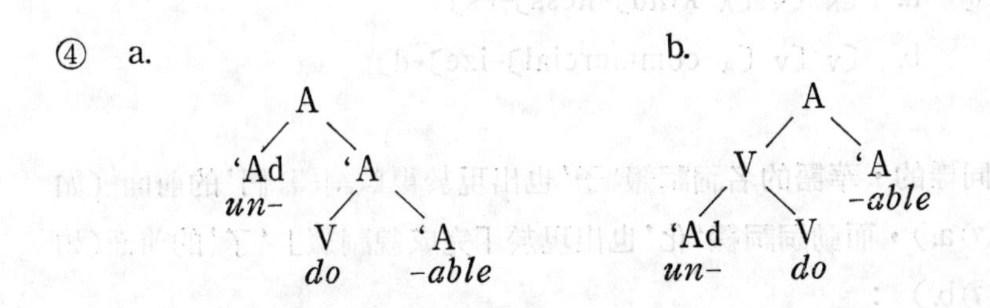

華語的'無肺病牛'可以有'無肺病的牛'與'無肺(臟)的病牛'兩種語意解釋，而分別具有⑤a.與⑤b.的詞法結構。試比較：㉛

⑤ a. b.

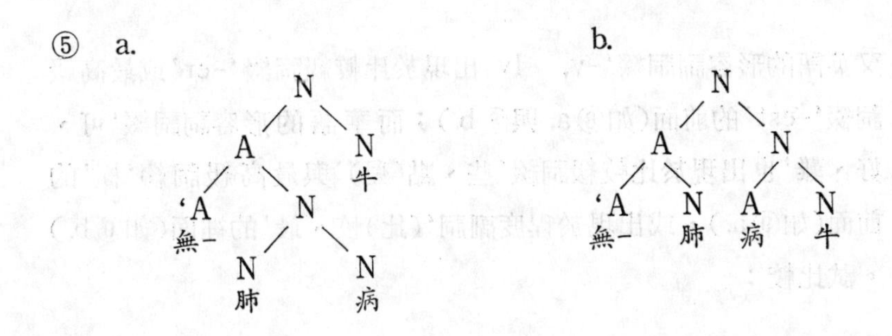

㈢在詞幹後面同時出現「派生(或構詞)詞綴」與「屈折(或構形)詞綴」的時候，出現的次序是派生詞綴在前面(或裡面)、屈折詞綴在後面(或外面)。例如，英語的名詞詞綴'-ness'出現於複數詞綴'-(e)s'的前面(如⑥a.)，動詞詞綴'-ize'出現於過去式詞綴'-(e)d'的前面(如⑥b.)：

㉛ 我們把'無'比照'可、難、好'分析爲形成形容詞的詞綴，如'〔A〔N無痛〔N分娩〕〕〕〔A〔N〔無夢〔N狀態〕〕〕'。

⑥　a.　〔$_N$〔$_N$〔$_A$ kind〕-ness〕-es〕

　　b.　〔$_V$〔$_V$〔$_A$ commercial〕-ize〕-d〕

同樣的，華語的名詞詞綴‘子’也出現於複數詞綴‘們’的前面（如⑦a.），而動詞詞綴‘化’也出現於「完成貌詞綴」‘了’的前面（如⑦b.）：

⑦　a.　〔$_N$〔$_N$〔$_N$ 孩〕子〕們〕

　　b.　〔$_V$〔$_V$〔$_A$ 美〕化〕了〕

又英語的形容詞詞綴‘-y, -ly’出現於比較級詞綴‘-er’或最高級詞綴‘-est’的前面（如⑧a.與⑧b.）；而華語的形容詞詞綴‘可、好、難’也出現於比較級詞綴‘些、點（兒）’與最高級詞綴‘極’的前面（如⑨a.），或出現於程度副詞‘（比）較、最’的裡面（如⑨b.）。試比較：

⑧　a.　〔$_A$〔$_A$〔$_N$ wind〕-(y>)i〕-er〕

　　b.　〔$_A$〔$_A$〔$_N$ home〕-l(y>)i〕-est〕

⑨　a.　〔$_A$〔$_A$ {可/好/難}〔$_V$ 看〕〕{些/極}〕

　　b.　〔$_A$ {(比)較/最}〔$_A$ {可/好/難}〔$_V$ 看〕〕〕

㈣在詞幹後面出現的派生（構詞）詞綴，其數目原則上不受限制，但是屈折（構形）詞綴的數目則限於一個。也就是說，在詞幹加了屈折詞綴以後就不能再加上其他詞綴。例如，英語的名詞'conversationalist'是在動詞詞幹'converse'後面依次加上名詞詞綴'-ation'、形容詞詞綴'-al'與「主事者名詞詞綴」(agent noun suffix) '-er'來形成的。但是在'conversationalist'後面加了複數詞綴'-(e)s'以後就不能再加上任何詞綴；在'conversation'後面加了複數詞綴以後也不能再加上其他詞綴。試比較：

⑩ a. 〔N 〔N 〔A 〔N 〔V convers(e)〕-ation〕-al〕-ist〕-*s*〕

b. *〔A 〔N 〔N 〔V convers(e)〕-ation〕-*s*〕-al〕

同樣地，英語的動詞'commercialize'是在名詞詞幹'commerce'後面依次加上形容詞詞綴'-al'與動詞詞綴'-ize'來形成的；但是在'commercialize'後面加上第三身單數現在式動詞詞綴'-(e)s'以後就不能再加詞綴。試比較：

⑪ a. 〔V 〔V 〔A 〔N commerc(e>)i〕-al〕-ize〕-*s*〕

b. *〔N 〔V 〔V 〔A 〔N commerc(e>)i〕-al〕-ize〕-*s*〕-ation〕

華語的詞幹後面連續加上詞綴的情形，不如英語的活躍與頻繁。但是⑫與⑬的例詞顯示：華語的詞幹在加了屈折詞綴'們'與'些'以後，也不能再加上任何詞綴。

⑫ a. 〔N 〔N 〔N 〔A 老〕頭〕子〕們〕

b. *〔N 〔N 〔N 〔A 老〕頭〕們〕子〕

⑬ a. 〔V 〔V 〔N 理性〕化〕了〕

b. *〔V〔A〔A 理性〕些〕化〕

英語裡對屈折詞綴後面不能再加上其他詞綴的唯一例外是，在複數詞尾後面還可以出現「領位詞綴」'-'s'(如⑭)；而華語的複數詞尾後面也可以出現領位標誌'的'(如⑮)㉝。

⑭ a. 〔〔N〔N child〕-*ren*〕-'*s*〕 clothes

b. 〔〔N〔N 孩子〕們〕的〕衣服

㈤在理論上，詞幹前後的詞綴數目不受限制，而「複合詞」(compound word)可以含有的詞幹數目也不受限制。但事實上合成詞與複合詞都有一定的字數。不過，我們舉下面的事實來說明詞語在理論上可以無限長。假如在甲乙兩大霸權國家之間進行國防科技競賽，甲國發明'飛彈；missile'之後乙國也發明'反飛彈飛彈；antimissile-missile'來攔截飛彈，而甲國則再發明'反反飛彈飛彈飛彈；anti-antimissile-missile-missile'來對抗，乙國對此也以發明'反反反飛彈飛彈飛彈飛彈；anti-anti-anti-missile-missile-missile-missile'來回應；如此在兩國之間進行永無休止的發明'反反反……飛彈飛彈飛彈飛彈……；anti-anti-

㉜ '理性'可做名詞(如'缺乏理性')或形容詞(如'很理性')用。但是'理性化'表示'(使)變得更理性'，而不表示'(使)變成理性'；因此，我們把這裡的'理性'分析為形容詞。

㉝ 另外，華語的屈折詞綴「動相詞尾」(phase suffix；如'到、完、掉、住')與「動貌詞尾」(aspect suffix)'過'後面還可以出現「完成貌詞綴」'了'，例如'看到了(他)、賣掉了(書)、吃過了(飯)'。

…antimissile-missile-missile-missile…'。這種造詞過程的情形可以用⑮的詞法結構來表示：

⑮ a. …〔N anti〔N anti〔N anti〔N anti〔missile〕missile〕missile〕missile〕missile〕…

b. …〔N 反〔N 反〔N 反〔N 反〔飛彈〕飛彈〕飛彈〕飛彈〕飛彈〕……

⑮的結構是典型的「自我包孕結構」(self-embedded construction)㉞，雖然反覆自我包孕以後，詞義較不易了解，却是合語法的詞語㉟。

以上的觀察與分析顯示：英語與華語的合成詞，除了英語的詞綴較華語遠爲豐富而英語詞幹與詞綴的組合情形也較華語更爲旺盛而頻繁以外，兩種語言在內部結構與外部功能的表現與限制上極爲相似。

「合成詞」由詞幹與詞綴(卽一個詞根與一個或一個以上的

㉞ α與β形成「包孕結構」(nested construction)，如果α完全包含於β裡面，而且α的左右兩端都出現具有語音形態的成分(卽'〔$_\beta$ Y〔$_\alpha$ X〕Z〕'，而 {Y/Z}$\neq$0)。α與β形成自我包孕結構，如果α包孕於β，而且α與β屬於同一類型(卽'〔$_\beta$ Y〔$_\alpha$ X〕Z〕'，而 $\alpha=\beta$)。根據這個定義，英語的'〔S' who the boy〔S' who the students recognized〕pointed out〕'以及華語的'〔S' 抓到〔S' 偷了〔S'〔S' 我在美國買的〕金錶的〕小偷的〕(警察)'與'〔NP 我對於〔NP 我對於〔NP 我對於國語有無句的看法〕的看法〕的看法〕'都屬於「自我包孕結構」。

㉟ Chomsky (1965:13-14)區別語法上的「合法度」(grammaticality)與理解上的「接受度」(acceptability)，並且認爲冗長而複雜的包孕結構或自我包孕結構都降低「接受度」。

詞綴)組合而成；而「複合詞」則由詞幹與詞幹(即由兩個或兩個以上的詞根)組合而成。以複合名詞爲例，英語的複合名詞，依其內部結構與語意功能，可以分爲下列五種㊱。

⑯ a. 由主語名詞與述語動詞形成的複合名詞：sunrise, toothache, rain fall (N/V); rattlesnake, flashlight, crybaby (V/N); dancing girl, washing machine, working party (V-ing/N)

b. 由述語動詞與賓語名詞形成的複合名詞：blood test, haircut, book review (N/(V>)N); sightseeing, housekeeping, brainwashing (N/V-ing); taxpayer, song writer, stock holder (N/V-er); call-girl, scarecrow, drawbridge (V/N); chewing gum, drinking-water, cooking apple (V-ing/N)

c. 由述語動詞與狀語名詞形成的複合名詞：swimming pool, diving board, adding machine (V-ing/N); daydreaming, churchgoing, handwriting (N/V-ing); baby-sitter, back swimmer, playgoer (N/V-er); homework, boat-ride, gunfight (N/(V>)N); searchlight, springboard, plaything ((V>)N/N)

d. 由定語名詞與中心語名詞形成的複合名詞：windmill, toy factory, bloodstain, doorknob, girl-friend,

---

㊱ 以下有關英語複合詞的分類與例詞採自 Quirk et al. (1972:1021-1029)。

frogman, snowflake, ashtray; paperback, egghead (N/N)

e. 由定語形容詞與中心語名詞形成的複合名詞：darkroom, madman; loud mouth, red cap (A/N)

相形之下，華語的複合名詞則依其內部結構可以分為下列六種[37]。

⑰ a. 由主語名詞與述語動詞(以及賓語名詞或狀語副詞)形成的複合名詞：地震、氣喘、胃潰瘍、肝硬化 (N‖V)；胃下垂、心絞痛 (N‖Ad V)；肺結核、腦溢血、佛跳牆、螞蟻上樹 (N‖V N)

b. 由述語動詞與賓語名詞形成的複合名詞：主席；枕頭；立春；中風 (V|N)

c. 由述語動詞與補語形容詞形成的複合名詞：跳高、治安 (V\A)

d. 由定語形容詞、名詞或動詞與中心語名詞形成的複合名詞：白菜、黃油、黑寡婦、大舌頭 (A/N)；電車、冰箱、皮包、鷄眼、秋老虎 (N/N)；食具、同學、提案、補習班、相思病 ((Ad) V/N)

e. 由兩個名詞、形容詞或動詞的並列形成的複合名詞：語言、書報、朋友 (N∩N)；空白、英雄、尊嚴 (A∩A)；習慣、告白、轉折 (V∩V)

---

[37] 關於華語複合詞的分類與討論，參湯(1992c)。

f. 由名詞重疊形成的複合名詞：星星、猩猩、奶奶、寶寶 (N+N)

從以上英語複合名詞與華語複合名詞的比較觀察，可以獲得下列四點結論：

㈠英語與華語的複合詞基本上都遵守「一詞幹、一規律的假設」(one stem, one rule hypothesis)，即每一個造複合詞的詞法規律只能加一個詞幹到另外一個詞幹；因而複合詞的詞法結構也與合成詞的詞法結構一樣形成「兩叉分枝」的結構佈局。

㈡英語的複合名詞都是以出現於複合詞右端的名詞(包括名詞(N)、動名詞(V-ing)、主事者名詞(N-erN)以及由動詞轉類而來的名詞((V>)N)為中心語的「同心結構」(endocentric construction)；而華語的複合名詞則除了⑰d.是純粹的同心結構，而⑰e.與⑰f.也勉強可以分析為同心結構㊳以外，其他都是沒有中心語的「異心結構」(exocentric construction 如⑰a.)或以動詞為中心語的「中心語在左端」(left-headed) 的結構(如⑰b. c.)。因此，⑰a.與⑰b. c.的複合詞是分別由句子(S)與動詞組(VP)經過「轉類」(conversion) 而轉成名詞的。

㊳ 我們把⑰e.的「並列式複合詞」(coordinative compound) 與⑰f.的「重疊式複合詞」(reduplicative compound) 分析為「中心語在兩端」(double-headed) 的同心結構。但是⑰e.的並列式複合名詞中含有以形容詞與動詞為中心語的異心結構。又華語複合詞的並列可能牽涉到兩個以上的「連接項」(conjunct) 而可能形成「多叉分枝」，如'松竹梅、福祿壽、梅蘭竹菊、喜怒哀樂、甜酸苦辣鹹、柴米油鹽醬醋茶'。

㈢英語複合名詞內部的句法結構一律是修飾語(定語)與被修飾語(名詞中心語)的關係。所謂主語名詞與述語動詞的關係(如⑯a.)、述語動詞與賓語名詞的關係(如⑯b.)或狀語動詞與狀語名詞的關係(如⑯c.),都只是邏輯上或語意上的關係,而不是眞正句法上的關係。因此,主語名詞在句法上出現於謂語的左邊,而在詞法上却可以出現於動詞的右邊如('rattlesnake');賓語名詞在句法上出現於動詞的右邊,而在詞法上却出現於動詞的左邊(如'blood test');狀語名詞在句法上由介詞引介之下出現於動詞的右邊,而在詞法上却不由介詞引介直接出現於動詞的左邊(如'churchgoing, baby-sitter, boat-ride')或右邊(如'swimming pool, searchlight');而且,所謂動詞其實藉動名詞詞綴'-ing'、主事者名詞詞綴'-er'或「零詞綴」(zero affix 卽'φ')而轉類爲名詞,在未進入詞法之前已經失去了動詞的功能。另一方面,華語複合詞內部的句法結構却包括「主謂」⑰a.、「述賓」⑰b.、「述補」⑰c.、「修飾」⑰d.、「並列」⑰e.與「重疊」⑰f.等各種句式;而且,詞法成分出現的「線性次序」(linear order)也與句法成分出現的線性次序完全一樣。這也就是說,詞法上的動詞與句法上的動詞基本上具有相同的功能;因而主語與狀語可以出現於動詞的左邊,賓語與補語可以出現於動詞的右邊,而且名詞也可以並列或重疊。在英語複合名詞裡面出現的動詞,在形成複合詞之前卽已轉類爲名詞而失去了動詞的功能,因而也就失去了句法與詞法之間的對稱性。反之,在華語複合名詞裡面出現的動詞,則在形成複合詞之後才以整個複合詞轉類爲名詞;因此,在形成複合名詞的時候仍然具有動詞的功能,也就能夠保持句法與詞法之間的對稱性。

㈣在英語與華語的複合名詞中，以動詞(包括由動詞轉類爲名詞的情形)爲中心語的複合名詞都受到動詞本身「次類畫分屬性」(subcategorizational property）的限制，只能與特定數目的「論元」(argument）連用，而且這些論元的選擇也受到一定的限制(例如只能以直接賓語而不能以間接賓語爲複合詞裡面述語動詞的賓語，而且賓語的選擇必須先於主語的選擇)。但是一形成複合名詞之後卽可以用「修飾語(定語)修飾被修飾語(中心語)」(卽⑯e.與⑰d.）的方式形成⑮與⑱等字數相當長的複合名詞。

⑱ a. âir ràid wârden pòst stáirwày êntrance㊴

b. （那一位)臺灣省政府民政廳主任秘書辦公室助理(的太太）

再以複合形容詞爲例，英語與華語分別有⑲與⑳的類型。

⑲ a. 由述語動詞與賓語名詞形成的複合形容詞：man-eating, breath-taking, self-defeating（N/V-ing）

b. 由述語動詞與狀語名詞、形容詞或副詞形成的複合形容詞：ocean-going, fist-fighting, law-abiding（N/V-ing); heart-felt, airborne, suntanned（N/V-en);

㊴例詞與輕重音型的標示採自 Bowen (1975:253)。

hard-working, far-reaching, well-meaning, good-looking (A(d)/V-ing); quick-frozen, widespread, well-meant, new-laid (A(d)/V-en)

c. 由述語形容詞與狀語名詞形成的複合形容詞：class-conscious, tax-free, homesick (N/A); grass-green, ash-blond, midnight blue (N/A)

d. 由兩個形容詞並列形成的複合形容詞：Swedish-American, bitter-sweet, deafmute (A∩A)

⑳ a. 由主語名詞與謂語形容詞形成的複合形容詞：面熟、膽怯、年輕 (N||A)

b. 由述語動詞或形容詞與賓語名詞形成的複合形容詞：耐心、動人 (V|N)；安心、順口 (A|N)

c. 由述語動詞或形容詞與補語動詞或形容詞形成的複合形容詞：鎮定、充實 (V\A)；吃(得)開、對(得)起 (V\V)；差不多 (A\A)

d. 由狀語動詞、名詞或形容詞修飾中心語形容詞形成的複合形容詞：飛快、逼真 (V/A)；雪白、膚淺 (N/A)；酸痛、狂熱 (A/A)

e. 由兩個形容詞或名詞的並列形成的複合形容詞：辛酸、弱小、美麗 (A∩A)；狼狽、矛盾、勢利 (N∩N)

從以上英語與華語複合形容詞的比較觀察，可以獲得下列四點結論：

(一)英語與華語的複合形容詞都形成「兩叉分枝」的結構佈局。

㈡英語的複合形容詞一律以形容詞（A；包括現在分詞（V-ing）與過去分詞（V-en）爲中心語，形成「中心語在右端」的「同心結構」；而華語的複合形容詞則除了「修飾式」⑳d.與「並列式」⑳e.可以分析爲「同心結構」以外，其他複合形容詞都屬於「異心結構」。華語複合形容詞的中心語也可能在右端（⑳d.）、可能在左端（⑳b. c.）、可能在兩端（⑳e.），也可能不含有中心語（⑳a.）[40]。華語異心結構的複合詞是經過「轉類」而成爲形容詞的。

㈢英語複合形容詞的內部結構只有修飾語（狀語）與被修飾語（形容詞中心語）的「修飾」與「並列」兩種句法關係；而華語複合形容詞的內部結構則除了「修飾」與「並列」以外，還有「主謂」、「述賓」與「述補」等三種句法關係[41]。這是由於在英語複合形容詞裡出現的動詞，與在複合名詞裡出現的動詞一樣，都由於加上詞尾或轉類的結果失去了指派「格位」（Case）的能力；因此，名詞無法以賓語的功能出現於（及物）動詞的右邊，而詞裡只能以修飾語的功能出現於動詞的左邊。反之，在華語複合形容出現的動詞或形容詞與在複合名詞裡出現的動詞一樣，在形成複合詞的時候仍然具有動詞或形容詞的功能，因而在詞法結構的「線性次序」上呈現與句法結構的對稱性。

㈣英語的形容詞以「一元述語」（one-term predicate）居多，因爲形容詞不能指派「格位」，所以不能直接帶上賓語，而只能以介詞或連詞來引介補語或狀語（如‘free *of tax*, sick *for*

---

[40] 除非是把「主謂式」複合形容詞的主語名詞分析爲謂語形容詞的修飾語。

[41] 我們把華語一般形容詞的「重疊」（如‘高高、漂漂亮亮、土裡土氣’）分析爲句法現象，參湯(1992c:42)。

home, (as) green *as grass*')。由於複合形容詞裡不能含有介詞來指派「格位」(如'*tax*-free, *home*sick, *grass*green')，這些補語或狀語名詞就只能出現於形容詞的前面充當修飾語。動詞的現在分詞(V-ing)與過去分詞(V-en)也與形容詞一樣失去指派「格位」的能力，所以這些動詞的賓語、狀語、補語也都在複合詞裡出現於現在分詞或過去分詞的前面充當修飾語(試比較：'eat men, go across the ocean, look good, frozen quickly, laid newly' 與 'man-eating, ocean-going, good-looking, quick-frozen, new-laid')。由於並列式複合形容詞也只允許兩個連接項的並列，所以英語的複合形容詞原則上以含有兩個詞幹爲限。華語的複合形容詞也只允許述語與主語、賓語、補語或狀語的組合，而並列式複合詞也只允許兩個詞幹的並列，因此也以含有兩個詞幹爲原則[42]。

最後，英語與華語的複合動詞分別有㉑與㉒的類型[43]。

---

[42] 如果把重疊式的'冷森森、直挺挺；團團轉、聒聒叫；得意洋洋、井井有條'以及'了不起、不得了、對不起、吃得開'等也視爲複合式形容詞，還麼就例外地允許由三個或四個詞幹形成的複合形容詞。不過，華語的複合形容詞似乎以四個音節爲限，不能像複合名詞那樣無限制地擴展。

[43] Quirk et al. (1972) 並未討論複合動詞的類型，但討論到由「反造」(back formation)而得來的複合動詞。另外，Selkirk (1982:14-15) 認爲：英語複合名詞在詞類的搭配上可以有'N N'(如'sunshine, apron string')、'A N'(如 'smallpox, highschool')、'P N'(如'overdose, underdog')、'V N'(如 'rattle snake, scrub-woman')四種組合；複合形容詞可以有'N A'(如 'headstrong, skindeep')、'A A'(如'white-hot, icy cold')、'P A'(如 'un-derripe, above-mentioned')三種組合；而複合動詞則只有'P V'(如 'outlive, offset')一種組合。

㉑ a. 由述語動詞與狀語副詞形成的複合動詞：outlive, overdo, offset, uproot（P V）

b. 由複合名詞的「反造」形成的複合動詞：（sightseeing>）sightsee,（spring-cleaning>）spring-clean,（globe-trotter>）globe-trot,（air-conditioner>）air-condition,（browbeaten>）browbeat,（housebroken>）housebreak,（mass-production>）mass-produce（N/V）

㉒ a. 由主語名詞與述語動詞或形容詞形成的複合動詞：地震（N‖V）；心疼（N‖A）

b. 由述語動詞或形容詞與賓語名詞形成的複合動詞：抬頭、革命（V|N）；偷懶、作怪（V|(A>)N）；善後、鬆勁（(A>)V|(A>)N）

c. 由述語動詞或形容詞與補語動詞形成的複合動詞：打開、搖動（V\A）；說明、改善（V\A）；累死（A\V）；忙壞（A\A）

d. 由狀語動詞、形容詞或名詞與中心語動詞形成的複合動詞：回想、誤解（V/V）；重視、傻笑（A/V）；空襲、火葬（N/V）

e. 由兩個動詞、形容詞或名詞的並列形成的複合動詞：產生、愛護（V∩V）；尊重、短少（A∩A）；犧牲、意味（N∩N）[44]

---

[44] 我們把一般（動態）動詞的重疊（如'看（一）看、想（一）想、做做看；研究研究、調查調查'）分析爲表示「嘗試貌」（attemptive aspect）或「暫時貌」（temporary aspect）的句法現象，參湯（1992c:41）。

英語合成動詞的內容非常豐富而複合動詞的內容却十分貧瘠，這個現象相當奇特。同樣是複合詞，英語複合名詞與複合形容詞，無論就詞法成分之間詞類的搭配組合或內部的句法關係而言，都比複合動詞豐富得多。英語的複合動詞基本上只有兩種類型，而且都是「中心語在右端」的「同心結構」。另一方面，華語的複合動詞則無論是詞類的搭配組合或內部的句法關係都與複合名詞與複合形容詞相似。華語的複合動詞有「主要語在左端」的㉒b. c.、有「主要語在右端」的㉒d.、也有「主要語在兩端」的㉒e.；有「同心結構」㉒b. c. d. e.，但也有「異心結構」㉒a.。綜觀英語與華語的複合詞，這兩種語言在複合詞上的差異遠比在合成詞上的差異爲大。其主要原因在於：華語複合詞的詞法結構與華語的句法結構之間呈現顯明而有規律的對稱性㊺；而英語複合詞的詞法結構與英語的句法結構之間却缺少這種對稱性。

五、英語與華語句法結構的對比分析

英語與華語基本上都屬於「主動賓語言」(SVO language)；也就是說，英語與華語陳述句的「基本詞序」(basic word order) 是：主語＋動詞＋賓語(＋補語)。試比較：

㉓ a. John has studied English.

b. 小明讀過英語。

㊺ 因此，湯(1988c, 1989c, 1991e)主張「原則參數語法」裡有關句法結構的理論原則都在詞語由語素構成的定義或限制下一律適用於詞法結構。

㉔ a. John gave the book to Mary.

b. 小明送了那一本書給小華。

這些基本語序由於「移位變形」(movement transformation)而引起詞序的改變，因而也導致英語與華語在詞序上的差異。這些變形包括：「助動詞提前」(Auxiliary Preposing；如㉕與㉖)、「Wh詞組移首」(Wh-phrase Fronting；如㉗與㉘)、「子句移出」(Extraposition；如㉙與㉚)、「從名詞組的移出」(Extraposition from NP；如㉛與㉜)、「重量名詞組的移出」(Heavy NP Shift；如㉝與㉞)、「主題化變形」(Topicalization；如㉟與㊱)、「分裂句變形」(Clefting；如㊲)、「準分裂句變形」(Pseudo-clefting; 如㊳)、「間接賓語提前」(Dative Movement 如㊴)等[46]。試比較：

㉕ a. John *will* do it; *Will* John do it?

b. 小明會做這件事；小明會做這件事**嗎**？

㉖ a. I *never saw* him before; *Never did* I *see* him before.

b. 我**從來**沒有見過他。

㉗ a. I don't know John did *what*; I don't know *what* John did.

b. 我不知道小明做了什麼。

---

[46] 在「原則參數語法」裡，這些移位變形却概化爲單一的「移動 α」(Move α) 的規律。

㉘ a. He didn't come *for some reason*; *Why* didn't he come?

b. 他**爲什麼**沒有來；**爲什麼**他沒有來？

㉙ a. 〔*That she finished her job all by herself*〕 seems impossible; *It* seems impossible 〔*that she finished her job all by herself*〕.

b. 〔**她全靠自己做完那件工作**〕好像不可能；**她**好像**不可能全靠自己做完那件工作**。

㉚ a. 〔*For Mary to go to Europe this summer*〕 will be difficult; *It* will be difficult 〔*for Mary to go to Europe this summer*〕.

b. 〔**小華今年夏天到歐洲**〕會有困難；**小華今年夏天**不容易**到歐洲**。

㉛ a. 〔The rumor 〔*that Mary has eloped with John*〕〕 is going about in the village; The rumor is going about in the village 〔*that Mary has eloped with John*〕.

b. 〔〔**小華與小明私奔的**〕謠言〕正在村子裡傳開。

㉜ a. 〔Five members 〔*including Mr. Lee*〕〕 have been elected; Five members have been elected, 〔*including Mr. Lee*〕.

〔**包括李先生在內的**〔五個委員〕〕已經選出來了；五個委員已經選出來了，〔**包括李先生在內**〕。

㉝ a. You can say 〔*exactly what you think*〕 to him;

You can say to him〔*exactly what you think*〕.

b. 你可以〔**把你眞正的想法**〕告訴他；你可以告訴他〔**你眞正的想法**〕。㊼

㉞ a. I bought〔*a book that deals with English prepositions*〕from John; I bought from John〔*a book that deals with English prepositions*〕.

b. 我從小明(那裡)買了〔**一本討論英語介詞的書**〕。

㉟ a. I have never met *Mary* before; *Mary*, I have never met (**her*) before.

b. 我從來沒見過**小華**；**小華**，我從來沒見過(**她**)。

㊱ a. I am not fond of〔*his face*〕; I despise〔*his character*〕I despise.

b. 我不喜歡〔**他的面孔**〕，我瞧不起〔**他的爲人**〕；〔**他的面孔**〕我不喜歡，〔**他的爲人**〕我瞧不起。

㊲ a. *John* kissed *Mary on the platform yesterday*;

It was *John* that kissed Mary on the platform yesterday;

It was *Mary* that John kissed on the platform yesterday;

It was *on the platform* that John kissed Mary yesterday;

It was *yesterday* that John kissed Mary on the

㊼ ㉝b.華語的例句可以視爲由後一個句子經過「把字句變形」(BA-transformation) 成爲前一個句子。

platform.

b. 小明昨天在月臺上吻了小華；

是小明昨天在月臺上吻小華的；

小明是昨天在月臺上吻小華的；

小明昨天是在月臺上吻小華的。㊽

㊳ a. John *kissed Mary* on the platform yesterday;

What John did on the platform yesterday was *kiss Mary*;

What John did to Mary on the platform yesterday was *kiss her*.

b. 小明昨天在月臺上吻了小華；

小明昨天在月臺上吻的是小華。㊾

㊴ a. John sent a beautiful Christmas card printed in Taiwan *to Mary*;

John sent *Mary* a beautiful Christmas card printed in Taiwan.

b. 小明寄了一張在臺灣印製的漂亮的聖誕卡給小華；

小明寄給小華一張在臺灣印製的漂亮的聖誕卡。

在這些移位變形裡，有的屬於句法上的「必用變形」（如㉕a.、

㊽ 華語的「分裂句」(cleft sentence) 不能以賓語名詞組為「信息焦點」(information focus)。

㊾ 華語的「準分裂句」(pseudo-cleft sentence) 可以以賓語名詞組(不論有生或無生)為信息焦點，但是不能以動詞(組)為信息焦點。

㉗a.、㉘a.），有的則屬於體裁上的「可用變形」（如其他例句）。在體裁上的可用變形裡，無論是英語或是華語，移位的語用動機不外來自下列三種「功能原則」（functional principle）❺⓿。

㈠「從舊到新的原則」（From Old to New Principle）：即代表舊信息的句子成分出現於句首或句中的位置，而代表新信息的句子成分則出現於句尾的位置；如例句㉙a.、㉚a.、㉛a.、㉜a. b.、㉝a. b.、㉞a.、㉟a. b.、㊱a. b.、㊴a. b.等。

㈡「從輕到重的原則」（From Light to Heavy Principle）：即份量越重（字數越長或句法結構越複雜）的句子成分越靠近於句尾的位置出現；如例句㉙a.、㉚a.、㉛a.、㉜a. b.、㉝a.、㉞a.、㊴a. b.等。

㈢「從低到高的原則」（From Low to High Principle）：即代表重要信息的句子成分出現於主要子句，而代表次要信息的句子成分則出現於從屬子句；如例句㊲a. b.、㊳a. b.等。

如上所述，英語與華語在陳述句的基本詞序並沒有太大的差異，但是這兩種語言之間修飾語（包括修飾名詞的「定語」（adjectival））與修飾動詞、形容詞、副詞、子句等的「狀語」（adverbial）的出現次序却有相當大的差別。以名詞的修飾語爲例，英語名詞的修飾語，除了「限制詞」（limiter；如‘even, only, especially’等）、「限定詞」（determiner；如‘the, a(n), this, that, some, any, no, what, which’等）、「數量詞」（quantifier；如‘one, two, three, several, few, little, many,

❺⓿ 關於英語與華語「功能原則」的對比分析，參湯（1986）。

much'等)、形容詞(包括現在分詞與過去分詞)與名詞(包括動名詞)可以依序出現於中心語名詞的前面充當「名前修飾語」(prenominal modifier)以外,表示「處所」(如'here, there, inside, outside, upstairs, downstairs, above, below'等)與「時間」(如'now, then, today, tomorrow, yesterday, last night'等)的副詞以及所有的「詞組性修飾語」(phrasal modifier;包括介詞組、不定子句、分詞子句、同位子句、關係子句等)都一概出現於中心語名詞的後面充當「名後修飾語」(postnominal modifier)。另一方面,華語名詞的修飾語則一律出現於中心語名詞的前面充當「名前修飾語」。又無論是英語或是華語,有兩個或兩個以上的修飾語同時出現的時候,與中心語的語意關係越密切的修飾語越靠近中心語出現。因此,英語與華語的「名前修飾語」都大致以同樣的次序出現[51]。試比較:

㊵ a. 〔only 〔those 〔ten 〔expensive 〔new 〔German 〔cars〕〕〕〕〕〕〕

b. 〔只有〔那〔十輛〔昂貴(而)〔嶄新的〔德國(產)〔汽車〕〕〕〕〕〕〕

㊶ a. 〔even 〔the 〔three 〔tall 〔handsome 〔blond 〔French 〔students〕〕〕〕〕〕〕

---

[51] 英語的名前形容詞一般都依「形狀」、「性質」、「新舊」、「顏色」、「國籍」的次序出現,但是這些形容詞的出現次序並非固定不變。有時候,形容詞音節的多寡(音節少的形容詞在前,音節多的形容詞在後)、形容詞與中心語名詞在詞義上的親疏(語意上越密切)的形容詞越靠近中心語名詞出現)等因素也必須考慮進去。

b.〔連〔那〔三個〔英俊(而且)〔金頭髮的〔法國〔學生〕〕〕〕〕〕〕

但是英語的「名後修飾語」要轉換成華語的「名前修飾語」的時候，修飾語的出現次序就形成詞序正好相反的「鏡像關係」（mirror image）。試比較：

㊷ a.〔hair〔that is *long* and *beautiful*〕〕(→*beautiful, long hair*)

b.〔美麗的〔長〔頭髮〕〕〕

㊸ a.〔*a*〔〔〔〔student *of linguistics*〕*with long hair*〕(*sitting*) *in the corner*〕

b.〔一個〔(坐在)屋角的〔長頭髮的〔語言學系〔學生〕〕〕〕〕

㊹ a.〔*the*〔*dreadful*〔〔〔rumor〕*that John had eloped with Mary*〕*which was going about in the village*〕〕〕

b.〔(那個)〔正在村子裡傳開的〔小明與小華私奔的〔可怕(的)〔謠言〕〕〕〕〕

至於動詞(組)與子句的修飾語，英語除了表示「否定」(如'not, never, seldom, hardly, scarcely; just, simply, merely'等)、「頻率」(如'always, generally, usually, often, sometimes'等)、「情態」(如'possibly, perhaps, certainly, undoubtedly'等)、「評價」(如'surprisingly, regrettably'等)、「觀

點」(如'theoretically, linguistically, technically'等)、「體裁」(如'frankly, honestly'等)等「動前副詞」(preverbal adverb)與「整句副詞」(sentential adverb;包括表示「時間」、「處所」、「理由」、「目的」等副詞與狀語)必須(如'not, never, seldom'等)或可以出現於句首或句中(動前)的位置以外，其副他詞與狀語(包括介詞組與從屬子句)都一律出現於動詞的後面 ㊿。另一方面，華語動詞(組)的修飾語則除了表示「終點」(如'給小華、到小華的地址')、「方位、趨向」(如'{上／下／出／進／過}{來／去}')、「回數」(如'一次、兩回、三下')、「期間」(如'一個小時、兩個星期、三年')、「情狀」(如'{很快／整整齊齊(的)／糊裡糊塗(的)}')與「結果」(如'得{渾身發抖／臉色都變了／連我都不敢講話}')的補語出現於中心語動詞的後面以外，其他副詞與狀語(包括介詞組與從屬子句都一律出)現於中心語動詞的前面或句首的位置。因此，英語的「動後修飾語」(postverbal modifier)與華語的「動前修飾語」(preverbalmodifier)也常形成詞序正好相反的「鏡像關係」㊿。試比較：

㊺ a. John 〔〔〔〔studied English〕 *diligently*〕 *in the library*〕 *yesterday*〕.

小明〔昨天〔在圖書館〔認眞地〔讀書〕〕〕〕。

㊻ a. John〔〔〔〔bought this car〕 *for Mary*〕 *for fun*〕 *last year*〕.

㊿ 關於英語各類副詞與狀語在句子中出現的位置與順序，參湯(1990c)。

b. 小明〔去年〔爲了好玩〔替小華〔買這一部汽車〕〕〕〕。

㊼ a. 〔〔John 〔〔〔mailed Mary's letter〕*directly to her boy friend's address*〕〕PRO to anger her〕.

b. 〔爲了激怒小華〔小明〔直接〔〔把她的信寄〕到她男朋友的地址〕〕〕〕。

㊽ a. 〔*Honestly,* 〔John 〔can 〔〔〔run〕*three miles*〕*in ten minutes*〕〕〕〕.

b. 〔說實話，〔小明〔在十分鐘內〔可以〔跑〕三英里〕〕〕〕。

㊾ a. 〔〔The burglar 〔〔〔〔opened the safe〕*hastily*〕*with a blowtorch*〕*after midnight*〕〕, *evidently*〕.

b. 〔顯然地〔小偷〔在午夜後〔用吹燄燈〔急急忙忙地〔把保險箱打開〕〕〕〕〕〕。

以上英華兩種語言修飾語「線性次序」的對比分析顯示：㈠在語意關係上與中心語越緊密的修飾語越靠近中心語出現；㈡無論就名詞修飾語(定語)或動詞修飾語(狀語)而言，英語在基本上屬於「中心語在首」（head-initial）的語言，而華語則基本上屬於「中心語在尾」（head-final）的語言；㈢因此，英語與華語常以中心語爲軸心形成線性次序相反的「鏡像關係」[53]。

六、英語與華語在語意與語用表現上的對比分析

英語動詞的「時制」(tense) 與「動貌」(aspect)，無論是

[53] 英語與華語之間，有關姓氏與名字的出現次序以及國名、省名、市名、路名與門牌號碼的出現次序的差異，也是這種「鏡像關係」的表現。

形態變化或是意義用法，都相當複雜；而華語則似乎沒有明顯的時制與動貌變化。但是我們仍然可以針對英語與華語的時制與動貌做對比分析，並把對比分析的結果應用到實際的語言教學上面來。以英語的「過去進行式」(past progressive) 爲例，我們可以(50)a.的公式來表示英語過去進行式的動詞形態，並以(50)b.、(50)c.、(50)d.的例句，就過去進行式的用法做簡單扼要的說明：㈠過去進行式很少單獨使用；㈡過去有兩個動作同時發生，較長的動作用過去進行式，而較短的動作則用過去單純式；㈢過去進行式單獨使用的時候常與表示「過去雙重時間」的副詞(常用介詞'at'來引介) (54) 連用。如果有需要，還可以用(50)e.的圖解來幫助學生了解與記憶。

(50) a. {was/were} V-ing

b. ??I *was working* in the office yesterday.

c. I *was working* in the office when the fire *broke* out yesterday.

d. I *was working at noon yesterday*.

e. {was/were} V-ing | V-ed

Past Present Future

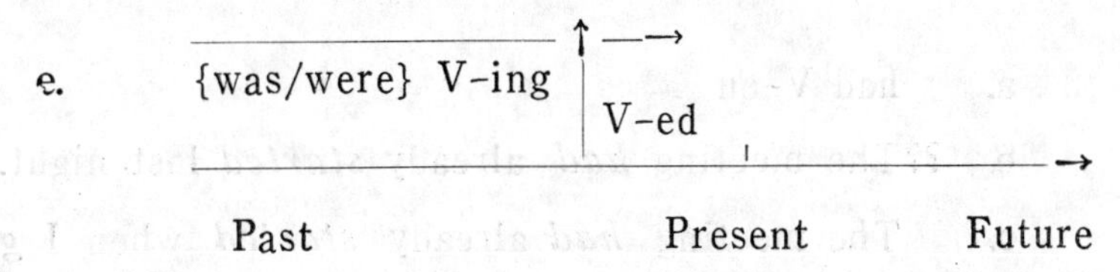

(54) 或與表示「過去確定時間」(a definite time in the past) 的副詞連用。

⑤①的例句顯示：在與英語⑤⓪相對應的華語說法裡，過去進行式（'（正）在'）也很少單獨使用（（如⑤①b.）），而常與表示較短的動作（如⑤①c.）或表示「過去雙重時間」的副詞（如⑤①d.）連用。試比較：

⑤① a. （正）在V

b. ??我昨天**（正）在**辦公室裡工作。

c. 昨天**發生**火警的時候，我**（正）在**辦公室裡工作。

d. **昨天中午**（的時候），我**（正）在**辦公室裡工作。

再以⑤②與⑤③的例句與方法來說明英語與華語「過去完成式」（past perfect）的用法：㈠過去完成式很少單獨使用；㈡過去有兩個動作先後發生，先發生的動作用過去完成式，而後發生的動作則用過去單純式；㈢過去完成式單獨使用的時候，常與表示「過去雙重時間」的副詞（常用介詞'by'來引介）連用。試比較：

⑤② a. had V-en

b. ??The meeting *had* already *started* last night.

c. The meeting *had* already *started* when I *got* there last night.

d. The meeting *had* already *started by eight o'clock last night.*

e.

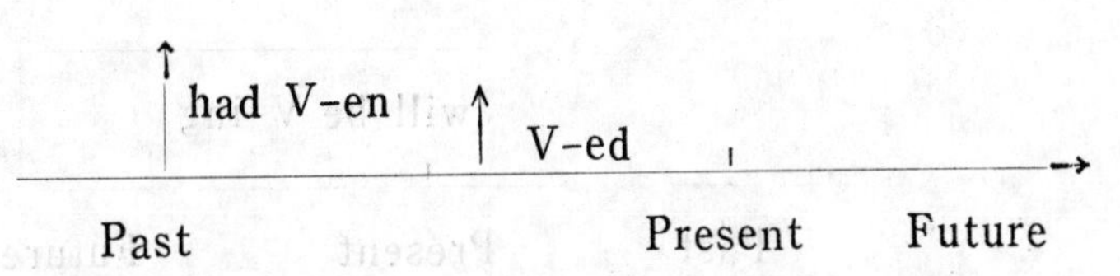

㊸ a. 已經V了

b. ??會議昨天晚上**已經開始了**。

c. 我們昨天晚上**到達**那裡的時候，會議**已經開始了**。

d. **昨天晚上八點鐘**的時候，會議**已經開始了**。

所謂「未來進行式」(future progressive) 與「未來完成式」(future perfect) 的意義與用法，基本上與過去進行式與過去完成式的意義與用法相似。不同的只是時間由過去移到未來；而且，未來進行式似乎可以單獨使用[55]。試比較：

㊹ a. will be V-ing

b. I *will be working* in the office tomorrow morning.

c. I *will be working* in the office if you *want* to see me tomorrow morning.

d. I *will be working* in the office *at ten o'clock tomorrow.*

---

[55] 參'I must be going now'等說法。

e.

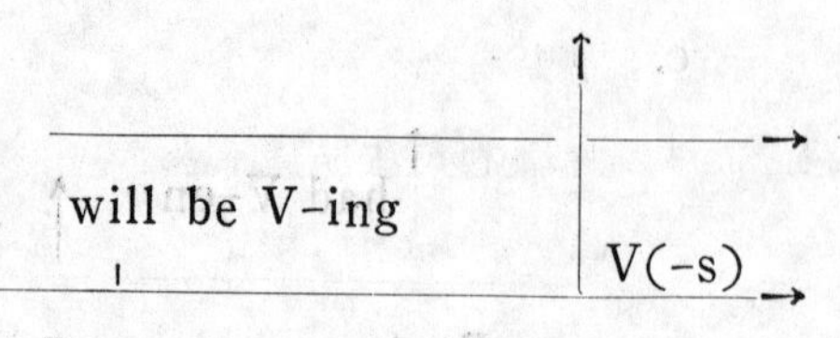

55 a. （會）在V

b. 我明天早上(會)在辦公室裡工作。

c. 如果你明天早上想見我，我(會)在辦公室裡工作。

d. 我明天早上十點鐘(會)在辦公室裡工作。

56 a. will have V-en

b. ??The meeting *will have started* tomorrow morning.

c. The meeting *will have started* by the time we *get* there tomorrow morning.

d. The meeting *will have started by 10 o'clock* tomorrow morning.

e.

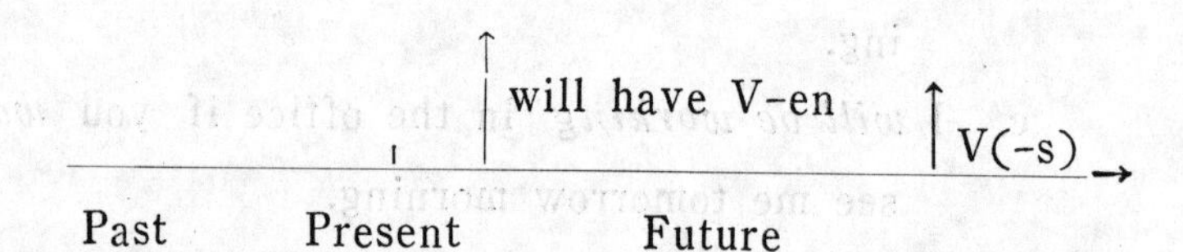

57 a. 已經V了

b. ??會議明天早上已經開始了。

c. 我們明天早上到達那裡的時候，會議已經開始了。

d. 明天早上十點鐘的時候，會議已經開始了。

以英語與華語之間的相似性，特別是語意上的相似性，來說明英語或華語的句法結構或現象，頗能提高語言教學的效果。例如，英語動詞 'seem' 必須以「靜態動詞」(stative verb；如 'understand, know') 而不能以「動態動詞」(actional verb；如'study, learn') 爲補語子句的述語動詞。但是如果把動態動詞改爲「完成式」、「進行式」或「完成進行式」，就可以充當補語子句的述語動詞。這就表示：完成式(have V-en)、進行式(be V-ing)與完成進行式(have been V-ing)基本上都屬於靜態動詞。例如：

㊺ a. It seems that John {*understands/knows/studies/learns*} English.

b. John seems to {*understand/know/*study/*learn*} English.

c. It seems that John *has* {*studied/learned*} English.

d. John seems to *have* {*studied/learned*} English.

e. It seems that John *is* {*studying/learning*} English.

f. John seems to *be* {*studying/learning*} English.

g. It seems that John *has been* {*studying/learning*} English.

h. John seems to *have been* {*studying/learning*} English.

其實，這些句法表現並不是英語動詞'seem'特有的功能；因為與英語動詞'seem'相對應的華語副詞'好像'也呈現極為相似的句法表現。試比較：

⑲ a. 小明好像{懂／會／*學／*讀}英語。
b. 小明好像(正)在{學／讀}英語。
c. 小明好像{學／讀}過英語。
d. 小明好像{學／讀}了英語。

雖然英語與華語在「動貌」的語意內涵上有相似的地方，但在「時制」與「動貌」的語用功能上却有不同的表現。例如，英語的「現在進行式」、「過去單純式」與「過去進行式」都有緩和語氣的作用，使得說話的語氣更婉轉而客氣；但是華語裡却似乎沒有與此相對應的說法。試比較：

⑳ a. I *wonder* if you *will* give me some advice.
b. I *am wondering* if you *will* give me some advice.
c. I *wondered* if you *would* give me some advice.
d. I *was wondering* if you *would* give me some advice.

⑳a.的動詞'wonder'與'will'用的是「現在單純式」(present simple)。現在單純式常用來表示「泛時制」(generic tense)；也就是，兼及過去、現在與未來的「一切時」，因而常顯出生硬

冷淡的語氣，含有强制的意味而使對方感到壓迫。⑥⓪b.的動詞 'am wondering' 用的是「現在進行式」(present progressive)。現在進行式含有「暫時」(temporary) 或「未完成」(uncompleted) 的意思，因而表示說話者猶豫或遲疑的態度，允許對方有推却的餘地。⑤⑧e.的動詞'wondered'與'would'用的是「過去單純式」(past simple)。過去單純式不指示現在或未來的時間；因而表示說話者現在並不堅持，個人過去的見解可以視對方現在的觀點而有所改變。⑥⓪d.的動詞'was wondering'用的是「過去進行式」。如果說⑥⓪b.的進行式的說法比⑥⓪a.單純式的說法客氣，而⑥⓪c.過去式的說法又比⑥⓪b.現在式的說法客氣，那麼既是過去又是進行式的⑥⓪d.是禮多人不怪的「雙重客氣」，而在所有四種說法中最爲婉轉而客氣的說法。

英語的「時式」(tense and aspect)，傳統的教學法是分成三個「時」(現在、過去、未來) 與四個「式」(單純、進行、完成進行)，然後在總共十二種時式下先講解「直述語氣」(indicative mood) 與「主動語態」(active voice)，再講解「被動詞態」(passive voice) 與「假設語氣」(subjunctive mood)。這裡爲高中與大專學生介紹另外一種英語時式的教學法。在這種教學法裡，英語時式中的每一項要素，包括「時」(tense)、「法」(mood)、「貌」(aspect)、「相」(phase) 與「態」(voice) 等，都賦予一個具體的語音形態與語意內涵，學生只要根據自己所要表達的意思來選擇這些要素，然後把這些要素串連成時式就行了[56]。

[56] ⑤⑨的表係參考 Chomsky (1957) 的分析並經過作者的詮釋與應用而設計的。

Tense	Mood	Aspect	Phase	Voice	Verb
（時）	（法）	（貌）	（相）	（態）	（動詞）

$$\left\{\begin{array}{l}\text{-(s)}\\ \text{-ed}\end{array}\right\}\ \left(\left\{\begin{array}{l}\text{will}\\ \text{shall}\\ \text{may}\\ \text{can}\\ \text{must}\end{array}\right\}\right)\ \text{(have-en)}\ \text{(be-ing)}\ \text{(be-en)}\ \text{V}$$

英語的「時」分為「過去時」(past tense; '-ed') 與「非過去時」(nonpast tense; '-(s)')。「過去時」可以指「過去時間」(past time)，也可以指願望、虛擬等「非事實」(nonfactual)；而「非過去時」則可以指「現在時間」(present time)、「未來時間」(future time) 以及兼指過去、現在與未來的「一切時間」(generic time)。「花括弧」(braces; '{ }') 的符號表示（在「過去式」與「非過去式」之間）「任選其一」(choice of one)。「法」表示說話者「意願、命令、預斷 (will/would)；責任、義務、期望(shall/should)；許可、可能(may/might)；能力、容許、(理論上的)可能(can/could)；需要，必然 (must)」等語氣；說話者可以根據所要表達的語氣，選擇適當的「情態助動詞」(modal auxiliary) 來使用，而過去式情態助動詞比非過去式助動詞來得含蓄而婉轉。「圓括弧」(parentheses; '( )') 的符號表示「可選亦可不選」(optional)。「貌」就是所謂的「完成式」(perfect aspect)，表示事情的「發生在前」(anteriority)；在「過去完成」與「未來完成」中表示這一個動作比另外一個動作早先發生，而在「現在完成」中則表示講話的時候這個動作已經發生。「相」就是所謂的「進行式」(progressive phase)，表示動作的「同時發生」(simultaniety) 或「持續進行」(currency)；在「過去進行」與「未來進行」中表示另外一個動作發生的時候這個動作正在進行，而在「現在進行」中則表示講話的時候這個動作正在進行。如果把「完成式」與「進行式」連用就形成「完成進行式」(perfect progressive; have been V-ing)，表示當一個動作發生的時候另外一個動作早已發生而且仍在進行，或講話的時候已經繼續不斷地進行了一段時間。「態」是所謂的「主動」或「被動」語態，表示充當主語的究竟是「施事者」(actor) 還是「受事者」(patient)；如果選了 'be V-en' 就是「被動」，否則就是「主動」。㉑的表裡，前面沒有附「連號」(hyphen; '-') 的 'will, shall, may, can, must, have, be' 以及最後的動詞(V)是可以單獨出現的「自由語」(free morph) 或「詞語」(word)；而前面附有「連號」的 '-(s) (第三身單數現在，-ed (過去)，-en (過去分詞)，-ing (現在分詞)' 則代表不能單獨出現的「綴尾」，必須附加於後面詞語的字尾(即 '-YX →X-Y')。學生只要根據上面的「公式」與指示逐步地演算就可以產生英語所有的時式變化[57]。舉例如下：

⑫ a. -ed will have-en be-ing come →

would have been coming

＝would ＋ 完成進行式主動態

---

[57] 情態助動詞的數目還可以增加，但是單就㊾的「公式」就可以產生(2×6×2×2×2＝)九十六種不同的時式了。

b. (-s) have-en be-en see →

$\left\{\begin{matrix} \textit{have} \\ \textit{has} \end{matrix}\right\}$ *been seen*

＝現在完成式被動態

c. -ed be-ing be-en discuss

$\left\{\begin{matrix} \textit{was} \\ \textit{were} \end{matrix}\right\}$ *being discussed*

＝過去進行式被動態

利用這種「公式」產生英語動詞的「時式」，可以讓學生明白「完成式」必須連用'have 動詞'與過去分詞(have-en)、「進行式」必須連用'be動詞'與現在分詞(be-ing)、「被動態」必須連用'be 動詞'與過去分詞(be-en)、「時制詞尾」(tense suffix; '-(s)'與'-ed')必須附加於出現於後面的第一個動詞。而且，更重要的是：每一個構成時式的要素都賦予特定的語義或功能；因此學生只要根據自己所要表達的語意內容把有關的時式要素加以選擇，並利用公式把這些時式要素串連起來，就可以把自己的意思正確地表達出來。

㉞ a. 假如他開(-ed＋(have-en)＋(be-ing)＋drive)車子沒有開得太快的話，他就不會(-ed＋will)給計程車撞上((have-en)＋(be-en)＋hit)了。

b. If he *had* not *deen driving* too fast, he *would* not *have been hit* by a taxi.

七、結　語

以上就詞彙(合成詞與複合詞)、句法(詞序)以及語意與語用(時制與動貌)等提出了英語與華語的對比分析。由於時間與篇幅的限制，我們無法仔細討論如何把這些對比分析的結果實際地應用到不同程度或不同需要的學生上面去。但無論是實際教學、錯誤分析、困難預測、設計練習等各方面的問題，都可以從這種對比分析得到幫助或解決的途徑。從前有人批評：我國的高中學生連'升旗典禮'都不會用英語說。可是，重要的不是要教學生英語的'升旗典禮'怎麼說，而是要訓練學生怎麼樣思考用英語說出這一句話來。'升旗典禮'是華語的複合名詞，由複合動詞'升旗'修飾複合名詞'典禮'而形成。英語的'典禮'是單純詞'ceremony'，而'升旗'則必須用複合形容詞。由於英語複合詞的中心語都在複合詞的右端，所以動語'升'('hoist')應該以現在分詞'hoisting'的形式出現於'旗(子)'('flag')的後面形成'flag-hoisting'；因而正確的答案應是'flag-hoisting ceremony'。教師的工作，不是把現成的'flag-hoisting ceremony'教給學生而要求學生死記死背。學生可能不會'hoist'的單詞，而以'raise'來代替，但是重要的是讓學生不但能說出'flag-hoisting ceremony'，更能說出'record-breaking athlete, cigar-smoking gentleman'等等一連串結構相同的複合形容詞。因爲這個時候學生學到的不是零零碎碎的單詞，而是獲得了創造英語複合詞的能力。

* 本文於1992年11月14日至15日在國立臺灣師範大學舉辦的

中華民國英語文學會主辦第一屆國際英語文教學研討會上以口頭發表，並刊載於《人文社會學科教學通訊》(1993) 4卷3期72-115頁。

參考文獻

Bach, E., 1974, Syntactic Theory, Holt, Rinehart and Winston, New York.

Bowen, J.U., 1975, Patterns of English Pronunciation.

Carroll, J.B., 1968, 'Contrastive Linguistics and Interference Theory,' Monograph Series on Language and Linguistics, 19, 113-122.

Catford, J.C. 1968, 'Contrastive Analysis and Language Teaching' Monograph Series on Language and Linguistics, 19, 160-173.

Chomsky, N., 1957, Syntactic Structures, Mouton, The Hague.

——, 1965, Aspects of the Theory of Syntax, MIT Press, Cambridge, Mass.

Fries, C.C., 1945, Teaching and Learning English as a Foreign Language, University of Michigan Press, Ann Arbor.

Joos, M., 1958, Readings in Linguistics, American Council of Learned Societies, New York.

Lado, R., 1957, Linguistics Across Cultures, University of Michigan Press, Ann Arbor.

Li, C. N. and A. Thompson, 1981, Mandarin Chinese: A Functional Reference Grammar, University of California Press, L.A., California.

Quirk, R.,S. Greenbaum, G. Leech and J. Svartvik, 1972, A

Grammar of Contemporary English, Longman, London.

Selkirk, E.O., 1982, The Syntax of Words, Linguistic Inquiry Monograph 7, MIT Press, Cambridge, Mass.

Tang, T.C.（湯廷池），1977〈對比分析與雙語教育〉，《中等教育》28:1, 19-30；並收錄於湯 (1977:105-134)。

——, 1977，《英語教學論集》，臺灣學生書局。

——, 1984a,〈英語詞句的「言外之意」：「功用解釋」〉，《中華民國第一屆英語文教學研討會論文集》1-46；並收錄於湯(1984b:375-43, 1988d:247-319)。

——, 1984b,《英語語法修辭十二講：從傳統到現代》，臺灣學生書局。

——, 1986a,〈國語語法與功用解釋〉，《華文世界》39, 1-11; 40, 41-45; 41, 30-40；並收錄於湯(1988e:105-147)。

——, 1986b,〈國語與英語功用語法的對比分析〉，《師大學報》31, 437-469；並收錄於湯(1988d:397-451)。

——, 1988a,〈普遍語法與漢英對比分析〉，《第二屆世界華語文教學研討會論文集(理論分析篇)》119-146；並收錄於湯(1989:213-256)。

——, 1988b,〈普遍語法與英漢對比分析：「X標槓理論」與詞組結構〉；收錄於湯(1989:257-558)。

——, 1988c,〈爲漢語動詞試定界說〉，《清華學報》18:1, 43-69；並收錄於湯(1989:1-42)。

——, 1988d,《英語認知語法：結構、意義與功用(上集)》，臺灣學生書局。

——, 1988e,《漢語詞法句法論集》，臺灣學生書局。

——, 1989a,〈詞法與句法的相關性：漢、英、日三種語言複合動詞的對比分析〉，《清華學報》19:1, 51-94；並收錄於湯(1989c:147-211)。

——, 1989b,〈「原則參數語法」與英漢對比分析〉，《新加坡華文研究會世界華文教學研討會論文集》75-117；修改擴充後收錄於湯(1992d:243-403)。

———, 1989c,《漢語詞法句法續集》，臺灣學生書局。

———, 1990a,〈英語副詞與狀語在「X標槓結構」中出現的位置：句法與語意功能〉，《人文及社會學科教學通訊》1:1, 48; 2, 47-71; 3, 77-88; 4, 97-133，並收錄於湯(1992f:115-251)。

———, 1990b,〈對照研究と文法理論㈠；格理論〉，《東吳日本語教育》，13, 37-68。

———, 1991a,〈對照研究と文法理論㈡；Xバー理論〉，《東吳日本語教育》14, 5-25。

———, 1991b,〈從動詞的「論旨網格」談英漢對比分析〉，第三屆華語文教學研討會論文；收錄於湯(1992e:205-250)。

———, 1991c,〈「論旨網格」與英漢對比分析〉，《人文社會學科教學通訊》2:3, 129-145; 4, 76-97；並收錄於湯(1992f:253-332)。

———, 1991d,〈原則參數語法、論旨網格與機器翻譯〉，中華民國第四屆計算語言學研討會論文。

———, 1991e,〈漢語語法的「併入現象」〉，《清華學報》21:1, 1-63; 2, 337-376；並收錄於湯(1992d:139-242)。

———, 1992a,〈原則參數語法、對比分析與機器翻譯〉，新加坡第一屆國際漢語語言學會議論文；收錄於湯(1992e:251-335)。

———, 1992b,〈語法理論與機器翻譯：原則參數語法〉，《中華民國第五屆計算語言學研討會論文集》53-84。

———, 1992c,〈漢語的「字」、「詞」、「語」與「語素」〉，《華文世界》53, 18-22; 54, 26-29; 64, 48-56; 65, 81-87; 66, 77-84; 並收錄於湯(1992d:1-57)。

———, 1992d,《漢語詞法句法三集》，臺灣書生書局。

——, 1992e,《漢語詞法句法四集》，臺灣學生書局。

——, 1992f,《英語認知語法：結構、意義與功用(中集)》，臺灣學生書局。

語言分析與英語教學

一、前　言

在湯(1992)〈語言教學、語言分析與語法理論〉這一篇文章裡，我們曾經强調語言分析對語言教學的重要性以及語法理論對語言分析可能做出的貢獻。我們認爲「教學觀」(approach)與「教學法」(method) 僅對語言教學提示基本而抽象的觀點、原則或大綱，而「教學技巧」(technique) 則必須針對語音、詞彙、句法、語意與語用等各方面所遭遇到的實際問題提出簡明扼要的「解釋」(explication) 與適切有效的「練習」(drill)。

也就是說，具體而微的教學技巧才能解決語言教學的實際問題。而要改進教學技巧，除了虛心檢討自己的教學內容與方法以及觀摩別人的教學或吸收前人的智慧以外，還要在健全的語法理論的指引與細緻的語言分析的幫助之下不斷地研究如何才能清清楚楚、簡簡單單地說明教學的重點，如何才能對症下藥、迅速有效地設計適當的練習。在這一篇文章裡，我們繼續討論語言分析對於語言教學的貢獻。但是我們把語言教學限於英語教學，而且不涉及語法理論而只援用語言分析來討論如何從看似雜亂無章的語言現象中整理出頭緒來解釋個中道理。由於篇幅的限制，我們只討論如何「解釋」有關的問題，包括"在英語裡該怎麼說或該怎麼用？"(How?)與"爲什麼這樣說或不這樣說？"(Why?)，而不討論如何利用這些「解釋」爲特定程度的學生或特定目標的教學設計適切有效的「練習」。

二、「一類詞綴」與「二類詞綴」

英語的「合成詞」(complex word) 由「詞根」(root) 與「派生詞綴」(derivational affix) 組合而成。研究英語構詞學的語言學家，很早就發現英語的「詞綴」可以依據其「音韻」(phonology) 與「詞法」(morphology) 特性分爲兩類❶，而分別稱爲「一類詞綴」(Class I affix) 與「二類詞綴」(Class II affix) ❷。我們根據 Selkirk (1982: 80-86) 的分類與例詞，把

❶ 例如，Newman (1946) 與 Chomsky & Halle (1968)。
❷ Chomsky & Halle (1968) 分別稱爲「非中性詞綴」(non-neutral affix) 與「中性詞綴」(neutral affix)；Siegel (1974) 稱爲「一類

(→)

這兩類詞綴列舉在下面。

① 「詞尾」(**suffix**)

a. 「(形成)名詞(的)詞尾」(noun-forming suffix)

(I)「一類詞綴」

-y (democrac-*y*), -ette (sermon-*ette*), -ist (cycl-*ist*)〔以上例詞係在「名詞詞根」後面附加「名詞詞尾」形成「名詞詞根」〕; -ist (national-*ist*), -ity (scarc-*ity*), -ism (Catholic-*ism*), -a (Canadian-*a*), -y (decenc-*y*), -th (wid-*th*)〔以上例詞係在「形容詞詞根」後面附加「名詞詞尾」形成「名詞詞根」〕; -ance (resist-*ance*), -ee (employ-*ee*), -ation (convers-*ation*), -ion (confus-*ion*), -ment (orna-*ment*), -ate (dis-till-*ate*)〔以上例詞係在「動詞詞根」後面附加「名詞詞尾」形成「名詞詞根」〕

(II)「二類詞綴」

-hood (sister-*hood*), -ship (queen-*ship*), -dom (czar-*dom*), -er (villag-*er*), -let (drop-*let*), -ling (squire-*ling*), -ful (hand-*ful*), -man

---

詞綴」與「二類詞綴」; Allen (1978) 以「層」(level) 取代「類」(class) 而稱為「一層詞綴」(Level I affix) 與「二層詞綴」(Level II affix); 而 Selkirk (1982) 則從詞法結構的觀點命名為「詞根詞綴」(Root affix;「一類詞綴」附加於「詞根」(Root) 形成「詞根」) 與「詞語詞綴」(Word affix;「二類詞綴」附加於「詞語」(Word) 形成「詞語」)。

(post-*man*), -y (dadd-*y*), -age (acre-*age*), -ism (favorit-*ism*), -ist (microscop-*ist*) 〔以上例詞係在「名詞」後面附加「名詞詞尾」形成「名詞」〕; -ness (kind-*ness*) 〔以上例詞係在「形容詞」後面附加「名詞詞尾」形成「名詞」; -er (sing-*er*), -ing (open-*ing*), -al (arriv-*al*), -ment (amuse-*ment*), -age (slipp-*age*) 〔以上例詞係在「動詞」後面附加「名詞詞尾」形成「名詞」〕

b. 「(形成)形容詞(的)詞尾」(adjective-forming suffix)

(Ⅰ)「一類詞綴」

-al (accident-*al*), -ic (totem-*ic*), -ary (inflation-*ary*), -ous (adventur-*ous*), -ian (Canad-*ian*), -ese (Japan-*ese*), -esque (statu-*esque*) 〔以上例詞係在「名詞詞根」後面附加「形容詞詞尾」形成「形容詞詞根」〕; -able (prefer-*able*), -ible (leg-*ible*), -ive (creat-*ive*), -ory (obligat-*ory*) 〔以上例詞係在「動詞詞根」後面附加「形容詞詞尾」形成「形容詞詞根」〕

(Ⅱ)「二類詞綴」

-ful (cheer-*ful*), -less (heart-*less*), -ly (friend-*ly*), -y (pulp-*y*), -ish (vultur-*ish*), -en (wood-*en*), -ed (talent-*ed*), -some (danger-

some)〔以上例詞係在「名詞」後面附加「形容詞詞尾」形成「形容詞」〕；-ly (kind-*ly*), -ish (green-*ish*), -y (blue-*y*), -er (near-*er*), -est (near-*est*)〔以上例詞係在「形容詞」後面附加「形容詞詞尾」形成「形容詞」〕；-y (fidget-*y*), -able (handle-*able*)〔以上例詞係在「動詞」後面附加「形容詞詞尾」形成「形容詞」〕

c. 「(形成)動詞(的)詞尾」(verb-forming suffix)

(I)「一類詞綴」

-ize (agon-*ize*), -ify (cod-*ify*)〔以上例詞係在「名詞詞根」後面附加「動詞詞尾」形成「動詞詞根」〕；-ify (prett-*ify*), -ate (activ-*ate*)〔以上例詞係在「形容詞詞根」後面附加「動詞詞綴」形成「動詞詞根」〕

(II)「二類詞綴」

-ize (winter-*ize*)〔以上例詞係在「名詞」後面附加「動詞詞尾」形成「動詞」〕；-en (hard-*en*)〔以上例詞係在「形容詞」後面附加「動詞詞尾」形成「動詞」〕；-ed/-en (mend-*ed*, brok-*en*), -ing (sing-*ing*)〔以上例詞係在「動詞」後面附加「形容詞詞尾」形成「動詞」❸〕

② **「詞首」(prefix)**

---

❸ 也有些語言學家把過去分詞的'-ed/-en'與現在分詞的'-ing'分析爲「形容詞詞綴」。

a.「(形成)名詞(的)詞首」(noun-forming prefix)

(Ⅰ)「一類詞綴」

arch- (*arch*-enemy), vice- (*vice*-president)〔以上例詞係在「名詞詞根」前面附加「詞首」❹形成「名詞詞根」〕

(Ⅱ)「二類詞綴」

ex- (*ex*-president), step- (*step*-parent), arch- (*arch*-enemy), vice- (*vice*-president), non- (*non*-analysis)〔以上例詞係在「名詞」前面附加「詞首」形成「名詞」〕

b.「(形成)形容詞(的)詞首」(adjective-forming prefix)

(Ⅰ)「一類詞綴」

a- (*a*-kin)〔以上例詞係在「名詞詞根」前面附加「形容詞詞首」形成「形容詞詞根」〕; in- (*in*-covenient), un- (*un*-grammatical), a- (*a*-new) ❻〔以上例詞係在「形容詞詞根」前面附加「詞首」

---

❹ 這裡的「詞首」不改變詞根的詞類；也就是說，附加於名詞之後仍然形成名詞。有些語言學家把這種只具修飾作用而不改變詞類的詞綴稱爲「語意詞綴」(semantic affix)，以別於改變詞類的「派生詞綴」。

❺ Selkirk (1982:83, 87, 99) 把出現於'*erythro*cyte, *bi*partisan, *counter*proposal, *micro*scope, *mono*syllable, *hyper*sensitive'等例詞的「(語意)詞首」(semantic prefix) 分析爲「粘着詞根」(bound root)，並把這些例詞稱爲「非固有複合詞」(nonnative compound)。

❻ 一般辭典都把'anew'分析爲副詞，但是 Selkirk (1987) 似乎把副詞也歸入廣義的形容詞。

形成「形容詞詞根」〕；a-（*a*-sleep）〔以上例詞係在「動詞詞根」前面附加「形容詞詞首」形成「形容詞詞根」〕

（Ⅱ）「二類詞綴」

un-（*un*-convinced), non-（*non*-synthetic)〔以上例詞係在「形容詞」前面附加「詞首」形成「形容詞」〕

c. 「(形成)動詞(的)詞首」（verb-forming prefix)

（Ⅰ）「一類詞綴」

en-（*en*-slave), be-（*be*-cloud), de-（*de*-bug)〔以上例詞係在「名詞詞根」的前面附加「動詞詞首」形成「動詞詞根」〕；en-（*en*-noble), be-(*be*-calm)〔以上例詞係在「形容詞詞根」的前面附加「動詞詞首」形成「動詞詞根」〕；in-（*in*-flate), de-（*de*-flate), ex-（*ex*-propriate), con-（*con*-tribute), per-（*per*-mit), ab-（*ab*-solve), de-（*de*-tonate), re-（*re*-solve), sub-(*sub*-stitute), dis-（*dis*-pense), inter-（*inter*-rupt), trans-（*trans*-fer), pre-（*pre*-dict), post-（*post*-pone); de-（*de*-centralize), dis-(*dis*-approve), be-（*be*-moan), a-（*a*-rouse), mal-（*mal*-function), un-（*un*-tie), re-（*re*-assemble), pre-（*pre*-plan), mis-（*mis*-represent)〔以上例詞係在「動詞詞根」的前面附加「動

詞詞首」形成「動詞詞根」〕

（Ⅱ）「二類詞綴」

de-（*de*-bug）〔以上例詞係在「名詞」前面附加「動詞詞首」形成動詞〕；un-（*un*-tie), re-（*re*-assemble), pre-（*pre*-plan), mis-（*mis*-represent), de-（*de*-centralize), dis-（*dis*-hearten)〔以上例詞係在「動詞」前面附加「動詞詞首」形成「動詞」〕

仔細觀察以上分別歸屬於「一類詞綴」與「二類詞綴」的詞尾與詞首，我們對這兩類詞綴的區別獲得下列結論。

㈠在詞綴的語音形態上，屬於「一類詞綴」的詞尾，除了少數例外(如 '-th, -ment ❼')以外，都以元音起首；而屬於「二類詞綴」的詞尾則除了與「屈折詞尾」(inflectional suffix) 有關的'-ing, -ed, -en, -er, -est'與兼屬「一類詞綴」的'-ist, -ism, -able, -ize'等以外，大都以輔音起首。

㈡在詞綴的詞彙來源上，「一類詞綴」大都屬於來自拉丁、希臘文等的「非固有詞彙」(nonnative vocabulary)；而「二類詞綴」則大都屬於盎格魯、撒克遜語的「固有詞彙」(native vocabulary)❽。

---

❼ 注意：詞尾'-ment'兼屬於「一類詞綴」與「二類詞綴」。

❽ 但是兼屬於一、二兩類的詞綴中，'-able, un-, mis-, be-' 等屬於固有詞彙，而'-ment, -ism, -ist, arch-, vice-, de-, dis-, pre-, re-' 等則屬於非固有詞尾。又形成副詞(如'a-new, a-sleep)與「補述形容詞」(predicative adjective;；如'a-kin, a-sleep) 的'a-'屬於固有詞彙。

㈢在詞根的詞語身份上，「一類詞綴」可能附加於可以單獨成詞的「自由語(素)」(free morph(eme))，也可能附加於不能單獨成詞的「粘著語(素)」(bound morph(eme))；而「二類詞綴」則一律附加於自由語(素)。試比較：

③ a. 「一類詞綴」：sub-*mit*, *frict*-ion, *dict*-ate, *leg*-al, trans-*fer*, dis-*pense*, de-*duce*, pre-*dict*, post-*pone*

b. 「二類詞綴」：***kind***-ness, ***peace***-ful, ***treat***-ment, re-***wash***, sub-***human***, dis-***approve***, de-***centralize***, pre-***plan***

㈣「一類詞綴」與重音位置的決定有關，因而可能引起詞根「重音位置的改變」(stress shift)；而「二類詞綴」則與重音位置的決定無關，不會引起重音位置的改變❾。試比較：

④ a. 「一類詞綴」：cúrious → curiósity, pérson → persónify, phótograph → photográphic

b. 「二類詞綴」：kínd→kíndness, bróther → brótherhood, péace → péaceful

㈤「一類詞綴」與詞幹之間可能引起「同化現象」(assi-

---

❾ 這就是 Chomsky & Halle (1968) 以「中性詞綴」(即「與輕重音無關」(stress-neutral)) 與「非中性詞綴」(即「與輕重音有關」(stress-nonneutral)) 命名兩類詞綴的由來。

milation)；而「二類詞綴」與詞幹之間則不會引起同化現象。試比較：

⑤ a. 「一類詞綴」：credible → *in*credible, possible → *im*possible, legal → *il*legal, regular → *ir*regular

b. 「二類詞綴」：countable → *un*countable, popular → *un*popular, lucky → *un*lucky, real → *un*real; conducting → *non*conducting, partisan → *non*partisan, lethal → *non*lethal, resistant → *non*resistant

(六)屬於同一類的詞綴可以依不同的次序出現(如⑥的例詞)，但是「一類詞綴」則必須出現於「二類詞綴」的前面或內側。試比較：

⑥ a. 「一類詞綴」＜「一類詞綴」：monster → monstr-*ous* → monstr-os-*ity*; procliv-*ity*; → procliv-it-*ous*; possible → *im*-possible → im-possibil-*ity*; sense → sensit-*ive* → *in*-sensit-*ive* → in-sensit-iv-*ity*

b. 「二類詞綴」＜「二類詞綴」：fear → fear-*less* → fear-less-*ness*; tender → tender-*ness* → tender-ness-*less*; subscribe → subscrib-*er* → *non*-subscrib-er; priest → *ex*-priest → *non*-ex-priest; believe → believ-*er* → *non*-believ-er, *ex*-non-belive-er; law → law-*ful* → *un*-law-ful

⑦ a. 「一類詞綴」<「二類詞綴」: danger → danger-*ous* → danger-ous-*ness*; active → activ-*ity* → activ-ity-*less*; hospitable → *in*-hospitable → in-hospitable-*ness*; contract → contract-*ual* → *non*-contract-ual

b. *「二類詞綴」<「一類詞綴」: fear → fear-*less* → *fear-less-*ity*; tender → tender-*ness* → *tender-ness-*ous*; humid → *non*-humid → *non-humid-*ify*; glutton → glutton-*ish* → **in*-glutton-ish

(七)只有「二類詞綴」可以「對等連接」(coordinate conjunction; 如⑧a.) 或「並列刪簡」(coordinate reduction; 如⑧b.)。

⑧ a. *pro*-clitics (依前成分) and *en*-clitics (依後成分) → *pro*- and *en*-clitics; *hyper*-thyroid (甲狀腺亢進) and *hypo*-thyroid (甲狀腺減退) → *hyper*- and *hypo*-thyroid ⑩

b. *anti*-abortion (反墮胎) and *anti*-segregation (反

---

⑩ Selkirk (1982) 把'hyper-'等「語意詞首」分析爲「粘着詞根」;但是粘着詞根在詞法功能上較接近於「二類詞綴」,所以在這裡也暫且分析爲二類詞綴。同時,依據 Selkirk (1982), 'pre-' 兼屬於一、二類詞綴,而 'post-' 則僅屬於一類詞綴。由於這兩個詞首可以對等連接(如'*pre*- and *post*-positions'),所以似乎都應該分析爲兼屬於一、二類詞綴。

隔離）→ *anti*-abortion and -segregation; *socio*-linguistics（社會語言學）and *socio*-economics（社會經濟學）→ *socio*-linguistics and -economics

(八)只有「二類詞綴」可以附加於「複合詞」的前面或外側。試比較：

⑨ a. 「一類詞綴」: germ-resistant → **in*-germ-resistant; upgrade → **dis*-upgrade; standby → *standby-*ic*; laid-back → *laid-back-*ity*

b. 「二類詞綴」: germ-resistant → *non*-germ-resistant; upgrade → *de*-upgrade; standby → standby-*less*; laid-back → laid-back-*ness*; self-sufficient → *un*-self-sufficient; weather-related → *non*-weather-related; turnover → turnover-*less*; painstaking → painstaking-*ly*; frogman → *ex*-frogman; pickup → pickup-*ful*; overthrow → *re*-overthrow; backdate →*mis*-backdate; underline→ *pre*-underline

(九)有些詞綴兼屬兩類(如'-ist, -ment, -able, -ize; arch-, vice- un-, de-, dis-, re-, pre-, mis-')。例如，在表示否定的詞首中，'in-'屬於一類詞綴、'non-'屬於二類詞綴，而'un-'則兼屬一類與二類詞綴。因此，'un-'一方面可以出現於一類詞綴的內側(如⑩a.)，又可以出現於二類詞綴或(固有)複合詞的外側(如⑩b.)。試比較：

⑩ a. real → *un*-real → un-real-*ity*; learn → learn-*able* → *un*-learn-able → un-learn-abil-*ity*; grammar → grammatic-*al* → *un*-grammatic-al → un-grammatic-al-*ity*; produce → product-*ive* → *un*-productive → un-product-iv-*ity*

b. health → health-*y* → *un*-health-y; daunt → daunt-*ed* → *un*-daunt-ed; fear → fear-*ful* → *un*-fearful; ghoul → ghoul-*ish* → *un*-ghoul-ish; cling → cling-*y* → *un*-cling-y

(十)以上的討論顯示：一類詞綴與詞幹的關係較爲密切，而二類詞綴與詞幹的關係則較爲鬆懈。這兩類詞綴的區別，不但能解釋許多有關英語合成詞的特徵，而且還可以預測英語裡「可能」(possible) 與「不可能」(impossible) 的新(合成)詞。例如，Selkirk (1982:91) 指出：由兩個二類詞綴合成的⑪a.是英語裡可能的合成詞，但是二類詞綴出現於一類詞綴內側的⑪b.是英語裡不可能的合成詞。試比較：

⑪ a. wiggle → wiggle-*y* → *non*-wiggle-y; secular → *non*-secular → non-secular-*ize*

b. humid → *non*-humid → *non-humid-*ify*; electric → *non*-electric → *non-electr-*ify*

我們也可以預測：把一類詞綴'im-'附加於粘著詞幹'-maculate'以及把二類詞綴'un-'附加於已經帶有二類詞綴'-ed'的詞幹'mildew-ed'都能形成合語法的英語合成詞；但是如果把二類詞綴的'un-'附加於粘著詞幹'-maculate'，或把一類詞綴'im-'附加於已經帶有二類詞綴'-ed'的詞幹'mildew-ed'，就必然形成不合法的英語合成詞。試比較：⓫

⑫ *im*-maculate, *un*-mildew-ed;
*un-maculate, *im-mildew-ed

三、英語詞彙的「阻礙現象」

英語的動詞常由名詞或形容詞不加詞綴而直接經過「轉類」(conversion)⓬產生。這個時候，如果英語的詞彙中已經有「同音」(homophonous) 或「同義」(synonymous) 的動詞用法存在，就會阻礙有關的名詞或形容詞轉類成爲動詞。這種現象就叫做「阻礙現象」(blocking)⓭。

㈠「音韻上的阻礙現象」(phonological blocking)

⓫ 依據 Selkirk (1982) 的分析，英語的否定詞首'un-'兼屬兩類詞綴，但是⑫的例詞(以及'*un*-comfort-able'與'**in*-comfortable'的對比(注意，依據 Selkirk (1982)，詞尾'-able'也兼屬兩類詞綴)似乎顯示：'un-'比較接近於二類詞綴。

⓬ 「轉類」又叫做「零派生」(zero-derivation)；也就是說，動詞'heat'與'warm'是由名詞'heat'與形容詞'warm'分別附加詞綴「零」(zero; ϕ) 而形成的。

⓭ 這是 Aronoff (1976) 的命名，而 Clark & Clark (1979) 則稱爲「先佔現象」(pre-emption)。以下的討論主要參考這兩篇論著。

在表示春夏秋冬的名詞 'spring, summer, fall, autumn, winter'中，只有'summer, autumn, winter'可以轉類成爲動詞而分別做'度{夏/秋/冬}天'（spend the {summer/autumn/winter}）解⓮。試比較：

⑬ John planned to {**spring*/*summer*/**fall*/*autumn*/*winter*} in France.

這是因爲在這些表示四季的名詞中，'spring' 與'fall' 已經分別有'跳躍'與'跌倒'的動詞用法，因而產生阻礙現象。又如，在'Dodge, Ford, Chevy'等表示汽車廠牌的名詞中，只有'Chevy'可以轉類成爲動詞而做'開 Chevy（=Chevolet）牌的汽車'（drive in a Chevy）解。試比較：

⑭ They {**Dodged*/**Forded*/*Chevied*} to New York last week.

這也是因爲在這些表示汽車廠牌的名詞中，'Dodge'與'Ford'已經分別有'閃避'(dodge)與'涉水而過'(ford)的動詞用法而發生阻礙現象的緣故。這種因爲同音詞的存在而阻礙新詞的現象，可以稱爲「音韻上的阻礙現象」（phonological blocking)。

㈡「**形態上的阻礙現象**」（morphological blocking)

⓮ *Longman Dictionary of Contemporary English* 在這些名詞的動詞用法前面做'rare'(罕用)的註解。

把表示航空公司的名詞(如'UA (United Airlines), CAL (China Airlines), American Airlines, Air-California, Trailways'等)轉類成爲動詞而做'搭……的班機，飛(往某地)'解的時候，允許⑮a.的說法，却不允許⑮b.的說法。

⑮ a. John {*UA'd/CAL'd/American'd/Air-California'd*} to Los Angeles.

b. *John {*United'd / United Airlines'd / China Airlines'd/Trailways'd*} to Los Angeles.

這是因爲在⑮b.的例詞中，'United Airlines, Trailways'等名詞本身已經帶有過去分詞式詞尾 '-(e)d' 與複數詞尾 '-(e)s' 等「屈折詞尾」(inflectional suffix)，所以不能再加上其他詞尾。這種因爲名詞裡詞綴的存在而阻礙轉類成爲動詞的現象，可以稱爲「形態上的阻礙現象」(morphological blocking)。

㈢「**語意上的阻礙現象**」(semantic blocking)

在表示交通工具的名詞'bicycle, car, canoe, airplane'中，'bicycle, canoe'可以轉類成爲動詞而做'travel by {bicycle/canoe}'解，但是'car, airplane'則不能轉類成爲動詞。試比較：

⑯ a. John {*bicycled/ *carred*} downtown.

b. Bob {*canoed/*airplaned*} to London.

'car, airplane'之所以不能轉類成爲動詞，似乎是由於動詞用法

的 'travel by {car/airplane}' 分別可以由動詞'drive'與'fly'來表達；而 'bicycle, canoe' 之可以轉類爲動詞是因爲沒有與這些表示交通工具的名詞相對應的動詞 ⓯。又如，名詞'boat'之不能在⑰a.的例句裡轉類成爲動詞，是由於英語詞彙裏已經有動詞'sail'(動詞'sail'(乘船)本身亦由名詞'sail'(帆船)轉類而來)的存在。但是 'boat' 在⑰a.的例句裡則做'划船玩'(use a small boat for pleasure) 解，而且幾乎在'go boating'的固定形式下使用。另外，⑰c.裡'ship'的動詞用法則做'(以船)輸送'(cause to be carried by ship (or other means)) 解。這些'boat'與'ship'的動詞用法都無法用 'sail' 來表示，所以允許這些名詞的轉類。

⑰ a. Bob {*sailed/*boated/*shipped*} to London.

b. Let's go *boating* on the lake.

c. I'm flying to America but my car is being *shipped*.

由於詞彙裡已經有同義詞的存在而阻礙新詞產生的現象，可以稱爲「語意上的阻礙現象」（semantic blocking）。語意上的阻礙現象，不僅發生於從名詞或形容詞到動詞的轉類，而且也出現於合成詞的形成上面。例如，下面⑱的例詞顯示：左端ⓐ欄裡名

⓯ 名詞'bicycle'雖然可以與動詞'ride'連用，但是除了'bicycle'，以外'horse, motorcycle, bus, train'等交通工具也都可以與'ride'連用；因而'John rode downtown'無法表示與'John bicycled downtown'同樣的意義。

詞的存在阻礙了(b)欄裡的形容詞與「一類詞尾」的'-ity'合成(c)欄的名詞，但是並不阻礙(b)欄裡的形容詞與「二類詞尾」的'-ness'合成(d)欄的名詞⑯。試比較：

⑱

(a)	(b)	(c)	(d)
glory	glori*ous*	*gloriosi*ty*	glorious*ness*
fury	furi*ous*	*furiosi*ty*	furious*ness*
grace	graci*ous*	*graciosi*ty*	gracious*ness*
space	spaci*ous*	*spaciosi*ty*	spacious*ness*
labor	labori*ous*	*laboriosi*ty*	labrious*ness*
——	vari*ous*	varie*ty*	various*ness*
——	curi*ous*	curiosi*ty*	curious*ness*
——	preci*ous*	preciosi*ty*	precious*ness*
——	tenaci*ous*	tenaci*ty*	tenacious*ness*
——	falaci*ous*	fallaci*ty*	fallacious*ness*

四、「動態動詞」與「靜態動詞」

英語的動詞以其主語名詞組是否充當「自願」(voluntary)而「有意」(self-controlled)的「主事者」(agent)而分爲「動態」(actional; dynamic)與「靜態」(stative; nonactional)兩種。必須以主事者爲主語的動詞(如'study, imitate, run, write'等)叫做「動態動詞」(actional verb)；而不以主

⑯ 參 Aronoff (1976:44)。

事者為主語的動詞(如'know, resemble, arrive, receive'等)叫做「靜態動詞」(stative verb)。這兩種動詞在句法表現上有下列十一點不同的地方。

(一)只有「動態動詞」可以出現於「祈使句」(imperative sentence);「靜態動詞」不能出現於祈使句。試比較:

⑲ a. {*Study*/**Know*} English right away!

b. Would you please {*imitate*/**resemble*} your teacher?

(一)只有「動態動詞」可以與'deliverately, intentionally, carefully, reluctantly, on purpose'等「取向於主語的情狀副詞」(subject-oriented manner adverb)連用;「靜態動詞」不能與這種副詞連用。試比較:

⑳ a. John {enthusiastically *studies*/* deliberately *knows*} English.

b. Jane carefully {*imitated*/**resembles*} her teacher.

也只有「動態動詞」可以成為'foolish, clever, kind, cruel, brave, cowardly, noble, wicked, tactful, clumsy'等表示說話者主觀評價的「情意形容詞」(emotive adjective; evaluative adjective)的「不定詞補語」(infinitival complement)。試比較:

㉑ a. John is clever to {*study* Englsh/**know* the answer}.

b. Bob is kind to {*write*/ **receive*} the letter for me.

㈢只有「動態動詞」可以出現於「進行貌」（progressive aspect)；「靜態動詞」不能出現於進行貌。試比較：

㉒ a. John {is/has been/will be} {*studying*/**knowing*} English.

b. Jane {is/has been/will be} {*writing*/**receiving*} the letter.

「靜態動詞」出現於進行貌的時候，不表示'正在……'，而表示'快要……'(如㉓a.)、'陸陸續續……'(如㉓b.)或'越來越……'(如㉓c.)。

㉓ a. We *are arriving* at Taipei.

b. The guests *are arriving*.

c. The baby-girl *is resembling* her mother every day.

㈣只有「動態動詞」可以充當'tell, permit, remind, order, persuade, force'等「使役動詞」(causative verb) 的不定詞補語；「靜態動詞」不能充當這種補語。試比較：

㉔ a. John forced Bob to {*study*/**know*} English.

b. Jone persuaded Mary to {*imitate*/**resemble*} the teacher.

㈤只有「靜態動詞」可以出現於'seem, appear, happen'等「提升動詞」(raising verb)的補語子句；「動態動詞」不能出現於這種補語子句。試比較：

㉕ a. John *seems* to {*know*/**study*} English.

b. Jane *seems* to {*resemble*/**imitate*} her mother.

但是如果動態動詞用進行貌或「完成貌」(perfective aspect)，就可以出現於提升動詞的補語子句。這個事實似乎顯示：進行貌(Be-ing)與完成貌(Have-en)在句法功能上屬於靜態動詞。

㉖ a. John *seems* to {*be* study*ing*/*have* studi*ed*/*have* be*en* study*ing*} English.

b. Jane *seems* to {*be* imitat*ing*/*have* imitat*ed*/*have* be*en* imitat*ing*} her mother.

㈥只有「動態動詞」可以充當「準分裂句」(pseudo-cleft sentence)的「信息焦點」(information focus)；「靜態動詞」不能充當準分裂句的信息焦點。試比較：

㉗ a. *What* John did *was*（to）{*study*/**know*} English.

b. *What* Jane did yesterday *was* (to) {*write**/*receive*} a letter.

(七)只有「動態動詞」可以用'do so'來取代；「靜態動詞」不能用'do so'來取代。試比較：

㉘ a. John {*studies*/**knows*} English, and Bob *does so* too.

b. Jane {*wrote*/**received*} a letter, and Mary *did so* too.

'so do'與'do so'不同，動態動詞與靜態動詞都可以取代，例如：

㉙ a. John {*studies*/*knows*} English, and *so does* Bob.

b. Jane {*wrote*/*received*} a letter, and *so did* Mary.

(八)只有「動態動詞」可以與表示「目的」(purpose) 的'so that'子句或表示「受惠者」(benefactive) 的'for'介詞組連用；「靜態動詞」不能與目的子句或受惠者介詞組連用。試比較：

㉚ a. John {*studies*/**knows*} English *so that he may go to England*.

b. Jone {*wrote*/**received*} a letter for Mary.

(九)只有「動態動詞」可以與表示「許可」(permission) 與「可能性」(possibility) 的'may'以及表示「義務」(necessity) 的'must'連用；「靜態動詞」只能與表示「可能性」的'may'或表示「推測」(conjecture) 的'must'連用。試比較：

㉛ a. John *may* (=is {likely/allowed} to) *study* English.

b. John *may* (=is {likely/*allowed} to) *know* Englsh.

㉜ a. John *must* (=has to) *study* English.

b. John *must know* English (=It must be (the case) that John knows English).

(十)「動態動詞」常出現於'{try/in order/forget/decide/mean/hasten} to (V), instead of (V-ing), rather than ({V/V-ing})'等後面當補語用；「靜態動詞」則常出現於'{seem/appear/happen/be said/be known/come/get} to (V)'等後面當補語用。試比較：

㉝ a. John *tried* to {*study*/**know*} English.

b. Jane *was said* to {*know*/**study*} English.

㉞ a. John *forgot* to {*study*/**know*} English.

b. John *got* to {*know*/* *study*} the subject well.

㈩「動態動詞」以「現在時單純貌」（present tense, simple aspect）出現時，常表示「經常性」（frequentative）或「習慣性」（habitual）的動作，因而常可以與‘sometimes, often, generally’等頻率副詞連用；「靜態動詞」的現在時單純貌則沒有這種含義或用法。試比較：

㉟ a. John {sometimes/often} {*studies/*knows*} English.

b. Jane {sometimes/often} {*imitates/*resembles*} her mother.

五、英語句法的「受事效應」

在例句㊱a.裡出現的‘build’與‘destroy’都是及物動詞，而且都是動態動詞。但是這兩個動詞與其賓語名詞組間的語意關係却並不完全一樣：‘build’的賓語‘the house’是因爲動詞‘建築’的結果而產生的；而‘destroy’的賓語‘the house’却是因爲動詞‘摧毀’的結果而消失的。換句話說，動詞‘destroy’的賓語名詞組直接受到動作的影響，而動詞‘build’的賓語名詞組却並沒有直接受到動作的影響。這兩個動詞對於賓語名詞組「受事性」（affectedness）上的差別在㊱b.「準分裂句」的合法度判斷上顯現出來。試比較：

㊱ a. John {*built/destroyed*} the house.

b. What John did to the house was (to) {**build/*

destroy} it.

又例句㊲b.是由例句㊲a.的基底結構經過「間接賓語提前」(Dative Movement) 而產生的。但這兩個句子的含義並不完全相同；㊲a.只表示John教了一些學生的英文；而㊲b.則更進一步表達John把這些學生的英文教會了。這個句義上的差別可以從㊲c. d.的合法度判斷上獲得支持。試比較：

㊲ a. John taught English *to the students.*

b. John taught *the students* English.

c. John taught English *to the students,* but they didn't learn it well.

d. ??John taught *the students* English, but they didn't learn it well.

這是因為在㊲b. d.的例句裡間接賓語'the students'緊跟著及物動詞出現於後面，所以多了一層"直接受到影響"或"學生確實學會了英文"的含意。這種「受事(性)效應」(affectedness effects) 也顯示於㊳的例句：㊳a.可能是正在懷孕的太太對丈夫所說的話，說話的時候孩子還沒有出生；而㊳b.則說話的時候孩子已經出生；因為只有已經存在的人或事物才能出現於及物動詞後面充當「受事者」(the affected; patient)。試比較：

㊳ a. I'm knitting this sweater *for our baby.*

b. I'm knitting *our baby* this sweater.

再如例句㊴a.的動詞'bribe'(賄賂)與'acquire'(獲得)都是及物動詞，但是只有動詞'bribe'對賓語名詞組具有「受事性」。因此，只有'bribe'可以充當「中間動詞」(middle verb)而出現於㊴b.的句式⑰。試比較：

㊴ a. They {*bribe* the judge/*acquire* the language} easily.

b. The {judge *bribes*/*language *acquires*} easily.

另外，㊵a.的句子可以有相對應的「衍生名詞組」(derived nominal)⑱㊵b.與㊵c.。但是㊶a.的句子却只可以有相對應的衍生名詞組㊶b.，而不能有㊶c.。這也是由於㊵a.的賓語'Bill'直接受到動詞'destroy'的影響，而㊶a.的賓語'Bill'却沒有直接受到動詞'avoid'的影響的緣故。試比較：

㊵ a. John *destroyed* Bill.

b. John's *destruction* of Bill

---

⑰ ㊳b.的句式是「主動語態」(active voice)，但是却與「被動語態」(passive voice)一樣以動詞邏輯(或語意)上的賓語爲句子的主語。因此，這種句式常分析爲介於「主動語態」與「被動語態」二者之間的「中間語態」(middle voice)或「中間句(式)」(middle construction)，這種動詞用法也就稱爲「中間動詞」(middle verb)。

⑱ 又稱「實質名詞組」(substantive nominal)。

c. Bill's *destruction* by John

㊶ a. John *avoided* Bill.

b. John's *avoidance* of Bill

c. *Bill's *avoidance* by John

最後，㊷a.與㊸a.的例句都以‘illustrate’爲動詞。但是㊷a.的句子可以用㊷b.的「主事者名詞」(agent noun)來解義，而㊸a.却不能用㊸b.做同樣的解義。這也是由於㊷a.的‘illustrate’做‘畫挿畫’解而直接影響賓語‘books’，而㊸a.的‘illustrate’則做‘解釋’解而不直接影響賓語‘problems’的緣故。試比較：

㊷ a. Jane *illustrates books.*

b. Jane is an *illustrator of books.*

㊸ a. Jane *illustrates problems.*

b. *Jane is an *illustrator* of *problems.*

可見，及物動詞與其賓語名詞之間的「受事性」有助於解釋某些句法現象與語意差別⑲。

---

⑲ 下面例句裡‘hit’與‘fear’在合法度上的差別也可以用「受事性」或「動態與靜態的差別」來說明：‘hit’是動態動詞，並且直接影響其賓語，因而可以與處所副詞或狀語連用；‘fear’是靜態動詞，不能直接影響其賓語，因而通常不與處所副詞或狀語連用。

(i) John *hit* his big brother (*in the classroom*).

(ii) John *fears* his big brother (**in the classroom*).

六、結　語

以上由於篇幅的限制，只選了四個主題（「一類詞綴」與「二類詞綴」、英語詞彙的「阻礙現象」、「動態動詞」與「靜態動詞」的區別、英語句法的「受事效應」）來討論語言分析與英語教學的關係。從這些討論裡，我們不難了解自然語言的結構與體系並非雜亂無章，而是有規律可循的。這些規律不但不複雜，而且相當明確，可以經過觀察與分析簡單扼要地表達出來。凡是從事英語教學的老師都應該勤於觀察語言並分析語言，努力從看似雜亂無章的語言現象中尋出簡單明白的語言規律來。然後，針對自己學生的程度與需要，以適切有效的講解與練習來幫助學生有知有覺、事半功倍地學習英語。

參考文獻

Aronoff, M. (1976) *Word Formation in Generative Grammar,* MIT Press, Cambridge, Mass.

Chomsky, N. and M. Halle (1968) *The Sound Pattern of English,* Harper & Row, New York.

Clark, E. V. and H. H. Clark (1970) 'When Nouns Surfaces as Verbs', *Language* 55, 767-811.

Longman (1978) *Longman Dictionary of Contemporary English,* Longman Group Ltd., Harlow and London.

Newman, S. S. (1946) 'On the Stress System of English', *Word* 2, 171-187.

Scalise, S. (1984) *Generative Morphology,* Dordrecht, Foris.

Selkirk, E. O. (1982) *The Syntax of Words,* MIT Press, Cambridge, Mass.

Siegel, D. (1974) *Topics in English Morphology,* Doctoral Dissertation, MIT, Cambridge, Mass.

Tang. T. C. (湯廷池) (1992) 〈語言教學、語言分析與語法理論〉，《英語認知語法：結構、意義與功用（中集）》，1-78頁，臺灣學生書局。

再談語言分析與英語教學：

英語動詞的分類與功能

一、前　言

在湯(1992d)〈語言教學、語言分析與語法理論〉、湯(1993a〈語言分析與英語教學〉與湯(1993b)〈對比分析與英語教學〉這三篇文章裏，我們曾經强調語言分析對語言教學的重要性，並討論語法理論對語言分析可能做出的貢獻。我們認爲：所謂的「教學觀」（approach）與「教學法」（method）只對語言教學提示最基本的假設、觀念、原則或大綱，而「教學技巧」（technique則必須針對語音、詞彙、句法、語意與語用等各方面所遭遇到的實際問題提出簡明扼要的「解釋」（explication）與適切有效的「練習」（drill）。也就是說，基本而抽象的教學觀與教學法雖然能幫助我們對語言與語言教學建立正確的觀念，可是只有具體而微的教學技巧才能解決語言教學的實際問題。而要改善教學技巧，則除了虛心檢討自已的教學內容與方法以及觀摩別人的教學或吸收前人的智慧以外，還要在健全的語法理論的指引下靠自己來嘗試語言分析。語言分析可以幫助我們進一步瞭解語言的結構、意義與功能。有了這種瞭解，並經過不斷的應用、實驗與研究以後，我們才能淸淸楚楚、簡簡單單地說明教學的重點，才能對症下藥而一針見血地設計有效的練習。

在這一篇文章裏，我們繼續討論語言分析對於英語教學的貢獻。但是我們要把所討論的範圍限於「句法」（syntax），而且是「高級句法」（advanced syntax）；希望利用語言分析，從看似雜亂無章的語言現象中整理出頭緒來解釋個中道理。由於篇幅的限制，我們只選出有關動詞分類與句法表現的問題來討論，包括：㈠「事態動詞」、「行動動詞」、「完成動詞」與「終結動詞」；㈡「事實動詞」、「非事實動詞」、「準事實動詞」與「反事實動詞」；㈢「斷定動詞」與「非斷定動詞」；㈣「含蘊動詞」、「非含蘊動詞」與「否定含蘊動詞」；㈤「情意動詞」與「非情意動詞」；㈥「言狀動詞」與「橋樑動詞」；㈦「提升動詞」、「例外格位指派動詞」與「控制動詞」；㈧「作格動詞」與「中間動詞」；㈨「心理動詞」；㈩「非賓位動詞」。以上所學的各類動詞都在語意內涵或句法功能上形成一種「自然類」（natural class）。也就是說，屬於同一種自然類的動詞，都在詞義上含有共同的特徵或屬性，而且還具有共同的句法表現。我們的討論與分析顯示：動詞的語意屬性與句法表現之間有著相當密切的關係。看似雜亂無章的語言現象，其背後常隱藏著非常明確的語法規律。我們的工作就是要透過語言分析去發現這些語法規律，並且要設法把這些語法規律有系統地加以條理化。我們常聽人家說：有些語言現象或語言問題"只可意會，不可言傳"；但我們的信念却是"既可意會，必可言傳"。我們相信：語言的學習是先經過"有知有覺"的認知，然後經過反覆不斷的練習與應用，最後才養成"不知不覺"的習慣。也就是說，與其讓學生懵懵懂懂地暗中摸索，事倍功半地學習英語，不如替他們清清楚楚地揭示明燈，讓他們事半功倍地學會英語。

英語動詞有許多不同的分類方法。最常見的分類方法是把動詞分爲必須帶上賓語的「及物動詞」(transitive verb) 與不能帶上賓語的「不及物動詞」(intransitive verb)。及物動詞又可以分爲(i)只帶一個(直接)賓語的「單賓(及物)動詞」(single-object verb；如'{*hit*/*kick*/*see*/*smell*/*marry*} {something/someone}')、(ii)兼帶直接賓語與間接賓語的「雙賓(及物)動詞」(double-object verb 或 ditransitive verb；如'{*give*/*send*/*lend*/*write*/*buy*/*cook*/*envy*/*forgive*} someone something')❶、與(iii)兼帶賓語與補語的「複賓(及物)動物」

---

❶ '{give/send/lend/write} someone something'的'someone'表示「終點」(Goal)，所以可以改寫成'{give/send/lend/write} something *to* someone'；'{write/buy/cook} someone something'的'someone'表示「受惠者」(Benefactive)，所以可以改寫成'{write/buy/cook} something *for* someone'。請注意：動詞'write'後面的'someone'既可以解釋爲終點，又可以解釋爲受惠者；另外，'{envy/forgive} someone something'的'someone'不能改寫成介詞組而放在'something'的後面。

(complex transitive verb；如'*put* something somewhere, *make* someone (being) in some state, *treat* someone in some manner; *say* something to someone, *suggest* something to someone'，後兩個動詞(即'say'與'suggest')的'something'還可以用「that子句」來取代而出現於'to someone'後面)等。另一方面，不及物動詞則可以分爲(i)不需要(主語)補語的「完全不及物動詞」(incomplete intransitive verb 或 absolute intransitive verb；如'*sleep, walk, smile, fly, fall*'❷)與(ii)必須帶上補語的「不完全不及物動詞」(incomplete intransitive verb 或 complex intransitive verb；如'{*become/remain*} {NP/AP}, {*seem/look/sound/smell*}, {AP/like NP}, {*come/go*} somewhere'❸)等。但是這種動詞分類相當粗糙，而不夠細緻。而且，這種分類只注意到動詞的「(嚴密)次類畫分」((strict) subcategorization)，而沒有考

---

❷ 'walk'有'I *walk* my dog for an hour every morning'與'I'll *walk* you to the station'等及物用法，而'fly'也有'They're *flying* kites in the park'的及物用法。又只有「完全不及物動詞」或「絕對不及物動詞」的現在分詞(即V-ing)才可以單獨出現於名詞的前面來修飾這個名詞(如'a {*sleeping/smiling/crying/hopping*} child')。

❸ 因此，我們不能說'*{coming/going} mail'，而只能說'{*in*coming/*out*going} mail'。又，'*playing* children'只能解釋爲'正在遊戲中的小孩'，而不能解釋爲'正在演奏中的小孩'。如果要把'playing'解釋爲'演奏'，那麼就必須用連號在V-ing的前面加上賓語名詞；例如，'*piano*-playing children'。但是，'piano-playing children'不表示'children who *are playing* the piano'，而表示'children who *play* the piano'；因此，'piano-playing'的'playing'應該是「動名詞」(gerund(ive))，而不是「現在分詞」(present participle)。

慮到動詞的「語意屬性」(semantic feature)，更沒有討論到動詞的「語意屬性」與「句法功能」(syntactic function)之間的對應關係。下面介紹一些傳統文法所忽略的動詞分類，並著重討論在這些分類裏動詞的語意屬性與句法功能之間的關係。

二、「事態動詞」、「行動動詞」、「完成動詞」與「終結動詞」

英語的動詞，可以分爲表示事態或情狀的「事態動詞」(state verb)、表示行動或動作的「行動動詞」(activity verb)、表示動作的完成或結果的產生的「完成動詞」(accomplishment verb)、以及表示事件或變化的「終結動詞」(achievement verb)。

英語的「事態動詞」，包括表示「存在」或「所有」的 'be, exist, be situated; have, have got, own, possess' 與表示「情狀」與「知覺」的 'be, resemble, equal, weigh, cost, fit, stink, itch, be rumored; mean, indicate, show, prove, turn out, suggest, imply; involve, concern; know, understand, believe, doubt, regret; see, hear, smell, taste, feel, perceive, glimpse; like, dislike, love, hate, need, want, desire, fear; please, surprise, worry, astonish, dismay' 等。這些動詞都不表示主語名詞組自願、自發或積極發起的行動，而只表示主語名詞組非自願、非自發或消極的參與。因此，事態動詞(在下面的例句中以 'know' 爲例)，通常都(i)不能出現於祈使句、(ii)

不能與「取向於主語的情狀副詞」（subject-oriented manner adverb；如'deliberately, intentionally, on purpose, carefully, enthusiastically, reluctantly'等）連用、(iii)不能在「進行貌」(progressive aspect；卽'Be V-ing') 中出現、(iv)不能成爲「準分裂句」(pseudo-cleft sentence) 的焦點、(v)不能用'do so'來連接、(vi)不能與表示受惠者的'for'介詞組連用、(vii)不能充當「使役動詞」(causative verb；如'tell, order, force, permit, persuade, remind'等）的不定詞補語；例如，

① a. *_Know_ the answer at once!

b. *John deliberately _knows_ the answer.

c. *John {is/has been/will be} _knowing_ the answer.

d. *What John did was (to) _know_ the answer.

e. *John _knew_ the answer, and Mary did so too.

f. *John _knew_ the answer for Mary.

g. *John told Mary to _know_ the answer.

如果說事態動詞是以非自願、非自發或消極參與事態的「感受者」(Experiencer) 或「客體」(Theme；亦稱 Patient 或 Object) 爲主語，那麼行動動詞可以說是以自願、自發或積極發起行動的「主事者」(Agent) 爲主語。英語的動詞，在一般或「無標」(unmarked) 的情形下，都屬於「行動動詞」或「動態動詞」(actional verb；亦稱 dynamic verb)；而在例外或「有標」(marked) 的情形下，才屬於「事態動詞」或「靜

態動詞」(stative verb) ❹。行動動詞(在下面的例句中以'write'為例)與事態動詞不同，一般都(i)可以出現於祈使句、(ii)可以與「取向於主語的情狀副詞」連用、(iii)可以在進行貌中出現、(iv)可以成為「準分裂句」的焦點、(v)可以用'do so'來連接、(vi)可以與表示受惠者的'for'介詞組連用、(vii)可以充當「使役動詞」的不定詞補語。試比較：

② a. *Write* the letter at once!

b. John deliberately *wrote* the letter.

c. John {is/has been/will be} *writing* the letter.

d. What John did was (to) *write* the letter.

e. John *wrote* the letter, and Mary did so too.

f. John *wrote* the letter for Mary.

g. John told Mary to *write* the letter.

行動動詞必須以「有生名詞」(animate noun)，尤其是「屬人名詞」(human noun)，為主語；而事態動詞的主語則不限於有生或屬人名詞，也可能是「無生名詞」(inanimate noun)。因此，同樣的動詞可能以有生或屬人名詞為主語而做行動動詞來使用，但也可能以無生名詞為主語而做事態動詞來使用。試比較例句③的行動動詞用法與例句④的事態動詞用法。

③ a. John *stood* ('站立') boldly on a picnic table.

b. John *hit* ('敲打') the barn with a hammer.

---

❹ 在一般或無標的情形下，英語的「事態」(state) 都由形容詞或動詞的被動態來表示，而「行動」(activity) 與「動作」(action) 則由動詞來表示。

c. The doctor *felt* ('摸') her ankle carefully.

d. His secretary *reminded* ('提醒') him tactfully of his mother's funeral.

④ a. My house *stands* ('坐落') by the river.

b. The ball *hit* ('擊中') the barn with a thud.

c. Ice and snow *feel* cold ('摸著是冷的').

d. The flowers *reminded* him ('使他想起') of his mother's funeral.

同時也注意：在例句③與④裏出現的動詞，雖以有生或屬人名詞爲主語，仍有可能解釋爲事態動詞用法(如⑤句)，或兼具行動與事態動詞用法(如⑥句)。

⑤ a. *John hit* ('撞上') the barn with a thud.

b. *The doctor felt* ('感覺到') her ankle rubbing his.

⑥ a. *She stood* ('站立'或'位於') where no one could see her.

b. *John hit* ('敲打'或'撞上') Bill's car.

c. *He felt* ('摸'或'感覺到') her ankle.

d. *His secretary reminded him* ('提醒他'或'使他想起') of his mother's funeral.

「完成動詞」與「行動動詞」一樣，都屬於「動態動詞」；却與行動動詞不一樣，不只是表示動作，而且是表示動作的完成或結果的產生。因此，完成動詞通常與表示「結果」(Result; Goal; Factitive) 的賓語名詞組連用，例如：

⑦ a. John *painted a picture.*

b. They *made a chair.*

c. The minister *delivered a sermon.*

d. Mary *drew a circle.*

表示行動或動作的行動動詞(以'run, push a car'爲例)與表示行動或動作完成的完成動詞(以'paint a picture, build a house'爲例)，在句法表現上有下列八點差異。

(i)行動動詞常與表示期間的'for'介詞組連用；而完成動詞則常與表示期限的'in'介詞組連用。

⑧ a. John ran {*for*/?*in*} an hour.

(比較：John ran *four miles in* an hour. (完成用法))

b. John painted a picture {?*for*/*in*} an hour.

(比較：John *has been* paint*ing* a picture for an hour. (行動用法))

(ii)行動動詞只能出現於「人'spend'時間'V-ing'」的句型，而不能出現於「'it take'人＋時間'to V'」或「'it take'時間'for'人'to V'」的句型；而完成動詞則這幾種句型都可以出現。

⑨ a. John spent an hour {*running*/*painting a picture*}.

b. It took {John an hour/an hour for John} to {**run* /*paint a picture*}.

(iii)過去式行動動詞與表示期間的'for'介詞組連用時，表示這個動作在這一段期間任何一個時間都發生；但是過去式完成動詞與'for'或'in'介詞組的連用，却沒有這樣的含義。試比較❺：

⑩ a. John *ran for an hour.*

→John *ran* (*at any time during that hour*).

b. John *painted a picture* {?*for*/*in*} *an hour.*

↛John *painted a picture* (*at any time during that hour*).

(iv)進行貌行動動詞表示這個動作已經發生(即'Be V-ing'含蘊'Have V-en'或'V-ed')；而進行貌完成動詞則表示這個動作尙未完成(即'Be V-ing'含蘊'Have not (yet) V-en'或'did not finish V-ing yet')。試比較：

⑪ a. John *is* now *running.*

→John *has run.*

b. John *is* (now) *painting a picture.*

→John *has not yet painted a picture.*

↛John *has painted a picture.*

⑫ a. John *was running.*

→John *ran.*

b. John *was painting a picture.*

→John *did not finish painting yet.*

↛John *painted a picture.*

---

❺ 在下面的例句中，'→'的符號表示「含蘊」(entail 或 imply)；卽如果第一個句子的命題爲「眞」(true)，那麼第二個句子的命題亦必爲眞。反之，'↛'的符號則表示「不含蘊」；卽縱使第一個句子的命題爲眞，第二個句子的命題也未必爲眞。

(v)行動動詞與「動貌動詞」（aspectual verb；如表示起始、繼續與停止等的'begin, start, continue, stop, cease'）的現在分詞連用時，表示這個動作已經發生❻；但是完成動詞與動貌動詞的連用，却沒有這樣的含義。試比較：

⑬ a. John {*began/started/continued/stopped/ceased*} *running.*

⟶John *ran.*

b. John {*began/started/continued/stopped/ceased*} *painting a picture.*

⟶̸John *painted a picture.*

(vi)表示完成的動貌動詞'finish'不能與行動動詞連用，却可以與完成動詞連用。試比較：

⑭ a. John *finished running* *(four miles in an hour).❼

b. John *finished painting a picture.*

(vii)與程度副詞'almost'連用的行動動詞，表示這個動作並沒有發生；而與'almost'連用的完成動詞，則除了表示這個動作沒有發生以外，也可能表示這個動作雖然開始却沒有完成。試比較：

---

❻ 但是，如果行動動詞與'start, begin'的不定詞連用，就沒有這樣的含蘊，即不表示這個動作已經發生（例如，'John {started/began} *to run.* →John *ran.*'）。例如，在'John started {*to run/*running*} but checked himself and remained where he stood'的例句裡，不定詞'to run'表示動作尚未發生；而現在分詞'running'則表示動作已經發生。

❼ 圓括弧前面的星號(即'*(…)')表示；如果不包含圓括弧裡面的詞句，這個例句就不合語法或非常不自然。

⑮ a. John *almost ran.*

→John *did not run.*（'並未跑'）

b. John *almost painted a picture.*

→John {*had the intention of painting a picture but changed his mind and did nothing at all/did begin work on the picture and he almost but not quite finished it*}.（'並未畫'與'並未畫完'）

(viii)與表示期間的'for'介詞組連用的行動動詞（如'ride a horse'），常表示這個動作在這一段期間內反復地發生；而與'for'介詞組連用的完成動詞(如'jail one's neighbor')，則除了表示這個動作在這一段期間內反復地發生以外，也可能表示這個動作只發生了一次而且繼續了一段期間。試比較：

⑯ a. The sheriff *rode a white horse for four years.*

（'警長騎隻白馬前後騎了四年。'）

b. The sheriff *jailed my neighbor for four years.*

（'警長在過去四年裡把我們鄰居前後關進了幾次牢；警長把我們鄰居關進了牢，而一關就是四年。'）

有時候，行動動詞與完成動詞的界限並不十分明確，因為有些行動動詞(如'run')與表示距離(如'a mile')或終點(如'to the park')的副詞或狀語連用以後，就(i)可以與表示期限的'in'介詞組連用、(ii)可以出現於「'it take'人＋時間'to V'」或「'it take'時間'for'人'to V'」的句型、(iii)可以與動貌動詞'finish'連用、(iv)其進行貌不含蘊動作的完成，例如：

⑰ a. John ran {*a mile/to the park*} {*in/*for*} an hour.

b. It took {*John half an hour/half an hour for John*} to run {*a mile/to the park*}.

c. John *finished* running {*a mile/to the park*}.

d. John *was* runn*ing* {*a mile/to the park*}.

—+→ John *ran* {*a* mile/*to the park*}.

另外，英語裡有許多動詞可以兼當行動動詞與完成動詞用；因此，可以與表示期間的'for'介詞組連用，也可以與表示期限的'in'介詞組連用，例如：

⑱ a. John *read a book* {*for/in*} an hour.（'讀書'與'讀完書'）

b. Mary *combed her hair* {*for/in*} five minutes.（'梳頭髮'與'梳好頭髮'）

又，如果完成動詞的賓語名詞組是複數可數名詞(卽'N-s')或不可數名詞(卽'ϕ N')的話，那麼這個賓語名詞組的指涉對象必須是「定指」（definite）的。因為如果以「非定指」（indefinite）的複數名詞或不可數名詞為賓語的話，這些動詞就會呈現行動動詞的句法表現❽。試比較：

---

❽ 英語裡主要的完成動詞有：'shape up, grow up; draw (a picture), knit (a sweater), dig (a hole); make, build, create, construct, erect; destroy, obliterate, raze; melt (an iceberg), erase (a word), eat (a sandwich), kill (someone), cook (a turkey), paint (a house), tan (leather); paint (a landscape), photograph (a person), record (a conversation), transcribe (a lecture); sing (a song), recite (a poem), prove (a theorem), produce (a play); listen to (symphony), watch (a play), (→)

⑲ a. John built *these houses* {*in*/**for*} a year.

b. John built *houses* {**in*/*for*} a year.

⑳ a. *It took John a year to* build {*these*/*ϕ} houses.

b. John *finished* building {*these*/*ϕ} houses.

c. *It took an hour for John to finish* drinking {*his*/*the*/*ϕ} orange juice.

如果說「行動動詞」是指涉有起點、過程與終點的動作，而「完成動詞」則雖有起點、過程與終點但是只指涉終點的動作，那麼「終結動詞」則可以說是指涉缺少過程，因而起點與終點緊貼在一起的動作。英語的終結動詞，與其他動詞比較之下，在句法表現上有下列九點差別。

(i)終結動詞一般都不能與表示程度的副詞(如‘a little, somewhat, slightly, considerably’等)連用，例如：

㉑ a. John *fainted* (? *a little*).❾

b. The plane *landed* (? *slightly*).

---

attend (a course), read (a book); bring about that S; make NP VP, cause NP to VP; turn NP into a N, put NP to sleep, drive NP to drink, read oneself to sleep; hammer NP flat, wipe NP clean; elect NP (president), appoint NP (chairman); take NP out, chase NP away; turn NP off; go out, turn away, sit down, dry out’等。以上的例詞顯示：幾乎所有含有「介副詞」(adverbial particle; pre-ad) 的「雙詞動詞」(two-word verb; verb-particle combination) 以及以「結果」(Result) 或「終點」(Goal) 爲賓語的「創造動詞」(verb of creation) 都屬於完成動詞。

❾ 包含問號的圓括弧(即‘(?…)’)表示：如果含有圓括弧裡面的詞句，那麼這個例句就顯得不自然或有問題。

c. He {*lost/won*} the election (? *somewhat*).

d. She *reached* the top (? *considerably*).

(ii)終結動詞不能與表示持續的'for'介詞組連用；而只能與表示經過的'in'介詞組連用，例如：

㉒ John *noticed* the painting {*in/*for*} a few minutes.

(iii)終結動詞可以出現於「'it take'人＋時間'to V'」或「'it take'時間'for'人'to V'」的句型，但是不能出現於「人'spend'時間'V-ing'」的句型。試比較：

㉓ a. It took {John a few minutes/a few minutes for John} to *notice* the painting.

b.??John spent a few minutes *noticing* the painting.

以上三點句法表現，顯示終結動詞與完成動詞相似之處，而以下五點則顯示二者相異之點。

(iv)與表示持續的狀語連用的過去式完成動詞，含蘊這個動作在這一段期間內進行；但是與表示經過的狀語連用的過去式終結動詞，却沒有這樣的含蘊。試比較：

㉔ a. John *painted* a picture in an hour.

⟶John *was painting* a picture during that hour.

b. John *noticed* the painting in a few minutes.

⟶̸John *was noticing* the painting during these few minutes.

(v)完成動詞可以與動貌動詞'finish'連用；而終結動詞則不能如此連用。試比較：

㉕ John *finished* {*painting*/**noticing*} a picture.

(vi)完成動詞與行動動詞都可以與動貌動詞 'stop' 連用而表示 '停止原先已經開始的動作' 或 '不再繼續進行這個動作'；而終結動詞則很少與 'stop' 連用，就是連用的時候也只能表示 '不再一再地去做這個動作'。試比較：

㉖ John *stopped* {*running*/*painting* a picture/(*) *noticing* the picture}.

(vii)完成動詞與程度副詞 'almost' 連用的時候，會產生 '動作並未發生' 與 '動作雖然發生但是尚未完成' 這兩種歧義；而終結動詞，則只能有 '動作或事態並未發生或產生' 這個解釋。試比較：

㉗ a. John *alomst painted* a picture.

→{John had the intention of *painting* a picture but changed his mind and did nothing at all/ John did begin work on the picture and he almost but not quite finished it}.

b. John *almost noticed* the picture.

→John did not notice the picture.

(viii)完成動詞與行動動詞的進行貌表示這個動作 '正在進行' ('be in (the) process of V-ing')；而終結動詞的進行貌則表示這個動作 '還沒有發生' ('have not yet V-en') 或 '快要發生' ('be about to V')，而且有些「知覺動詞」(verbs of cognition; 如 'notice, see, catch sight of; hear, taste, feel, lose sight of')不能出現於進行貌⑩。

㉘ a. John *is* (in process of) {*running/painting* a picture}.

b. John *is arriving* (tomorrow).

→John has not yet arrived.

c. John *is dying* (=is about to die).

d. *John *is noticing* the painting.

(ix)大多數終結動詞也與事態動詞一樣；(a.)不能出現於祈使句、(b.)不能與主語取向的情狀副詞或形容詞連用、(c.)不能充當使役動詞的補語、(d.)不能充當準分裂句的焦點、(e.)不能用'do so'來連接、(f.)不能與表示受惠者的'for'介詞組連用、(g.)不能與表示許可的'may'連用。試比較：

㉙ a. *{*Die/Notice* the painting}!

b. *John {*courageously died/carefully noticed* the painting}.

c. *John *told* her to {*die/notice* the painting}.

d. **What John did was* (to) {*die/notice* the painting}.

e. *John {*died/noticed* the painting}, and Bill *did so* too.

f. John {?? *died*/**noticed* the painting} for Mary.

⑩ 這個事實顯示：終結動詞中的知覺動詞是屬於靜態動詞的；也就是說，「動態、靜態」的區別與「事態、行動、完成、終結」的區別是可以「交叉分類」(cross-classify)的。

g. *John *may* (=is permitted to) {*die*/*notice* the painting}.

終結動詞中的'fade, swell, rise, grow'等所表達的動作並沒有固定而明確的終點，因而可以持續一段時間；並且，與一般終結動詞不同，(a.)可以與程度副詞連用、(b.)可以與表期間的'for'介詞組連用，而(c.)進行貌則表示'變得更…'('become more Adj')，例如：

㉚ a. The color *faded a little*. ('顏色稍微褪了。')

b. Her finger *swelled* {*slightly*/*considerably*}.
('她的手指{稍微腫了起來/腫得相當厲害}。')

c. Prices *rose for two months*. ('物價繼續漲了兩個月。')

d. Her finger *is swelling*. ('她的手指越來越腫。')

另外，終結動詞中的'age, recover, wake up, separate'等所表達的動作或變化進行得比較緩慢，因而可以有(a.)的終結用法與(b.)的完成用法⓫。試比較：

㉛ a. The wine *ages* {*in six months*/*completely*} in the cask.

⓫ 英語裡主要的終結動詞有：'reach, leave, arrive at, land on, depart from, fall from; melt, freeze, die, be born, ignite, explode, collapse; turn into, turn to, become {Adj/A-er}; darken, warm, cold, sink, improve; begin, start, resume, stop, end, cease; notice, see, spot, hear; {catch/lose} sight of, taste, smell; realize, recognize, understand, detect, remember, forget; awaken, fall asleep'等。

b. The wine *ages* {*for six months/somewhat*} before being bottled.

三、「事實動詞」、「非事實動詞」、「準事實動詞」與「反事實動詞」

英語的動詞，除了從語意內涵的觀點分爲「事態」、「行動」、「完成」、「終結」等四類動詞以外，還可以從說話者的觀點分爲「事實」、「非事實」、「準事實」與「反事實」四類動詞。所謂「說話者的預設」（the speaker's presupposition），是指說話者對於自已所做的敍述內容是否事實所做的認定。在各種以「子句」（clause）爲主語或賓語的動詞中，如果說話者預先認定或「預設」（presuppose）這些子句所敍述的內容是事實，或所敍述的「命題」（proposition）的「眞假値」（truthvalue）是「眞」（true）的而不是「假」（false）的，那麼這些動詞就叫做「事實動詞」（factive verb）。反之，沒有這種預設的動詞；也就是說，說話者沒有預先認定子句中所敍述的命題是眞的或假的動詞，就叫做「非事實動詞」（non-factive verb）。例如，在㉜有關事實動詞'know'的例句裏，說話者都預設賓語子句裏所敍述的命題'Tokyo is the capital of Japan'是眞的，不因爲母句句式的改變而受影響；即無論母句是「陳述肯定句」(a.)、「否定句」(b.)、「疑問句」(c.)抑或「條件句」(d.)，其子句命題'Tokyo is the capital of Japan'的眞假値都是眞，都表示事實。

㉜ a. John *knows* that Tokyo is the capital of Japan.

b. John *doesn't know* that Tokyo is the capital of Japan.

c. *Does* John *know* that Tokyo is the capital of Japan?

d. *If* John *knows* that Tokyo is the capital of Japan, ...

另一方面，在㉝有關非事實動詞'think'的例句裏，說話者對於賓語子句中所敍述的內容是否事實，不做認定；無論母句句式是肯定、否定、疑問或條件，說話者都沒有預設其賓語子句命題的眞假值。試比較：

㉝ a. Joe *thinks* that Tokyo is the capital of Korea.

b. Joe *doesn't think* that Tokyo is the capital of Korea.

c. *Does* Joe *think* that Tokyo is the capital of Korea?

d. *If* Joe *thinks* that Tokyo is the capital of Korea, ...

事實動詞與非事實動詞之間有關說話者的預設上的差異，可以說明爲什麼㉞的a.句不合語法，而b.到e.的例句則合語法。因爲㉞a.的事實動詞'know'表示說話者'I'認定'東京是日本的首都'是事實，但是母句動詞'don't know'的否定現在式動詞却又表示說話者現在並不知道這個事實；因此，顯然是語意上含有「內部矛盾」(internal contradiction)的句子。而㉞b.的否定過去式動詞'didn't know'則表示說話者本來不知道'東京是日本的首都'，但現在却知道了，所以在語意上並不矛盾。至於(㉞c.與㉞d.)的非事實動詞'think'，則不含蘊這種說話者的預設，所以無論用否定現在式或過去式動詞，都不會產生語意上的內部矛盾。試比較：

㉞ a. *I *don't know* that Tokyo is the capital of Japan.
b. I *didn't know* that Tokyo is the capital of Japan.
c. I *don't think* that Tokyo is the capital of Japan.
d. I *didn't think* that Tokyo is the capital of Japan.

這種說話者預設上的差異，也可以說明㉟a.的例句暗示說話者的'I'與主語名詞組的'John'一樣，並不知道'東京不是韓國的首都'；而㉟b.的例句則沒有這樣的暗示。換句話說，在㉟a.裏含有事實動詞'know'的例句裏，說話者與主語名詞組都誤認爲'東京是韓國的首都'；而在㉟b.含有非事實動詞'think'的例句裏，則只有主語名詞組的'John'犯了這樣的誤解。試比較：

㉟ a. John *knows* that Tokyo is the capital of Korea.
b. John *thinks* that Tokyo is the capital of Korea.

因此，說話者可以用㊱的例句來糾正㉟b.裏'John'的誤解，却不能用同樣的例句來糾正㉟a.裏同樣的誤解。這是因爲㉟a.的事實動詞'know'表示說話者與'John'都不知道自己的誤解。

㊱ But he (=John) is wrong. In fact, Tokyo is the capital of Japan.

這種「事實子句」(factive clause) 與「非事實動詞」(non-factive clause) 之間有關說話者預設上的差異，不僅見於述語動詞，而且也見於述語形容詞(如㊲與㊳的例句)；不僅見於賓語子句，而且也見於主語子句(如㊴與㊵的例句)。也就是說，事實形容詞的'glad, proud, lucky'與'strange'都分別表示說話者預設賓語子句與主語子句所敍述的命題是事實；而非事實形容詞的'ready, willing, eager, possible'的賓語子句或主語子句則並沒有這種說話者的預設。試比較：

㊲ a. John *was* {*glad*/*proud*/*lucky*} to see his old friends.

b. John *wasn't* {*glad*/*proud*/*lucky*} to see his old friends.

c. *Was* John {*glad*/*proud*/*lucky*} to see his old friends?

⟶*John saw his old friends.*

㊳ a. John *was* {*ready*/*willing*/*eager*} to see his old friends.

b. John *wasn't* {*ready*/*willing*/*eager*} to see his old friends.

c. *Was* John {*ready*/*willing*/*eager*} to see his old friends?

-/→*John saw his old friends.*

㊴ a. That John saw his old friends is *strange* (=It is *strange* that John saw his old friends).

⟶*John saw his old friends.*

b. That John saw his old friends is *possible* (=It

is *passible* that John saw old friends).

—↛*John saw his old friends.*

事實動詞與非事實動詞，不僅在說話者的預設方面有上述的差異，而且在句法表現上也有如下的區別。

(i)事實動詞後面的'that子句'，常可以用'the fact that子句'來代替；而非事實動詞後面的'that子句'，則不能用'the fact that子句'來代替。試比較：

㊵ a. John *regretted* (*the fact*) that you had refused the offer.

b. John *thought* (*(about) *the fact*) that you had rcfuscd the offer.

而且，只有事實動詞'resent, mind' 等後面可以帶上'it that子句'；而非事實動詞'claim, suppose'等後面則不能帶上'it that子句'。試比較：

㊶ a. John {*resents/doesn't mind*} (*it*) that you haven't invited him to your party.

b. John {*claims/supposes*} (**it*) that you haven't invited him to your party.

(ii)事實動詞或形容詞的賓語或主語子句，常可以用「事實動名子句」(factive gerundive nominal; 'NP's V-ing...'，如㊷與㊸裏斜字部分的例句）或「實質名物句」(substantive nominal; 'one's (Adj) N...'，如㊹與㊺的第二個例句)；而非事實動詞或形容詞的賓語子句則不能做這樣的句式變換。

㊷ John *regretted* {(the fact) that you (had) refused

the offer/(the fact of) your {*having refused/refusing*} the offer.

㊸ {(The fact) that the dog barked/(the fact of) *the dog's barking*} *during the night* {*bothers* me/is *significant*}.

㊹ I want to make clear {that I intend/*my intention*} *to participate.*

㊺ {That Mary visits her parental home frequently/*Mary's frequent visit to her parental home*} *bothers* John.

又一般而言，事實動詞常與(事實)動名子句連用；而非事實動詞則常與不定子句'NP to V...'連用。但是有些動詞(如'report, remember'等)似乎可以兼當事實與非事實動詞。這個時候，動名子句常表示「事實」（fact）；而不定子句則常表示「可能性」（possibility）或「非事實」（non-fact）。試比較：

㊻ a. They *reported* {*the enemy's having suffered a decisive defeat* (事實)/*the enemy to have suffered a decisive defeat* (據聞)}.

b. I *remembered* {*his being bald* (, so I brought along a wig and disquided him)'記得事實'/*him to be bald* (, so I was surprised to see him with long hair)'記憶中如此'}.

同樣的，出現於主語位置的動名子句常表示事實；而不定子句則表示可能性。試比較：

㊼ a. *Mary's seeing her old boy friend* bothers John.

b. *For Mary to see her old boy friend* will bother John.

(iii)事實動詞的賓語子句常可以用「名詞組的替代語」(pro-NP)'it'來指涉，却不能用「子句替代語」(pro-S)'so'來替代；而非事實動詞的賓語子句則一般都用'so'來替代，但偶爾也有可以用'it'來指涉的情形(如㊽d.的例句)。試比較：

㊽ a. *You have refused the offer*, and John *regretted* {*it/*so*}.

b. Mary says *you will refuse the offer*, but John doesn't *think* {**it/so*}.

c. Harry hopes *he will get the scholarship*, and I *hope* {**it/so*} too.

d. Mary says *John is going to leave her*, but I don't believe {*it/so*}.⑫

又非事實動詞的賓語否定子句可以用'not'來替代，而事實動詞的賓語否定子句則不能如此替代。試比較：

㊾ Mary says *John is going to leave her*, but I {*think not/*know not*}.

(iv)在非事實動詞'think, believe, expect, suppose, imagine, be sure'等的賓語子句裏出現的否定詞'not'，常可以移到母句

---

⑫ ㊽b.的'believe it'做'(我不)相信 Mary 的話'解；而'believe so'則做'(我不)認爲Mary的說法對'。因此，嚴格說來，只有第二種用法的'believe'才是眞正的非事實動詞。

上面來[13]；而在事實動詞的賓語子句裏出現的否定詞 'not' 則不能如此移位。試比較：

⑸ a. I *think* (that) he *won't* come.

b. I *don't* think (that) he *will* come (＝⑸a.).

⑸ a. I *know* (that) he *won't* come.

b. I *don't* know (that) he *will* come (≠⑸a.).

(v)在非事實動詞的賓語子句裏出現的句子成分，常可以用「wh疑問詞」替代後移到母句的句首來形成「wh問句」[14]。試比較：

⑸ a. I *think* (that) John likes to eat *something*.

b. *What* do you think (that) John likes to eat?

⑸ a. I *know* (that) John likes to eat *something*.

b. ?? *What* do you know (that) John likes to eat?

⑸ a. I {*think/know*} *someone* will win the election.

b. *Who* do you {*think*/?? *know*} will win the election?

(vi)只有屬於非事實動詞的「提升動詞」(raising verb) 'seem, appear, happen, remain, tend, turn out; certain, sure, liable, (un)likely' 等可以把後面不定子句的主語移到母句上面來成爲母句主語[15]；而事實動詞則不能有這樣的「主語提升」(Subject Raising)。試比較：

---

[13] 這種句法現象稱爲「否定詞提升」(Negative Raising)、「否定詞漂移」(Negative Floating) 或「否定詞轉移」(Negative Transportation)。

[14] 這種句法現象稱爲「wh詞組移首」(WH Fronting) 或「wh移位」(wh-movement)。

[15] 這種句法現象稱爲「(從主語到)主語(的)提升」((Subject-to-) Subject Raising)、「It 取代」(It-Replacement) 或「代詞取代」(Pronoun Replacement)。

㊺ a. It {*seems/makes sense*} (to me) that *John is* intelligent.

b. *John* {seems/*makes sense} *to be* intelligent.

㊻ a. It is *certain* that *he will* succeed.

b. *He* is certain *to* succeed.

㊼ a. It is *strange* that *he should* have succeeded.

b. **He* is strange *to* have succeeded.

也只有非事實動詞'believe, assume, think, expect, find, perceive, imagine, understand, show, proclaim, prove'等⑯的賓語子句可以從'that子句'改爲不定子句。試比較：

㊽ a. They believe that {*John/he*} *is* a genius.

b. They believe {*John/him*} *to be* a genius.

㊾ a. They regret that {*John/he*} *is* no genius.

b. *They regret {*John/him*} *to be* no genius.

(vii)在非事實動詞與賓語子句的動詞之間，常要遵守「時制一致」(sequence of tense)的原則；即如果母句的非事實動詞是「過去式」(past tense)，那麼賓語子句的動詞也要用過去式。另一方面，在事實動詞與賓語子句的動詞之間，則不一定要遵守「時制一致」的原則；即雖然母句的事實動詞是過去式，但是如果賓語子句表示不變的眞理或現在的事實，那麼其動詞仍然可以用現在式。試比較：

---

⑯ 這些動詞屬於所謂的「例外指派格位的動詞」(exceptional Case-marking verb)，因爲這些母句動詞例外地指派「賓位」(accusative Case) 給不定子句的主語。

⑥⓪ a. I *believed* that John {*lived*/**lives*} in Taipei.

b. I *realized* that John {*lived*/*lives*} in Taipei.

(viii)在事實動詞的賓語名詞組裏出現的無定冠詞'a(n)'與'some'表示「殊指」(specific)，即說話者預設賓語名詞組指涉對象的存在；而在非事實動詞的賓語名詞組裏出現的無定冠詞則不一定有這樣的預設。例如，在⑥① a.的'an ant'與'some ants'裏，說話者認爲有這麼一隻或幾隻螞蟻存在；而在⑥① b.的例句裏則沒有這樣的預設。試比較：

⑥① a. He *ignored* {*an ant*/*some ants*} on the plate.

→There {was an ant/were some ants} on the plate.

b. He *imagined* {*an ant*/*some ants*} on the plate.

-/→There {was an ant/were some ants} on the plate.

(ix)只有否定非事實動詞可以與在賓語子句裏出現的「否定連用詞」(negative polarity word; 如'any, ever, at all, a red penny, give a damn'等必須與否定詞連用的詞) 搭配。這種否定詞與否定連用詞的搭配，只要中間沒有事實動詞的介入，可以連續發生。試比較：

⑥② a. The man did*n't* {*believe*/*say*/*claim*/*prove*} that *any* of the policemen had *ever* harmed him.

b. *The man did*n't* {*take* (*it*) *into account*/*resent* (it)} that *any* of the policemen had *ever* harmed him.

63 a. The man did*n't say* that it was (not) *likely* that *any* of the policeman had *ever* harmed him.

b. *The man did*n't say* that it was *(not) *significant* that *any* of the policemen *ever* harmed him.

(x)非事實動詞'seem, appear, happen, chance, turn out'等，常以塡補語'it'爲主語，而以'that子句'爲補語；事實動詞，則除了以'it'爲主語以外，也可以以'that子句'爲主語。試比較：

64 a. *It seems* (to me) *that* John doesn't want to go.

b. **That* John doesn't want to go *seems* (to me).

65 a. *It makes sense* (to me) *that* John doesn't want to go.

b. *That* John doesn't want to go *makes sense* (to me).

又動詞'report'在66的例句裏似乎兼充事實與非事實動詞。在'that子句'出現於被動句句首主語位置的66 a.裏，這個子句所敍述的命題表示事實。但是，在'that子句'出現於句尾位置的66 b.與66 a.裏，這些子句所敍述的命題却不一定表示事實[17]。試比較：

[17] 66裡三個例句在子句命題的眞假值預設上的差異，除了事實動詞與非事實動詞的區別以外，還可能與「從舊到新」('From Old to New')的「功用原則」(functional principle)有關；即代表舊的(或已知爲事實的)信息的句子成分常出現於句首的位置，而代表新的(或尚未知爲事實的)信息的句子成分則常出現於句尾的位置。

⑯ a. *That John Smith had arrived* was *reported* by the UPI.

b. The UPI *reported that John Smith had arrived.*

c. *It* was *reported* by the UPI *that John Smith had arrived.*

從以上的觀察與討論，我們似乎可以假設：動實動詞以敍述事實(或預設命題爲眞)的「事實子句」(factive clause)爲賓語或主語；而非事實動詞則以非敍述事實(或不預設命題爲眞)的「非事實子句」(non-factive clause)爲賓語或主語⑱。試比較：

⑰ a. John *regrets* {(*the fact*) *that she has refused the offer*/(*the fact of*) *her having refused the offer*}.

b. We were not *aware* {(*of the fact*) *that she was*

---

⑱ 以事實子句爲賓語的事實動詞有 'regret, grasp, comprehend, take into {consideration/account}, bear in mind, ignore, make clear, mind, forget, deplore, resent, care (about); be aware (of)'等；而以事實子句爲主語的動詞則有'make sense, count, matter, amuse someone, bother someone; be {strange/odd/tragic /exciting/significant/relevant}'等。另一方面，以非事實子句爲賓語的非事實動詞有'think, suppose, believe, figure, fancy, conjecture, assume, intimate, deem; conclude, assert, allege, claim, charge, maintain; suggest, prove, mean, indicate, imply; be sure (of)'等；而以非事實子句爲主語的非事實動詞則有'{seem/appear} ({to someone/to be the case}); be {possible/ likely/true/false}'等。又'anticipate, acknowledge, suspect, report, remember, emphasize, announce, admit, deduce'等，則可以以事實子句爲賓語，也可以以非事實子句爲賓語。

scared to death/of (the fact of) her being scared to death}.

c. {(*The fact*) *that she has agreed to go to Japan with you*/(*The fact of*) *her having agreed to go to Japan with you*} is *significant.*

d. (*The fact*) *that she wrote you this letter* doesn't *mean* that she intends to marry you.⑲

⑱ a. John *thinks* (*of the fact) *that she has refused the offer.*

b. We were not *sure* (*of the fact) *that she was scared to death.*

c. (*The fact) *that she has agreed to go to Japan with you* is *possible.*

又前面有關事實動詞與非事實動詞句法功能的討論中，(i)到(iii)的差異顯示：事實子句比非事實子句更接近「名詞組」(NP)的功能，所以只有事實子句，可以用「名詞組替代語」'it'來指涉，也可以擴展爲由'the fact'與'that子句'合成的「複合名詞組」(complex NP)，而且還常可以改爲「(事實)動名子句」⑳

---

⑲ ⑰的例句並不表示凡是事實子句都可以冠上'the fact (of)'，而僅表示只有事實子句才可以冠上'the fact (of)'。

⑳ 動名子句比不定子句與限定子句更接近名詞組，而「行動動名子句」(actional gerundive)則又比事實動名子句更接近名詞組。這一點可以從一般介詞可以出現於動名子句之前却不能出現於不定子句或限定子句之前(比較：'John insisted *on* {*Mary's going*/**Mary to go*/**that Mary* (*should*) *go*} to Japan with him')以及動名子句之主語名詞組可以包含有定冠詞、形容詞與關係子句(如'(I witnessed) *the skilful* painting of Mary by John, *which greatly surprised me.*')看出來。

。從(iv)到(vii)以及(ix)的差異更顯示：事實子句比非事實子句更容易形成「句法上的孤島」(syntactic island)，所以事實子句裏面的否定詞'not'與「wh詞組」都不能移到母句上面去、賓語不定子句的主語名詞組不能獲得母句動詞例外格位的指派、子句動詞的時制不一定要與母句動詞的時制一致，在賓語子句裏出現的否定連用詞也不能與在母句裏出現的否定詞搭配。另一方面，非事實子句則不能擴展爲'the fact that...'、也不能改爲動名子句而只能改爲不定子句，不一定能用名詞組替代語'it'來指涉，却常可以用子句替代語'so'或'not'來指涉。而且，非事實子句較不容易形成「句法上的孤島」，所以非事實子句裏面的否定詞'not'與「wh詞組」㉑常可以移到母句上面去、子句動詞的時制常要受母句動詞時制的控制而與其一致、在賓語子句裏出現的否定連用詞也可以與在母句裏出現的否定詞搭配。至於動詞'know, remember, report, announce, acknowledge, prove'等，則可以同時具有事實動詞與非事實動詞兩種句法功能

㉑ 但是主語「wh詞組」移位的時候，引導賓語子句的「補語連詞」(complementizer) 'that' 必須刪略；否則不合語法。試比較：

(i) *Who*$_i$ do you think (*that*) she will marry t_i?

(ii) *Who*$_i$ do you think (**that*) t_i will marry her?

例句(ii)裡因爲補語連詞'that'的存在而引起的不合語法，叫做「that痕跡效應」(that-trace effect)。這是因爲(i)裡賓語痕跡受主要語動詞'marry'的「適切管轄」(proper government) 而合語法；而(ii)裡主語痕跡則必須受前行語'who'的適切管轄，但「最小屏障」(minimalist barrier) 'that'的存在却會阻碍這種管轄。這是主語與賓語之間，因爲主語「C統制」(c-command) 賓語，而賓語却不「C統制」主語，所引起的「主語與賓語之間的非對稱現象」(subject-object asymmetry) 之一。

而分別與事實子句與非事實子句連用[22]。

除了事實動詞與非事實動詞的分類以外，還可以根據動詞的語意內涵從事實動詞中分出「準事實動詞」；(semi-factive verb; 如'discover, realize, notice'等）來，並另外加上一類「反事實動詞」(counter-factive verb；如'dream, imagine, pretend'等)。事實動詞'regret'在下面⑥⑨ **a.**的條件句裏，表示說話者預設或承認他事實上並沒有說實話；而準事實動詞'discover'則在⑥⑨ b.的條件句裏，表示說話者只承認他有可能沒有說實話。試比較：

⑥⑨ a. *If* I *regret* later *that I have not told the truth,*
I'll confess to everyone.
⟶I have not told the truth.

b. *If* I *discover* later *that I have not told the truth,*
I'll confess to everyone.
⟶/⟶I have not told the truth.

至於反事實動詞，說話者則預設賓語子句裏所敍述的內容不是事實，例如：

---

[22] 一般說來，與這些動詞連用的事實子句表示「事實」，而與這些動詞連用的非事實子句則表示「可能性」。例如，'know'與'that'子句連用時表示'確知爲事實'(＝'know for sure that …')，而與不定子句連用時則表示'據所知'(＝'know …to be the case')。又如，'remember'與'that子句'或動名子句連用時表示'記得(已經)'(＝'call back to the mind (that …)')，而與不定子句連用時則表示'記住(要)'(＝'bear in mind to V …')或'記憶中似乎如此'。再如，'prove'與事實子句連用時做'證明'(＝'show to be true')解，而與非事實子句連用時則做'表示'(＝'mean, imply')解。

⑳ I {*dreamed/imagined/pretended*} *that I was dancing with Princess Diana.*

⟶ I was *not* dancing with Princess Diana.

我們也可以進一步把事實子句與非事實子句的區別推廣到賓語子句與主語子句以外的其他句式。例如，表示「目的的子句」(purposive clause) 可以分析為非事實子句，而表示「結果的子句」(resultative clause) 則可以分析為事實子句。其他，如「條件子句」(conditional clause) 與「讓步子句」(concessive clause)，也可以視為非事實子句。又「情態助動詞」(modal auxiliary) 的介入，可能改變子句命題的「事實性」(factivity)。例如，動名子句一般都屬於事實子句；但是情態助動詞'would'的出現，却可以把動名子句轉為「反事實子句」(counter-factive clause)：

㉑ a. *John's eating them would amaze* me. (=*If* {*John were to eat them/if it were a fact that John will eat them*}, it would amaze me.)

b. I *would* like *John's doing so.*

(=I would like it *if John were to do so.*)

四、「斷定動詞」與「非斷定動詞」

事實動詞與非事實動詞的區別，雖然可以說明不少有關英語動詞的句法現象，但是在這種分類之下來區別動詞的句法功能，仍然有些例外現象。因此，有些語法學家㉓更進一步在事實動詞與非事實動詞之外把動詞分為「斷定動詞」與「非斷定動詞」兩種。「斷定動詞」（assertive verb），如'think, believe, agree, assert, be clear, be likely; know, discover, learn, realize, remember'等，表示說話者對於「補語子句」（complement clause；包括賓語子句、補語子句與主語子句）命題內容肯定、正面或積極的看法；而「非斷定動詞」（non-assertive verb），如 doubt, deny, be false, be unlikely; regret, resent, amuse, bother, forget, be strange, be odd'等，則表示說話者對於補語子句命題內容否定、反面或消極的看法。

斷定動詞與非斷定動詞的區別，可以更加清楚地說明事實動詞與非事實動詞之間句法表現上的差異。例如，在非事實動詞之中，只有「斷定非事實動詞」（如'think, believe, agree, assert'等）的賓語子句可以移到母句的句首來，而且也只有這類動詞（如'think, believe'等）的賓語子句裏的否定詞'not'、「wh 詞組」以及不定子句主語可以移到母句上面或來獲得由母句動詞所指派的例外格位；而「非斷定非事實動詞」則不具有這些句法表現。試比較：

(72) a. I {*think/doubt*} (that) John has (not) written a paper on Chinese syntax.

b. *John has written a paper on Chinese syntax,* I

㉓ 例如，Kiparsky & Kiparsky (1970:143-145) 與 Hooper (1975:92 ff)。

{*think*/**doubt*}.❷④

c. I *don't* {*think*/**doubt*} (that) John has written a paper on Chinese syntax. (=(⑫ a.))

d. *What* do you {*think*/**doubt*} (that) John has written a paper on?

e. I {*think*/**doubt*} {*John*/*him*} to have written a paper on Chinese syntax.

f. {*John*/*He*} *is* {*thought*/**doubted*} to have written a paper on Chinese syntax.

同樣的，在事實動詞之中，也只有「斷定事實動詞」(如'realize, discover, know, remember, find out'等)的賓語子句可以移到母句的句首來，而且也只有這類動詞(如'remember, show, find out'等)的賓語子句裏的「wh詞組」可以移到母句的句首來；而「非斷定事實動詞」則不具有這些句法表現。

另外，斷定非事實動詞(如'be sure')的賓語子句或賓語子句裏「wh詞組」的移首也似乎比非斷定事實動詞(如'be surprised')的賓語子句或賓語子句裏「wh 詞組」的移首好。試比較：

⑬ a. He {*realized*/*regretted*/*was sure*/*was surprised*} that John didn't tell the truth.

---

❷④ 斷定非事實動詞'think, believe, assume'等還可以出現於補語子句裡面做「挿入語」(parenthetical expression)用，例如：

(i) John, *I think*, has written a paper on Chinese syntax.

(ii) John has written, *I think*, a paper on Chinese syntax.

b. *John didn't tell the truth,* he {*realized/*regretted/was sure/*was surprised*}.

(74) a. She {*remembers/regrets/is sure/is surprised*} that her sister has promised him something.

b. *What* {does she {(?) *remember/*regret*}/is she {(?) *sure/*surprised*}} that her sister has promised him?[25]

可見，除了事實動詞與非事實動詞的分類以外，還需要斷定動詞與非斷定動詞的分類來說明有關的句法現象。因此，我們可以把動詞分為「斷定非事實」（assertive and non-factive）、「非斷定非事實」（non-assertive and non-factive）、「斷定事實」（assertive and factive）與「非斷定事實」（non-assertive and factive）四類[26]。不過，這裏應該注意：「斷定動詞」的否定式在句法功能上相當於「非斷定動詞」。因此，在

---

[25] 斷定事實動詞前面的'(?)'表示：從這類動詞的賓語子句裡面移出的「wh 詞組」雖然比斷定非事實動詞差，却比非斷定事實動詞好。

[26] 這四類動詞的主要例詞，依照英文字母的前後次序，列舉如下。

(i) 斷定非事實動詞：agree, appear, believe, be certain, be clear, decide, declare, expect, explain, hope, hypothesize, imply, insist, be obvious, say, seem, state, suppose, be sure, tell, think, write, etc.

(ii) 非斷定非事實動詞：deny, doubt, be false, be impossible, be improbable, be unlikely, etc.

(iii) 斷定事實動詞：discover, find out, know, learn, notice, realize, remember, reveal, see, show, etc.

(iv) 非斷定事實動詞：amuse, bother, be exciting, forget, be interesting, be odd, regret, be strange, suffice, surprise, etc.

⑮的例句裏，斷定事實動詞'realize'肯定式的賓語子句可以移到句首；而其否定式'not realize'的賓語子句則不能移到句首。

⑮ a. He {*realized/didn't realize*} that John didn't tell the truth.

b. John didn't tell the truth, he {***realized/*didn't realize***}.

同樣的，在⑯的例句裏，斷定非事實動詞'think'的賓語子句可以移到句首；而其否定式'not think'的賓語子句則不能如此移位。

⑯ a. I {*think/don't think*} the door is closed.

b. The door is closed, I {*think/*don't think*}.[27]

但是，如果像例句⑰那樣，母句裏的'not think'是由賓語子句裏否定詞'not'的提升而產生的，那麼只要把賓語子句改爲否定式就仍然可以移到句首[28]。

⑰ a. I *think* the door is*n't* closed.

⟹I do*n't* think the door *is* closed.

---

[27] 同樣的，否定式'not think'也不能出現於補語子句中做挿入語用，例如：'The door, *I* (**don't*) *think*, is closed'。

[28] 類似的用法，例如：

(i) He has *no* money, I do*n't* believe (=I do*n't* believe he *has* money).

(ii) He is*n't* coming, I do*n't* suppose (=I do*n't* suppose he *is* coming).

(iii) It is*n't* big enough, I do*n't* think (=I do*n't* think it *is* big enough).

(iv) John wo*n't* arrive today, I do*n't* believe (=I do*n't* believe John *will* arrive today).

b. The door is*n't* closed, I *don't think*.

≠ I *don't* think the door is*n't* closed.

另一方面，在⑱的例句裏，非斷定(非事實)動詞'doubt'的賓語子句不能移到句首；而其否定式'not doubt'的賓語子句則可以移到句首。

⑱ a. I {*doubt/don't doubt*} you'll succeed.

b. You'll succeed, I {**doubt/don't doubt*}.

又，雖然'think'與'conclude'都屬於斷定非事實動詞，但是二者的句法表現並不相同：如果'conclude'是肯定式，那麼無論是肯定或否定式賓語子句都可以移到句首；反之，如果'conclude'是否定式，那麼無論是肯定或否定式賓語子句都不能移到句首。試比較：

⑲ a. The door *is* closed, I {*think/conclude*}.

b. The door is*n't* closed, I {? *think/conclude*}.

c. The door *is* closed, I do*n't* {**think/*conclude*}.

d. The door is*n't* closed, I do*n't* {*think/*conclude*}.

因此，Hooper (1975:92) 主張把「斷定非事實動詞」再細分爲「强斷定非事實動詞」(strongly-assertive and non-factive verb；如'assert, conclude, insist, report, say, suggest, hope; be afraid, be certain, be sure, be obvious, be evident'等) 與「弱斷定非事實動詞」(weakly-assertive and non-factive verb; 如'think, believe, suppose, expect, imagine, guess, seem, appear'等) 兩類。從這個更細緻的分類，我們可以看出：凡是「弱斷定非事實動詞」都(i)可以做「挿

入動詞」（parenthetical verb）使用、(ii)可以在後面帶上「句子替代語」的'so'或'not'、(iii)可以把出現於賓語子句裏的否定詞'not'移到母句來、(iv)出現於賓語子句裏的「wh詞組」與不定子句主語也大都可以移到母句的句首來。不過，「強斷定非事實動詞」中的'hope, be afraid'後面也可以帶上'so'或'not'，而'say'後面則可以帶上'so'；而且，'hope, be afraid, say'這些動詞的斷定意味雖然比「弱斷定動詞」的'think, believe'強些，却似乎比「強斷定動詞」的'assert, insist, conclude'等還要弱㉙。可見，這兩類動詞的分類，並不是黑白分明、截然畫分的區別，而是逐漸增減、前後連續的變化；動詞的語意屬性與句法表現之間的例外現象，也應該從這樣的「模糊」(fuzziness)觀點來加以觀察。

五、「含蘊動詞」與「非含蘊動詞」

英語的動詞，除了從「預設」與「斷定」的觀點加以分類以

㉙ Hooper (1975:109) 也認爲'hope'與'be afraid'可能單獨成一類。他也指出'know'與'say'可以例外地帶上'so'：

(i) I don't just think so, I *know* {*so*/? *it*}.

(ii) Bradley wants to run for mayor, but he won't say {*so*/? *it*}.

另外，強斷定非事實動詞中，'be certain, be sure'後面的不定子句主語可以提升成爲母句主語；而'be obvious, be evident'後面的不定子句主語則不能如此提升，例如：

(iii) *Jone* is {*certain*/*sure*/**obvious*/**evident*} to succeed.

在這些形容詞裡，'certain, sure'比較傾向於主觀的推測，而'obvious, evident'則比較偏向於客觀的認定；前者的斷定意味也似乎比後者爲強。

外，還可以從「含蘊」的觀點加以分類。「含蘊」(implicate; implicature) 與「預設」(presuppose; presupposition) 不同。預設是句子命題成爲眞(或成爲假)的前提或先決條件；而含蘊是句子命題成爲眞(或成爲假)以後的後果。預設是由說話者來預先認定補語子句裡所敍述的命題是事實(或非事實)；而含蘊是由聽話者(或一般讀者)根據一般語意理論的「推斷規律」(rule of inference) 來推斷補語子句所敍述的命題在某種情形下是事實或非事實。依據(說話者的)預設而認定的補語子句的命題眞假值，在否定句、疑問句與條件句中都不會改變；而依據含蘊而(由聽話者)推斷的補語子句的命題眞假值，則在否定句、疑問句與條件句中可能有所改變。

Karttunen (1971) 把以不定子句爲賓語的動詞分爲「含蘊動詞」(implicative verb；如'manage, remember, bother, get, dare, care, venture, condescend, happen, see fit, be careful, have the {misfortune/sense/foresight}, take the {time/opportunity/trouble}, take it upon oneself, be {clever/kind/lucky} enough'等) 與「非含蘊動詞」(non-implicative verb; 如 'agree, decide, want, hope, promise, plan, intend, try, be lucky, be eager, be ready, have in mind'等) 兩類。肯定式含蘊動詞表示不定子句裡所敍述的命題是事實，因而與事實動詞相似；但是，與事實動詞不同，否定式含蘊動詞表示不定子句裡所敍述的命題並非事實，而在疑問句與條件句則不表示這樣的含蘊，例如：

⑳ a. John *managed* to solve the problem.

⟶John *solved* the problem.

b. John *didn't manage* to solve the problem.

⟶John *didn't solve* the problem.

c. *Did* John *manage* to solve the problem?

⟶̸John {*solved/didn't solve*} the problem.

d. *If* John *managed* to solve the problem, ...

⟶̸John {*solved/didn't solve*} the problem.

另一方面，非含蘊動詞則對於不定子句命題的事實與否，不表示任何含蘊。試比較：

⑧① a. John *hoped* to solve the problem.

⟶̸John {*solved/didn't solve*} the problem.

b. John *didn't hope* to solve the problem.

⟶̸John {*solved/didn't solve*} the problem.

c. *Did* John *hope* to solve the problem?

⟶̸John {*solved/didn't solve*} the problem.

d. *If* John *hoped* to solve the problem, ...

⟶̸John {*solved/didn't solve*} the problem.

因此，含有肯定式非含蘊動詞的句子，可以加上否定句來否定其補語不定子句的命題；而含有肯定式含蘊動詞的句子則不能做這樣的否定。另一方面，含有否定式非含蘊動詞的句子，可以加上肯定句來肯定其補語不定子句的命題；而含有否定式含蘊動詞的句子則不能做這樣的肯定。試比較：

⑧② a. John {**managed/hoped*} to solve the problem,
but he {*didn't/won't*} *solve* it.

b. John *didn't* {**manage/hope*} to solve the problem, but he *solved* it anyway.

含蘊動詞與非含蘊動詞，除了上面語意內涵上的區別以外，還呈現下列語意解釋與句法表現上的差異。

(i)在含有含蘊動詞的疑問句⑧③a.裡，問話者的「疑問範域」(scope of question) 及於補語不定子句(如⑧③b.句)，甚至以這個不定子句所敍述的命題爲「疑問焦點」 (focus of question)。因此，無論答話是肯定句的'Yes, he did'或是否定句的'No, he didn't'，都同時回答了⑧③a.與⑧③b.的問話。

⑧③ a. Did John *manage* to lock his door?

b. ⟶Did John *lock his door*?

另一方面，在含有非含蘊動詞的疑問句⑧④a.裡，問話者的疑問範域不及於補語不定子句，無論答話是肯定句還是否定句，都只回答⑧④a.的問話，而沒有回答⑧④b.的問話。

⑧④ a. Did John *hope* to lock his door?

b. ⟶̸Did John *lock his door*?

(ii)部分含蘊動詞與非含蘊動詞都可以與不定子句連用來形成祈使句。這個時候，含蘊動詞似乎只有加强祈使語氣的功能；而非含蘊動詞則形成祈使句的主要內容。試比較：

⑧⑤ a. {*Remember/Be careful*} to lock the door!

(=Lock the door!)

b. {*Promise/Be ready*} to lock the door!

(≠Lock the door!)

(iii)與情態助動詞連用的時候，這些助動詞的「情態意義」

(modality) 越過含蘊動詞而及於不定子句，却不能越過非含蘊動詞而及於不定子句。試比較：

⑧⑥ a. John {*must/should/ought to*} *remember* to lock the door.

⟶John {*must/should/ought to*} lock the door.

b. John {*must/should/ought to*} *prepare* to sell the house.

-/→John {*must/should/ought to*} sell the house.

(iv)含蘊動詞的補語子句，其不定子句動詞的時制在語意上與母句含蘊動詞的時制一致；而非含蘊動詞的補語子句動詞，則沒有這種語意上的時制限制。試比較：

⑧⑦ a. John {*managed/remembered*} to lock the door {*yesterday/*tomorrow*}.[30]

b. John *will* {*manage/remember*} to lock the door {*tomorrow/*yesterday*}.[31]

c. John {*agreed/planned*} to lock the door {*yesterday/tomorrow*}.

d. John *will* {*agree/plan*} to lock the door {*tomorrow/*yesterday*}.[32]

---

[30] 如果把「未來時間副詞」(future-time adverb) 的'tomorrow'改爲「過去時間副詞」(past-time adverb) 的'the {next/following} day'，那麼這個例句就可以通。

[31] 我們不能'記住 (remember)'、'設法 (manage)'、'答應 (agree)'、或'計畫 (plan)'在未來裡去做過去的事情。因此，「非過去時制」(non-past tense；包括未來、現在與一切時間) 的含蘊或非含蘊動詞都不能與「過去時間副詞」連用。

(v)修飾含蘊動詞的時間或處所副詞，同時也修飾其補語不定子句；但是修飾非含蘊動詞的時間或處所副詞，却不一定修飾其補語不定子句。試比較：

(88) a. *Yesterday*, John *managed* to solve the problem.

——→John solved the problem yesterday.

b. *Yesterday*, John *hoped* to solve the problem.

—+→John solved the problem yesterday.

(89) a. *At the door*, John *saw fit* to apologize.

——→John apologized at the door.

b. *At the door*, John *had in mind* to apologize.

—+→John apologized at the door.

又含蘊動詞與其補語不定子句之間不能各自含有互相矛盾的時間或處所副詞；而非含蘊動詞與其補語不定子句之間則沒有這樣的限制。試比較：

(90) a. *Yesterday*, John {**managed*/*agreed*} to lock the door *tomorrow*.

b. *On the sofa*, John {**managed*/*decided*} to sleep *in the bed*.

除了含蘊動詞與非含蘊動詞的區別以外，Karttunen (1971) 還提出了「否定含蘊動詞」(negative implicative verb；如 'fail, forget, neglect, decline, avoid (V-ing), refrain (from V-ing)') 的概念。否定含蘊動詞與(肯定)含蘊動詞不同：(肯定) 含蘊動詞的肯定式含蘊補語子句裡所敍述的是事實，而其否定式則含蘊補語子句裡所敍述的不是事實；反之，否定含蘊動詞的肯定式含蘊補語子句裡所敍述的不是事實，而其否定式則含蘊補語子句裡所敍述的是事實㉜。試比較：

⑼ a. John {*forgot/failed*} to mail the letter.

　　⟶John *didn't mail* the letter.

　b. John *didn't* {*forget/fail*} to mail the letter.

　　⟶John *mailed* the letter.

因此，肯定式否定含蘊動詞的'forget'與否定式(肯定)含蘊動詞的'not remember'同義。這一點可以從這兩個動詞在下面⑼句的比較中看得出來。

⑼ a. John {*forgot/didn't remember*} to lock the door.

　　⟶John *didn't lock* the door.

　b. John {*didn't forget/remembered*} to lock the door.

　　⟶John *locked* the door.

　c. John {*forgot/didn't remember*} *not* to lock the door.

　　⟶John *locked* the door.

　d. John {*didn't forget/remember*ed} *not* to lock the door.

　　⟶John *didn't lock* the door.

㉜ 在 Karttunen (1971) 的例詞裡，(肯定)含蘊動詞與非含蘊動詞的補語子句都限於不定子句；而否定含蘊動詞的補語子句，則除了不定子句外，還包括了動名子句。事實上，(肯定)含蘊動詞的補語子句也可能是動名子句(如'succeed (in V-ing)')。

有些「(肯定)含蘊動詞」(如‘choose, be able, can, be in the position, have the {time/opportunity/chance/patience}, be Adj enough’等)與「否定含蘊動詞」(如‘refuse, be too Adj’等)可以兼做「非含蘊動詞」使用。例如，在下面有關‘choose, be able, refuse’的例句裡，a.句做肯定或否定含蘊動詞解，而b.句則做非含蘊動詞解。

⑨③ a. Twice before, John has *chosen* to ignore (=has deliberately ignored) my request. (‘故意’)

⟶John has ignored my request.

b. John has *chosen* (=decided) to become the best student next year. (‘決意’)

⟶̸John will become the best student next year.

⑨④ a. In the last game, the quarterback was *able* to complete (=succeeded in completing) only two passes. (’做到，達成‘)

⟶The quarterback completed only two passes.

b. Ten years ago, John was *able* to (=could) seduce any woman in our town. (‘能夠，有辦法’)

⟶̸John seduced any woman in our town.

⑨⑤ a. John *refuse*d to believe that Mary was sick. (‘拒絕，不’)

⟶John didn't believe that Mary was sick.

b. John *refused* to come to Mary's party the next day. (‘辭却，不願’)

-+→John didn't come to Mary's party the next day.

同樣的，在下面有關'be Adj enough'與'be too Adj'的例句裡，a.句做含蘊動詞解，而b.句則做非含蘊動詞解。

⑯ a. John was *clever enough* (=It was very clever of John) to leave early. ('很聰明，很機警')

——→John left early.

b. John was *clever enough* (=had sufficient intelligence) to learn to read. ('有足夠的聰慧')

-+→John learned to read.

⑰ a. John was *too stupid* (=It was very stupid of John not) to call the cops. ('太笨(沒有)，不夠機警(未能)')

——→John didn't call the cops.

b. John was *too stupid* (=not clever enough) to be a regent. ('聰慧不足，天資不夠')

-+→John didn't become a regent.

又屬於(肯定)含蘊動詞的'cause, make, have, force'與屬於否定含蘊動詞的'prevent (from V-ing), dissuade (from V-ing)'，與屬於非含蘊動詞的使役動詞'order, advise, request'等不同。前一類動詞的肯定式表示其補語子句裡所敍述的事情已發生或未發生(或會發生或不會發生)；而後一類動詞的肯定式則並不表示其補語子句裡所敍述的事情已發生或會發生。試比較：

⑱ a. John *forced* Mary to stay home.

⟶Mary stayed home.

b. John *dissuaded* Mary from staying home.

⟶Mary didn't stay home.

c. John *asked* Mary to stay home.

⟶/→Mary stayed home.

但是這兩類動詞的否定式都不表示補語子句所敍述的事情**未發生**或**不會發生**。試比較：

⑲ a. John *won't force* Mary to stay home.

⟶/→Mary won't stay home.

b. John *won't dissuade* Mary from staying home.

⟶/→Mary won't stay home.

c. John *won't ask* Mary to stay home.

⟶/→Mary won't stay home.

六、「情意動詞」與「非情意動詞」

Kiparsky & Kiparsky (1970)，除了討論事實動詞與非事實動詞的句法表現以外，還提出了情意動詞與非情意動詞的分類。所謂「情意動詞」(emotive verb；或稱「評價動詞」(evaluative verb))，是表示說話者的情意或主觀評價的述語；包括'bother, alarm, fascinate, nauseate, exhilarate, suffice, defy comment, surpass belief, important, crazy, odd, relevant, instructive, sad, a tragedy, no laughing matter'等以子句爲主語並且兼屬事實動詞的述語、'improbable, unlikely, urgent, vital, a pipe dream'等以子句爲主語並且兼

屬非事實動詞的述語、'regret, resent, deplore'等以子句爲賓語並且兼屬事實動詞的述語、以及'intend, prefer, reluctant, anxious, willing, eager'等以子句爲賓語並且兼屬非事實動詞的述語。另一方面，「非情意動詞」(non-emotive verb；或稱「認知動詞」(cognitive verb))，則指不代表說話者的情意或主觀評價，而表示客觀認知的述語；包括'well-known, clear, obvious, evident, self-evident, go without saying'等以子句爲主語並且兼屬事實動詞的述語、'probable, likely, turn out, seem, imminent, in the works'等以子句爲主語並且兼屬非事實動詞的述語、'aware (of), bear in mind, make clear, forget, take into account'等以子句爲賓語並且兼屬事實動詞的述語、以及'predict, anticipate, forsee, say, suppose, conclude'等以子句爲賓語並且兼屬非事實動詞的述語。情意動詞與非情意動詞的區別，對於下列句法功能的了解有所幫助。

(i)一般說來，情意動詞比非情意動詞更容易與以補語連詞'for'引介的不定子句連用。這可能是由於'that子句'含有「限定時制」(finite tense)，因而比不含有限定時制的不定子句更適合於表達客觀的認知㉝。

㉝ 下面三個例句的比較顯示：(ii)裡含有'to be'的不定子句比(iii)裡不含有'to be'的「小子句」(small clause)更能表示客觀的認知，而(i)的'that子句'又比(ii)的不定子句更能表示客觀的認知。同時也注意：在(iii)裡不含有'to be'的小子句裡，表示主觀評價的形容詞(如'honest, trustworthy, dependable'等)比表示客觀認知的形容詞(如'tall, fat, American, Chinese'等)更容易出現。

(i) I believe *that* John *is* {*honest*/*trustworthy*/*tall*/*American*}. (→)

⑩⑩ a. I {*resent/*suppose*} *for John to go out with a married woman.*

b. I {*regret/*conclude*} *for you to be in this fix.*

c. It is {*odd/*clear*} *for John to have told you this.*

(ii)情意動詞的補語子句動詞常可以帶上表示「虛擬」(subjunctive) 或驚訝詫異的情態助動詞 'should'('竟然；迫切')，或者不借用'should'而保持「動詞原形」(root form)；而非情意動詞的補語子句動詞則沒有這種用法。試比較：

⑩① a. It is {*strange/interesting/*clear/*well-known*} that he (*should*) *have* behaved like this.

b. {He's *anxious*/It's *urgent*/*He's *aware*/*It's *clear*} that she (*should*) *be* found.

(iii)情意動詞的補語子句裡常可以出現「表示感嘆的程度副詞」(exclamatory degree adverb) 'so, such, at all'等；而非情意動詞的補語子句裡則不能出現這些副詞。試比較：

(ii) I believe John *to be* {*honest/trustworthy/tall/American*}.

(iii) I believe John {*honest/trustworthy/*tall/*American*}.

又一般的形容詞，如果在前面帶上「加强詞」(intensifier) 'too'或在後面帶上加强詞'enough'，也可以與'for不定子句'連用。這也可能是由於這些加强詞的使用而帶上了「情意」或「評價」的色彩，例如：

(iv) John is *too clever for me to deal with.*

(v) Mary is *rich enough for John to fall in love with.*

另外，在(vi)句裏'impossible'與'possibe'在合法度上的差別，也可能與前者的情意或評價色彩有關。

(vi) John is {*impossible/*possible*} to reason with.

⑩② a. I {*regret*/**conclude*} that you are in *such* a fix.

b. It's {*strange*/*interesting*/**clear*/**well-known*} that he came *at all*.

(iv)由'as'引介的關係子句裡只能含有非情意動詞，不能含有情意動詞。試比較：

⑩③ *As is* {**important*/**strange* to you/*well-known*/*clear* from the report}, John is in India.

(v)在以子句爲主語的述語形容詞中，可以修飾「人」(person)也可以修飾「行爲」(act)的情意形容詞(如'foolish, stupid, clever, smart, brave, noble, kind, rude, cruel, tactful, careless, rash'等都可以說成'a *foolish* {*person*/*act*}')，必須以動態動詞爲補語(如⑩④a.句)，而且可以出現於⑩⑤句裏十種不同的句式。以子句爲賓語的形容詞中，只能表示人物屬性而不能修飾行爲的情意形容詞(如'anxious, eager, proud, reluctant, willing'等㉞都只能說成('an *anxious* {*person*/**act*}')，可以用動態或靜態動詞做補語(如⑩④b.句)，但是不能出現於⑩⑤的句式，只能出現於⑩⑥句的兩種句式。試比較：

⑩④ a. He was {*foolish*/*brave*/*rash*/*tactful*} to {*destroy* the letter/**be born* in April/**have been hit* by a car/**get* sick/**get* a call/**have* that happen to her/**see* the manager leave}.

b. He was {*anxious*/*eager*/*reluctant*/*willing*} to *destroy* the letter/*leave* his home/*get* a call/

㉞ 這些形容詞都屬於前面所討論的「非含蘊形容詞」。

inherit a castle/*recover* from his melancholy}.

⑯ a. He *destroyed* the letter, and that was *foolish* (*of him*).

b. *For him to destroy* the letter was *foolish*.

c. *To destroy* the letter was *foolish* (*of him*).

d. *It* was *foolish* (*of him*) *to destroy* the letter.

e. How *foolish of him to destroy* the letter!

f. *He* was *foolish to destroy* the letter.

g. *He* was *foolish in destroying* the letter.

h. *He* did *foolishly* {*to destroy*/*in destroying*} the letter.

i. *He foolishly destroyed* the letter.

j. *Foolishly he destroyed* the letter.

⑯ a. John was *anxious for* his mother *to* meet Mary.

b. John was *anxious to* meet Mary.

(vi)以非事實子句為主語的非情意形容詞(如'possible, probable, likely, certain, sure'等)可以出現於⑰裏a.、b.、c.三種句式；以非事實子句為主語的情意形容詞(如'impossible, unlikely, improbable'等)可以出現於⑰裏a.、b.、d.三種句式；而這些形容詞中只有表示較高「可能性」的'(un)likely, certain, sure'可以出現於⑰e.的句式。試比較：

⑰ a. That she will come here is {*possible*/*impossible*}.

b. It is {*possible*/*impossible*} that she will come here.

c. {*Possibly*/*Very likely*/**Impossibly*/**Very unlikely*} she will come here.

d. It is {? *possible*/*impossible*/*not possible*} for her to come here.㉟

e. She is {(*un*)*likely*/*certain*/*sure*/*(*im*)*possible* /*(*im*)*probable*} to come here.

(vii)在以非事實子句爲主語的情意形容詞中，表示「難易」的'difficult, hard, tough, impossible, easy, dangerous'等可以出現於下面⑩⑧的三種句式。

⑩⑧ a. *To convince her* is *difficult* (*for him*).

b. *It* is *difficult* (*for him*) *to convince her*.

c. *She* is *difficult* (*for him*) *to convince*.

(viii)在以事實子句爲賓語的情意形容詞中，表示「情緒」的'furious, angry, happy, glad, delighted, pleased, disappointed, sorry'等可以出現於下面⑩⑨的四種句式。

⑩⑨ a. She *heard* about the news, and that *made* her *furious*.

b. *To hear about* the news *made* her *furious*.

c. *It made* her *furious to hear* about the news.

d. She was *furious to hear* about the news.

(ix)以事實子句爲主語的情意形容詞(如'strange, odd, important'等)與非情意形容詞(如'apparent, evident, obvious'等)

㉟ 在否定句與疑問句裏出現的'possible, likely'似乎可以視爲情意形容詞，因而可以用由'for'引介的不定子句做補語。

都可以出現於下面⑪裏a.、b.、c.、d.四種句式，但是只有情意形容詞可以出現於e.、f.兩種句式。

⑪ a. That John has lied is {*strange/obvious*}.

b. *It* is {*strange/obvious*} that John has lied.

c. {*Strangely/Obviously*}, John has lied.

d. John has lied, {*strangely/obviously*}.

e. It is {*important/*obvious*} that John (*should*) *practice* English.

f. It is {*important/*obvious*} *for* John *to practice* English.

七、「言狀動詞」與「橋樑動詞」

在以上的幾節裏，主要從動詞的語意屬性討論這些動詞在語意與句法上的表現。在以下的幾節裏，我們改從句法的觀點討論一些動詞的分類。在以'that子句'爲補語的動詞中，可以依其語意內涵與句法表現分爲兩類。一類叫做「言狀動詞」(manner of speaking verb)㊱，如'shout, scream, whisper, shriek, lisp, mumble, murmur, mutter, whine, jeer, quip, grunt, complain'等。這類動詞與'speak, say, cry'一樣，都是屬於表示語言傳達行爲的動詞；但是在'speak, say, cry'的基本意義之外，還表達某種「情狀」(manner)意義。例如，上面所舉的

㊱ 這是Zwicky (1971) 所用的術語。也有人針對下面的「橋樑動詞」，把這類動詞歸入「非橋樑動詞」(non-bridge verb)，並且把'rejoice, grieve'等在語意內涵上並不完全屬於言狀動詞的動詞也包括在內。

言狀動詞，依其出現的前後次序可以分別解義爲'speak, say or cry {loudly/on a high note/with noisy breath/with a high sound/with 〔s〕 sounding like 〔θ〕/unclearly/in a quiet voice/in a low voice/jeeringly/with an intention to sound clever/in a voice as if the nose were closed/in an unhappy, annoyed, dissatisfied way}'。另一類叫做「橋樑動詞」(bridge verb)；如'say, tell, suggest, think, believe, suppose, figure, fancy, reckon, imagine, expect'等。這類動詞大都表示言談或觀感；與言狀動詞一樣，在後面帶上'that子句'來敍述言談或觀感的內容。

「言狀動詞」與「橋樑動詞」都屬於 Kiparsky & Kiparsky (1970) 的「非事實動詞」，都以非事實子句爲賓語。但是這兩類動詞却呈現下列兩點句法功能上的差異。

(i)言狀動詞不能省略引介賓語子句的補語連詞'that'；而橋樑動詞則一般都可以省略補語連詞的'that'。試比較：

⑪ a. John {*whispered/murmured/muttered/complained*} *(*that*) we should turn down the stereo.

b. John {*said/told us/suggested/thought*} (*that*) we should turn down the stereo.

(ii)言狀動詞不能把出現於賓語子句裏的「wh詞組」移到母句的句首；而橋樑動詞則允許這樣的移位。試比較：

⑫ a. **What* did John {*whisper/murmur/mutter/complain*} that Mary bought *t* ?[37]

---

[37] 't'代表因'what'的移位所留下的「痕跡」(trace)。

b. *What* did John {*say*/*think*/*believe*/*hope*} (that) Mary bought *t* ?

當代語法理論之一的「管(轄)約(束)理倫」(G(overnment and) B(inding) Theory) 或「原(則)參(數)語法」(Principles-and-Parameters Theory)，對於上面的句法現象，提出了以下的說明。首先，言狀動詞在語意內涵裏含有情狀副詞，因而其補語子句(卽'that子句')在「X標槓結構」(X-bar structure) 裏可以分析爲出現於「附加語」(adjunct；卽與「動詞節」(V')形成姊妹成分)，如⑬ a.的「樹狀結構」(tree-diagram)。另一方面，橋樑動詞則在語意內涵裏不含有情狀副詞，因而其補語子句可以分析爲「補述語」(complement；卽主要語動詞(V)的姊妹成分)，如⑬ b.。[38]

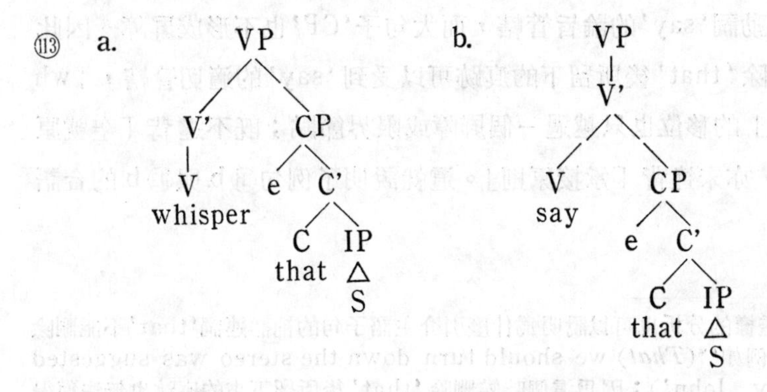

[38] 'CP'與'IP'分別代表「大句子」(卽'S''')與「小句子」(卽'S')；'C'代表「補語連詞」(complementizer；在這裏則表示'that'出現的位置)，而'C''則代表居於'C'與'CP'之間的「中介投射」(intermediate projection)或「詞節」(semi-phrase)；'e'表示「空節」(empty note； 卽沒有出現詞語或詞組的「節點」(node))。

在⑬a.的樹狀結構裏，出現於附加語位置的'that子句'以及其主要語'that'都沒有受到主要語動詞'whisper'的「論旨管轄」（theta-government），因而大句子'CP'就形成管轄上的「屏障」（barrier）。因此，把⑬a.的補語連詞'that'刪除的時候，所留下的痕跡無法受到主要語動詞'whisper'的「適切管轄」(proper government) 而違背「空號原則」(the Empty Category Principle; ECP)；這就說明了例句⑪a.的不合語法[39]。又，「wh詞組」從'that子句'裏的移位，也因爲多越過一個屏障（或「限界節點」(bounding node)），而違背移位不得越過兩個屏障(或限界節點)的「承接原則」（Subjacency Principle）；這就說明了例句⑫a.的不合語法[40]。另一方面，在⑬b.的樹狀結構裏，出現於補述語位置的'that子句'以及其主要語'that'都受到動詞'say'的論旨管轄，而大句子'CP'也不形成屏障。因此，刪除'that'後所留下的痕跡可以受到'say'的適切管轄，「wh詞組」的移位也只越過一個屏障或限界節點；既不違背「空號原則」，亦未違背「承接原則」。這就說明了例句⑪b.與⑫b.的合語法。

---

[39] 這樣的分析也可以說明爲什麼引介主語子句的補語連詞'that'不能刪除(例如'*(*That*) we should turn down the stereo was suggested by John')；因爲這個時候刪除'that'後所留下來的痕跡也無法獲得主要語動詞的適切管轄。不過，這種分析必須假設：補語連詞'that'的刪除發生於「表層結構」（S-structure），而不是發生於「語音形式」（phonetic form; PF）；因而必須遵守「空號原則」。

[40] 有關「論旨管轄」、「屏障」、「空號原則」、「承接原則」等的說明與討論，參 Chomsky (1981, 1986a, 1986b) 與湯(1988, 1989, 1992a, 1992b)裏的有關文章。

Nakajima（1985）更指出：言狀動詞(亦即他所稱的「非橋樑動詞」（non-bridge verb)）與橋樑動詞之間，還有下列兩點句法表現上的差異。

(iii)言狀動詞所引介的'that子句'不能成爲被動句的主語；而橋樑動詞所引介的'that子句'則可以成爲被動句的主語。試比較：

⑭ a. John {*believes/complains*} that Mary will leave.

b. *That Mary will leave* is {*believed/*complained*} by John.

c. *It* is {*believed/*complained*} (by John) that John will leave.

(iv)言狀動詞所引介的'that'子句不能成爲「WH移位」的對象；而橋樑動詞所引介的'that子句'則可以成爲「WH移位」的對象。試比較：

⑮ a. *What* does John {*believe/*complain*}〔$_{CP}$ *t*〕?

b. *What* is it that John {*believes/*complains*}〔$_{CP}$ *t*〕?

倒句⑭與⑮裏言狀動詞與橋樑動詞之間有關合法度上的差異，也可以從這兩類動詞在⑬裏樹狀結構上的差異獲得說明。首先，在例句⑭裏，言狀動詞後面的'that子句'是附加語而不是補述語，所以不能充當被動句的主語；而橋樑動詞後面的'that子句'是補述語(亦即賓語)，所以可以充當被動句的主語。其次，在例句⑮裏，言狀動詞後面'that子句'在「WH移位」後所留下來的痕跡既不受主要語動詞'complain'的「詞彙管轄」（lexical government)，亦不受移位語的「前行語管轄」（antecedent government)，所以違背「空號原則」而不合語法；而橋樑動詞後面'that子句'在「WH 移位」後所留下來的痕跡則既受詞彙管轄，且受前行語管轄，所以滿足「空號原則」而合語法㊶。

八、「提升動詞」、「例外格位指派動詞」與「控制動詞」

在非事實動詞中，另有一類動詞(如'seem, appear, happen, be likely, be certain, be sure'等)叫做「提升動詞」(raising verb)。這些動詞具有下列句法特徵。

(i)這些動詞雖然都屬於不及物動詞，但是不能單純地以一般名詞組爲主語，而常要帶上補語㊷，例如：

⑯ {***John/*The situation/It**} {**seems/appears/happens** /is {**likely/certain/sure**}} *(to be the case).

㊶ 言狀動詞後面的'that子句'出現於附加語的位置，所以不受主要語的適切管轄；又附加語形成屏障，所以無法受到前行語的適切管轄。另外，Nakajima (1985) 主張：言狀動詞後面的補語連詞'that'在「深層結構」(D-structure) 裏出現，而橋樑動詞後面的'that'則在以後的階段(例如在「語音形式」裏)任意地插入；並且，利用他所提出的「修改的約束理論」(the Revised Binding Theory) 來說明這兩類動詞在句法表現上的差異。參 Nakajima (1985)與湯(1988: 515-554)。

㊷ 這裏的'likely, certain, sure'做'{likely/certain/sure} to happen'解；因此，不能以一般名詞爲主語，而必須以表示「事件」(event)的'that子句'或不定子句爲其語意上或邏輯上的主語。在例句⑯裏，如果以'it'爲主語並以'to be the case'(或'to be true'以及'it is a *sure* thing'等)爲補語的話，就可以通。但是這裏的'it'，所指的仍然是事件，而不是事物。

(ii)這些動詞都可以以「塡補詞」(pleonastic) 'it'爲主語，並以'that子句'爲補語，例如：

⑪⑦ a. It {*seems*/*appears*/*happens*} *that* John *is* an honest man.

b. It is not {*likely*/*certain*/*sure*} *that* Mary *will* come.

(iii)這些動詞也可以以一般名詞組爲主語，並以不含有主語的不定子句爲補語，例如：

⑪⑧ a. *John* {*seems*/*appears*/*happens*} *to be* an honest man.

b. *Mary* is not *likely to come.*[43]

我們有證據顯示：⑪⑦與⑪⑧裏b.的句式是分別從⑪⑨裏a.與b.的基底結構，經過「主語提升」(Subject Raising) 或「名詞組移位」(NP-movement)[44]，把不定子句的主語名詞組移到母句的句首而產生的。

⑪⑨ a. *e* {seems/appears/happens} *John* to be an honest man.

b. *e* is not likely *Mary* to come.

這些證據包括：出現於母句主語位置的塡補詞的'there'、'it'以及成語主語(如(⑫⓪ c.)句的'the cat'是成語'the cat is out of

---

[43] 在⑪⑧的句式裏，形容詞'certain, sure'多出現於肯定式。試比較：'Mary is (??*not*) {*certain*/*sure*} to come'。

[44] 現在這些個別的變形規律都統統納入更爲概括的「移動 α」(Mave α) 或「改變 α」(Affect α) 的規律。

the bag (=the secret has been disclosed)'的主語）都應該分析爲不定子句語意上或邏輯上的主語，而只在句法上充當母句述語動詞的主語。

⑫⓪ a. 〔*There* seems 〔*t* be someone in your bed〕〕.
b. 〔*It* happened 〔*t* to be snowing〕〕.
c. 〔*The cat* is likely 〔*t* to be out of the bag〕〕.

原參語法理論更指出：不定子句的主語，雖然是指派「論旨角色」(theta-role) 的「論旨位置」(theta-position)，却是不具有「格位」(Case) 的「無格位位置」(Caseless position)；反之，母句的主語則雖然具有格位，却是未指派論旨角色的「非論旨位置」(non-theta-position) ㊺。因此，如果這些動詞的補語子句是'that子句'，那麼由於子句主語已經獲有「主位」(nominative)的格位，所以不能也不需要移到母句主語的位置。不過，因爲英語的句子一定要有主語，所以就由塡補詞的'it'㊻來充當主語(如⑪⑦句)。另一方面，如果這些動詞的補語子句是不定子句，那麼不具有格位(但具有論旨角色)的子句主語就「提升

㊺ 這一點可以從下面例句裏母句主語在論旨角色上的差異((i)句主語'the cat'的論旨角色是「主事者」(Agent)，而(ii)句主語'the rat'的論旨角色却是「客體」(Theme)或「受事者」(Patient))以及塡補詞'it'與'there'的可以出現獲得支持。

(i) a. 〔*e* seems 〔*the cat* to have caught the rat〕〕.
b. 〔*The cat* seems 〔*t* to have caught the rat〕〕.

(ii) a. 〔*e* seems 〔*the rat* to have been caught by the cat〕〕.
b. 〔*The rat* seems 〔*t* to have been caught by the cat〕〕.

㊻ 塡補詞'it'經常與子句(包括'that子句'與不定子句)搭配；而塡補詞'there'則經常與名詞組(通常是無定名詞組)搭配。

」(raise) 移入母句主語的位置來獲得主位㊼(如⑱句)。

非事實動詞中，還有一類動詞（如'believe, assume, think, expect, find, perceive, imagine, understand, show, prove, proclaim'等(叫做「例外指派格位(的)動詞」(exceptional Case-marking verb)。這些動詞具有下列句法特徵。

(i)這些動詞基本上都屬於及物動詞，除了主語以外，還可以或必須帶上賓語，例如：

㉑ John {*believed* (in)/*assumed*/*thought* {of/about}/*expected*/*found* (about)/*perceived*/*imagined*/*understood*/*showed* Bill/*proved*/*proclaimed*} *something*.

(ii)這些動詞都可以以'that'子句爲賓語，例如：

㉒ John {*believed*/*assumed*/*thought*/*expected*/*found*/*perceived*/*imagined*/*under*stood/*showed*/*proved*/*proclaimed*}〔*that* {Mary/she} *was* intelligent〕.

(iii)這些動詞也可以以不定子句爲賓語，但是不定子句的主語必須具有賓位而且不能由「介詞性補語連詞」(prepositional complementizer) 'for'來引介，例如：

㉓ John {*believed*/*assumed*/*thought*/*expected*/*found*/*perceived*/*imagined*/*understood*/*showed*/*proved*/*proclaimed*}〔(**for*) {*Mary*/*her*} *to be* intelligent〕.

(iv)這些動詞中，有的還可以以小子句爲賓語㊽，而小子句的主

㊼ 否則，因爲祇觸具有語音形態的名詞組必須具有格位的「格位濾除」(Case Filter) 而被判爲不合語法。

㊽ 以小子句爲賓語時，小子句的述語形容詞必須表達主觀評估的屬性，而不能表達可以客觀認定的屬性。

語也必須具有格位，但是不能由'for'來引介，例如：

⑫④ John {*believed/found/proved*} [(**for*) {*Mary/her*} intelligent].

我們在前面有關提升動詞的討論中，曾經提到提升動詞的補語不定子句的主語是因為無法獲得格位而移入母句主語的位置來獲得主位的。但是例外指派格位動詞的賓語不定子句的主語却為什麼可以獲得賓位？首先，提升動詞都屬於不及物動詞或形容詞，所以根本無法指派格位；而例外指派格位動詞則都屬於及物動詞，所以具有指派賓位的能力。其次，提升動詞的補語不定子句與例外指派移位動詞的賓語不定子句都在句法範疇上屬於「小句子」（即'S'或'IP'；如⑫③句）或「小子句」（如⑫④句[49]），而不是「大句子」（'S''或'CP'）。因此，這些動詞的補語或賓語子句都不會形成屏障來妨碍母句動詞的管轄或格位的指派，而這些賓語子句的主語名詞組也就能由母句動詞例外地獲得賓位的指派。這就是「例外指派格位動詞」的命名之由來。同時，小句子與小子句都不含有補語連詞；這也就說明了補語連詞'for'的無法出現。

㊾ 關於小子句的X標槓結構究竟是以「空節」（empty node）的「屈折語素」（inflection; I）為主要語的「小句子」（IP; S），是「述詞組」（Predicate phrase; PrP）、或是含有動詞組的「動詞組殼」（VP-shell），這個問題這裏不詳論。又有些語法學家認為：這些動詞的補語或賓語不定子句在深層結構裏是大句子，然後在表層結構裏經過「大句子刪除」（S'-deleltion）或「大句子透明」（S'-transparency)由母句動詞指派賓位給不定子句的主語。但是我們的分析是：這些動詞在深層結構裏即除了大句子(如⑫②句)之外還可以以小句子或小子句為補語或賓語。

又獲得例外格位的指派的，並不限於不定子句與小子句的主語；因爲在有些動詞[50]後面充當補語的分詞子句或動名子句的主語也可以從這些動詞獲得賓位，例如：

⑫⑤ John {*saw*/*caught*/*disliked*/didn't *mind*/*left*}

〔{*Bill*/*him*} smok*ing* marihuana in the basement〕.

另外，在含蘊動詞與非含蘊動詞的討論中，我們還討論了一些以不含有主語的不定子句或動名子句爲補語或賓語的動詞。根據原參語法的「投射原則」(Projection Principle) 與「擴充的投射原則」(Extended Projection Principle)，述語動詞的「必用論元」(obligatory argument；包括充當賓語的「直接內元」direct internal argument)、充當補語的「間接內元」(indirect internal argument) 與充當主語的「外元」(external argument) 都必須出現於句子的深層結構、表層結構與邏輯形式裏；而「論旨準則」(theta-criterion) 又規定，句子論元與論元所擔任的論旨角色之間必須形成「一對一的對應關係」(one-to-one correspondence)，即每一個論元都只能擔任一種論旨角色，而每一種論旨角色也只能指派給一個論元。基於這種考慮，我們把含有上述例外指派格位動詞的句子結構分析爲⑫⑥ a.，而不分析爲⑫⑥ b.。因爲在⑫⑥ b.裏，屬於「二元述語」(two-term predicate；即及物動詞) 的'believe, find, prove'却與三個論元 (即'{Mary/her}'、't (to be) intelligent'與'John')連用；

[50] 這些動詞包括'hear, see, watch, notice, observe, catch, remember, recollect, feel, find, imagine; like, dislike, hate, resent, cannot stand, don't mind; keep, leave'等。

而且，'{Mary/her}'既因充當子句述語'(to be) intelligent'的外元而獲得論旨角色「客體」(Theme) 的指派，又因充當母句述語'{believe/find/prove}'等的內元而獲得另外一個論旨角色的指派。結果，不但違背了投射原則，而且也違犯了論旨準則。

⑫⑥ a. John {*believed/proved/found*} 〔IP {*Mary/her*} (to be) intelligent〕.

b. John {*believed/found/proved*} {*Mary/her*} 〔IP *t* (to be) intelligent〕.

基於同樣的理由，所謂「不含主語」的不定子句、動名子句與分詞子句，也應該分析為含有外元主語；但是這個主語是由不具有語音形態的「空號代詞」(empty pronoun)，即「大代號」(PRO) 來充當的，例如：

⑫⑦ a. 〔*PRO* to be or not to be〕, that is a question.

b. 〔*PRO* in order to understand China〕, you must learn Chinese.

c. The boat was sunk (by its owner) 〔*PRO* to collect the insurance〕.

d. I really don't know 〔what *PRO* to do t〕.

e. Is there 〔anything 〔O 〔*PRO* to eat t〕〕〕?[51]

---

[51] 在'〔NP anything 〔CP O 〔IP PRO to eat t〕〕〕'裏出現的'O'，叫做「空號運符」(null operator)，相當於不具有語音形態的關係代詞'which'或'who'，因而在原來的位置留下「(移位)痕跡」(trace；常用't'的符號來表示)。痕跡、空號運符、空號代詞(包括「大代號」(PRO) 與「小代號」(pro)) 合稱「空號範疇」(empty category)。

f. 〔*PRO* collecting stamps〕is John's hobby.

g. He is busy〔*PRO* studying English〕.

h. She fell down while〔*PRO* getting off the bus〕.

i. 〔*PRO* not having anything to do〕[52], they went to the movies.

在⑫7的例句裏出現的大代號，與一般具有語音形態的「人稱代詞」（personal pronoun；如'he, she, it'）一樣，應該有其「指涉對象」（referent）。例如，在⑫7 b. c. d. f. g. h. i. 裏出現的大代號都分別指涉在母句裏出現的'you, its owner, I, John, he, she, they'。在母句裏出現的指涉對象，就叫做這些大代號的「控制語」（controllcr），而這種大代號就叫做「受控制的大代號」（controlled PRO）[53]。另一方面，在⑫7 a. e. 裏出現的大代號則無法在句子裏找到其控制語，而這種大代號就叫做「任指的大代號」（arbitrary PRO）[54]。

---

[52] ⑫7 i. 句的'anything to do'也應該比照⑫7 e. 句的'anything to eat'分析爲'〔$_{NP}$ anything〔$_{CP}$ O〔$_{IP}$ PRO to do t〕〕〕'。

[53] 大代號的控制語通常都在結構佈局上「C統制」（C-Command）大代號，即「直接支配」（immediately dominate）控制語的句子都「支配」（dominate）大代號。例如，例句⑫7 b. d. g. h. i. 裏的控制語都出現於母句主語的論元位置，因而也都「C統制」出現於子句主語位置的大代號。但是⑫7 c. 的'its owner,與⑫7 f. 的'John'則例外地沒有控制大代號。⑫7 c. 裏的'its owner'甚至可以省略，因而稱爲「暗含的論元」(implicit argument) 或「暗含的控制語」(implicit controller)；而在⑫7 f. 裏出現的大代號則可以解釋爲「任指的大代號」（arbitrary PRO），如'〔PRO collecting stamps〕is a nice hobby'。

[54] 「任指的大代號」常表示「泛指」，但是也可能從談話的「言談情景」（speech situation）來找出大代號的指涉對象。例如，在⑫7 a. e. 裏出現的大代號在一般的言談情景下都解釋爲指涉這句話的「說話者」(the speaker)；因此，也稱爲「受語用控制的大代號」（pragmatically controlled PRO）或「表示談話主體的大代號」（logophoric PRO）。

有些英語動詞常用以大代號爲主語的不定子句或動名子句做賓語或補語，而子句大代號主語則常受母句主語或賓語的控制。這種動詞就叫做「控制動詞」(control verb)。例如，在下面⑫8的例句裏出現的動詞大都屬於不及物動詞，都以含有大代號主語的不定子句爲補語，而這個大代號都以母句主語爲控制語[55]。

⑫8 *John* {*tried/attempted/managed/offered/refused/remembered/forgot*} 〔*PRO* to help Mary〕.

又如，在下面⑫9的例句裏出現的動詞都屬於及物動詞而必須帶上賓語，而且也都以含有大代號主語的不定子句爲補語。但是補語子句的大代號主語却必須以母句賓語爲控制語[56]。

---

[55] 受母句主語控制的大代號，叫做「受主語控制的大代號」(subject-control PRO)。又屬於這類動詞的主要有'try, attempt, intend, mean, plan, wish, hope, desire, (would) like, care, choose, offer, agree, consent, refuse, decline, decide, determine, resolve, make up one's mind, aim, endeavor, threaten, swear, demand, claim, arrange, undertake, ask, beg, request, fear, dare, can afford, condescend, manage, seek, remember, forget; want, expect, promise'等。這些動詞有屬於不及物動詞的，也有屬於及物動詞的。屬於不及物動詞的，後面補語不定子句的大代號主語固然要受母句主語的控制；就是屬於及物動詞的，只要後面不帶賓語名詞組，其補語不定子句的大代號主語也要受母句主語的控制。

[56] 受母句賓語控制的大代號，叫做「受賓語控制的大代號」(object-control PRO)，並與「受主語控制的大代號」共屬於「義務控制」(obligatory control)。又屬於這類動詞的主要有'advise, coax, coerce, convince, drive, entice, force, notify, remind, warn (以上動詞可以有「及物動詞＋賓語名詞組＋介詞組」的用法)；admonish, allow, appoint, assist, bribe, bring, beseech, bestir, cause, challenge, charge, command, commission, compel, defy, direct, empower, enable, encourage, enjoin, entreat, exhort, help, impel, implore, incite, induce, inspire, instruct, (→)

⑫⑨ John {*told/urged/encouraged/persuaded/forced/compelled*} *Bill* 〔*PRO* to help Mary〕.

再如，在下面⑬⓪的例句裏出現的動詞'get'可以帶上賓語，也可以不帶上賓語。帶上賓語的時候，補語不定子句的大代號主語必須受母句賓語的控制；而不帶上賓語的時候，大代號主語則必須受母句主語的控制。試比較：

⑬⓪ a. John *got Bill* 〔*PRO* to help Mary〕.

b. *John got* 〔*PRO* to help Mary〕.

但是也有極少數的動詞（如⑬①句的'promise, vow (to NP)'）不管帶不帶上賓語，補語不定子句的大代號主語都必須受母句主語的控制。試比較：

⑬① a. *John* {*promised/vowed* to} Bill 〔*PRO* to help Mary〕.

b. *John* {*promised/vowed*} 〔*PRO* to help Mary〕.

在⑫⑨裏出現的受賓語控制的動詞與⑬①a.裏出現的受主語控制的動詞，雖然在表面形態上的詞序非常相似，却有下列句法功能

---

invite, lead, motivate, oblige, permit, predispose, prompt, schedule, stimulate, tempt, train, trouble, trust, urge'等。又'ask, beg, plead (with NP)'等控制動詞，在母句含有賓語時，補語不定子句的大代號主語受母句賓語的控制；而母句不含有賓語時，大代號之語則受母句主語的控制。試比較：

(i) John {*asked/begged*} *Bill* 〔*PRO* to see the manager〕.
(ii) *John* {*asked/begged*} 〔*PRO* to see the manager〕.

另外，在下面(iii)的例句裏，補語不定子句的大代號主語兼指母句主語與賓語。

(iii) *John* {persuaded/proposed to} *Bill* 〔*PRO* to go *together*〕.

上的差異。

(i)受主語控制的動詞可以省略母句賓語(如⑬b.句)；而受賓語控制的動詞則不能省略母句賓語(如⑬句)[57]。這是因爲如果省略母句賓語，補語不定子句的大代號主語就會失去其控制語而無法確定其指涉對象的緣故。

⑬ John {told/urged/encountered/persuaded/forced/compelled} *(*Bill*) 〔PRO to help Mary〕.

(ii)受賓語控制的動詞可以有被動態；而受主語控制的動詞則不能有被動態[58]。這可能是由於在⑬a.的例句裏大代號主語仍受原來母句賓語'Bill'的統制；而在⑬b.的例句裏，大代號主語則無法受到原來母句主語'John'的C統制的緣故。試比較：

⑬ a. *Bill* was {*forced/persuaded/chosen*} (by John) 〔*PRO* to help Mary〕.

b. *Bill was {*promised/got*} (by John) 〔PRO to

---

[57] 這個句法現象首先由 Bach (1979) 指出，所以叫做「Bach 的原理」(Bach's generalization)。

[58] 這個句法現象首先由 Visser (1963-1973) 指出，所以叫做「Visser 的原理」(Visser's generalization)。試比較：

(i) a. *John* strikes Bill as 〔*PRO* pompous〕.
b. *Bill was struck (by *John*) as 〔*PRO* pompous〕.

(ii) a. Bill regards *John* as 〔*PRO* pompous〕.
b. *John* is regarded (by Bill) as 〔*PRO* pompous〕.

又(i)與(ii)的例句顯示：以大代號爲主語的小子句也可以充當控制動詞的補語。

help Mary〕.[59]

(iii)受賓語控制的動詞，其賓語名詞組可以「WH移位」；而受主語控制的動詞則不能如此移動其賓語名詞組。試比較：

⑬④ a. *Who* do you think John {*forced*/*persuaded*/*chose*/ **promised*/**got*} *t* 〔PRO to help Mary〕?

b. John was tough 〔*O* 〔PRO to {*force*/*persuade*/ *choose*/**promise*/**get*} *t* 〔PRO to leave〕〕〕.[60]

(iv)受賓語控制的動詞，可以把過重或過長的賓語名詞組移到句尾[61]；而受主語控制的動詞，則不能如此把賓語名詞組加以移位。試比較：

⑬⑤ a. John {*forced*/*promised*} 〔all the people who didn't want him there〕〔PRO to leave〕.

---

[59] 但是如果被動句的主事者主語(如⑬③b.的'by John')不出現，而且補語不定子句也是被動句，那麼補語子句的大代號主語就可以受母句動詞'promise'的主語控制；例如，'*Bill* was promised〔*PRO* to be allowed〔*t* to help Mary〕〕'。同時，請注意：在受賓語控制的補語不定子句裏，如果以'be allowed to ……'等表示因特定主事者權力的行使而獲得許可的事態爲謂語，那麼其大代號主語也可以受母句主語的控制。試比較：

(i) John asked *Bill* 〔*PRO* to leave〕.

(ii) *John* asked Bill 〔*PRO* to be allowed to leave〕.

[60] 這是所謂的「Tough結構」(Tough-construction)。我們把這個結構分析爲「空號運符」(null operator)'O'到大句子指示語位置(即'〔Spec; C_P〕')的移位，然後再由空號運符與主語名詞組(如⑬④b.句的'John')之間的「主謂關係」(predication)而獲得主語名詞組、空號運符以及「痕跡」(trace)'t'之間的「同指標」(coindexing)。

[61] 這是所謂的「重量名詞組轉移」(Heavy NP Shift)。這裏有關(iii)到(vii)的觀察，參 Larson (1991: 104-106)。

b. John {*forced*/?? *promised*} 〔PRO to leave〕 〔all the people who didn't want him there〕.

(v)受主語控制的動詞，可以用「WH問句」來詢問其補語子句；而受賓語控制的動詞，則不能做如此的詢問。試比較：

⑬⑥ *What* did John {**force*/*promise*} Bill *t* ?

(回答：To leave by five o'clock.)

(vi)受主語控制的動詞，可以把補語子句做爲「準分裂句」(pseudo-cleft sentence) 的「信息焦點」(information focus)；而受賓語控制的動詞，則不能把補語子句做爲準分裂句的信息焦點。試比較：

⑬⑦ What John {**forced*/*promised*} Bill was (*to*) *leave by five o'clock.*

(vii)主語控制動詞'promise'同時屬於「雙賓動詞」(ditransitive verb; double-object verb)；賓語控制動詞'force, persuade'等不屬於雙賓動詞。試比較：

⑬⑧ a. John *promised* {*Bill a sports car*/*a sports car to Bill*}.

b. *John *forced* {*Bill an action*/*an action to Bill*}.

c. *John *persuaded* {*Bill a conclusion*/*a conclusion* to Bill}.

而且，雙賓動詞'promise'與一般雙賓動詞(如'give')一樣，可以省略間接賓語，但是不能省略直接賓語。試比較：

⑬⑨ a. John {*promised*/*gave*} Bill a sports car.

b. John {*promised*/*gave*} a sports car.

c. ?? John {*promised/gave*} Bill.

另外，在下面⑭⓪的例句裏，動詞'beg, decide'可以當主語控制動詞使用，而以含有大代號主語的不定子句為補語(如a.句)，也可以在介詞'for, on'引介之下以「實號名詞組」(overt NP；即具有語音形態的名詞組) 為不定子句的主語(如b.句) [62]。

⑭⓪ a. *John* {*begged/decided*}〔*PRO* to go〕.

b. John {*begged for/decided on*} Bill to go.

也有'appeal (to NP), shout (to NP), plead (with NP)'等不及物動詞，以含有大代號主語的不定子句為補語時，其大代號主語受母句介詞賓語的控制(如⑭① a.句) [63]，但也可以在介詞'for'的引介之下以一般名詞組為不定子句的主語(如⑭① b.句)。

⑭① a. John {*appealed* to/*pleaded* with} *Bill*〔*PRO* to go〕.

b. John {*appealed* to/*pleaded* with} Bill〔*for Mary* to go〕.

更有'want, prefer'等動詞，以含有大代號主語的不定子句為補語而受母句主語的控制(如⑭② a.句)，也可以在介詞'for'的引介下以一般名詞組為不定子句的主語(如⑭② b.句)，還可以不經由介

---

[62] 屬於這類動詞的主要有'arrange, beg, hope, long, lust, plead, pray, struggle, wish, yearn (以上動詞與介詞'for'連用)；consent (與'to'連用)，decide (與'on'連用)'等。

[63] 這時候，不及物動詞與介詞似乎經過「重新分析」(reanalysis)而成為及物動詞 (即'〔$_{VP}$〔$_{V}$ appealed〕〔$_{PP}$ to Bill〕〕'→'〔$_{VP}$〔$_{V}$ *appealed to*〕〔$_{NP}$ Bill〕〕')；因而不定子句的大代號主語仍受(介詞)賓語的「C統制」。

詞 'for' 而由母句動詞指派賓位給不定子句的主語(如⑭ c.句)[64]。

⑭ a. *John* {*wanted/preferred*} 〔*PRO* to go〕.

b. John {*wanted/preferred*} (very much) 〔*for Bill* to go〕.

c. John {*wanted/preferred*} 〔*Bill* to go〕.

下面以主語控制動詞'try'、賓語控制動詞'persuade'、主語控制兼例外指派格位動詞'prefer'與例外指派格位動詞'believe'四個動詞爲例，說明其補語子句的句法結構[65]，並比較其句法功能。

⑭ a. *John* tried 〔CP *PRO* to be honest〕.

b. John persuaded *Bill* 〔CP *PRO* to be honest〕.

c. *John* preferred 〔CP *PRO* to be honest〕.

d. John preferred (very much) 〔CP 〔C for〕〔IP *Bill* to be honest〕.

e. John preferred 〔IP *Bill* to be honest〕.

f. John believed 〔IP *Bill* to be honest〕.

---

[64] 'expect, (dis)like, hate, choose'等動詞則只有⑭ a. c.的用法，而沒有⑭ b.的用法。

[65] 請注意：控制動詞以「大句子」（CP或S'）爲補語子句，而例外指派格位動詞則以「小句子」（IP或S）爲補語子句。這是根據「大代號原理」（PRO Theorem），大代號不能受「管轄」（govern(ment)）；因此，大代號只能出現於不定子句、動名子句、分詞子句等「非限定子句」（non-finite clause）裏主語的位置，而且也不能由母句動詞那裏獲得例外格位的指派。

(i)除了不及物動詞的'try'以外，及物動詞的'persuade, prefer, believe'都可以形成「及物動詞＋賓語名詞＋不定詞補語」的句型。試比較：

⒁ John {**tried/persuaded/preferred/believed*} *Bill* to be honest.

(ii)除了'prefer'可以由介詞'for'引介不定子句的主語以外，其他動詞都沒有這種用法。試比較：

⒂ John {**tried/*persuaded/preferred/*believed*} (very much) *for Bill* to be honest.

(iii)只有帶有賓語名詞組的'persuade'與由母句動詞獲得例外格位指派的'believe(, prefer)'可以形成被動句，其他動詞都不能改爲被動句。試比較：

⒃ Bill *was* {**tried/persuaded/*preferred* very much/ ?? *preferred/believed*} to be honest *by John.*

(iv)只有以由介詞'for'引介的不定子句爲賓語的'prefer'能以這個不定子句爲主語而形成被動句，其他動詞則不能如此形成被動句。試比較：

⒄ 〔For Bill to be honest〕 *was* {**tried/*persuaded/ preferred/*believed*} by John.

(v)只有以由介詞'for'引介的不定子句爲賓語的'prefer'能利用「準分裂句」使這個不定子句成爲信息焦點，其他動詞都沒有這種用法[66]。試比較：

⑭⑧ What John {*tried/*persuaded/preferred/*believed} was 〔for Bill to be honest〕.

(vi)除了兼帶賓語名詞與補語子句的「複賓及物動詞」(complex transitive verb) 'persuade'以外，其他動詞都具有「(單賓)及物動詞」用法而可以單獨帶上'it, that'爲賓語。試比較：

⑭⑨ John {*tried*/*persuaded/preferred/believed*} {*it/that*}.

(vii)只有屬於主語控制動詞的'try, prefer'可以出現於「動詞＋不定詞補語」的句型。

⑮⓪ John {*tried/*persuaded/preferred/*believed*} *to be* honest.

(viii)只有屬於主語控制動詞兼例外格位指派動詞的'prefer'可以以由大代號主語以及領位或賓位名詞(或代詞)引介的動名子句或分詞子句爲補語。試比較：

⑮① John {*tried/*persuaded/preferred/*believed*} {*PRO/my/me/Mary*} *staying* with him.

(ix)只有屬於情意動詞的'prefer'可以以含有情態動詞'should'或以動詞原形爲述語的'that子句'爲賓語；'believe'雖然可以以'that子句'爲賓語，却不能以動詞原形爲子句述語。試比較：

---

[66] 例外格位指派動詞'believe'的賓語子句'Bill to be honest'不能充當被動句的主語或成爲準分裂句的信息焦點；因爲在這種情形下，不定子句的主語'Bill'不再與母句動詞'believe'相鄰接或受其C統制，所以無法獲得例外格位的指派。

⑮² a. John {**tried*/**persuaded*/*preferred*/*believed*}
that Mary *should stay* with him.

b. John {**tried*/**persuaded*/*preferred*/**believed*}
that Mary (*not*) *stay* with him.

大代號，除了可以出現於不定子句充當主語以外，還可以出現於動名子句或分詞子句充當主語。例如，在下面⑮³的例句裏，賓語子句的大代號主語可以受母句主語的控制而指'John'，也可以不受主語控制而指'John'以外的人(即「任指的大代號」)而相當於 '〔*other people* singing〕'。

⑮³ *John* {(*dis*)*likes*/*prefers*/*enjoys*/*detests*/*abhors*/
dreads/*considers*} 〔*PRO* singing〕.

但是，如果賓語子句的述語動詞帶上賓語名詞或有情狀副詞等的修飾[67]。那麼大代號主語一般都要受母句主語的控制，例如：

---

[67] 但是如果情狀副詞以形容詞的形式來修飾動名詞(例如'*John* (dislikes 〔*PRO* loud singing〕')，那麼大代號主語就可以指母句主語 'John' 或'John'以外的人。又這種動名子句大代號主語的控制問題，不僅出現於充當賓語的動名子句大代號主語與母句主語之間，也出現於充當主語的動名子句大代號主語與母句動詞或介詞賓語之間。例如，在下面(i)到(iii)的例句裏，a.句的大代號主語都必須指涉'John'；而b.句的大代號主語則可以指涉'John'，也可以指涉'John'以外的人。

(i) a. 〔*PRO* killing his dog〕 upset *John*.
b. 〔The (*PRO*) killing of his dog〕 upset *John*.

(ii) a. 〔*PRO* sighting UFO's〕 made *John* nervous.
b. 〔*PRO's* sighting of UFO's〕 made *John* nervous.

(iii) a. 〔*PRO* not acting〕 was good enough for *John*.
b. 〔No (*PRO*) acting〕 was good enough for *John*.

⑭ *John* {(*dis*)*likes*/*prefers*/*enjoys*/*detests*/*abhors*/ *dreads*/*considers*} 〔*PRO* {singing *operas*/singing *loudly*}.

另一方面，在⑮的例句裏，賓語子句的大代號主語則不能受母句主語的控制而必須指'John'以外的人，或至少必須包括'John'以外的人[68]。

⑮ *John* {*suggested*/*recommended*/*disapproved* of} 〔*PRO* going to Japan〕.

九、「作格動詞」與「中間動詞」

英語的(單賓)及物動詞可以再分為「賓格動詞」(accusative verb)與「作格動詞」(ergative verb)。賓格動詞(如'kick'(只有「及物」(transitive)用法，而作格動詞(如'open'[69])則兼具「使動及物」(causative-transitive)與「起動不及物

---

[68] 在下面的例句裏出現的大代號也不可能指涉在同一個句子裏面出現的任何名詞組，而只能從言談情景或語用背景尋找其指涉對象。
(i) Mary said that 〔*PRO* cheating her〕 was unforgivable.
(ii) 〔*PRO* repeated smugllings of rhino horns〕 bothers the government.
(iii) 〔*PRO* not getting home long after midnight〕 worries most parents.

[69] 英語主要的作格動詞包括'open, close, sink, melt, move, roll, bounce, break, hang, roast, fracture, deepen, lighten, enrich, enlarge'，以及許多含有詞尾'-ize'的動詞(如'generalize, localize, (de)centraize, (de) magnetize, (de) mobilize, (de) militarize, mechanize, normalize, neutralize, oxidize'等)。又有些文獻把這裏的作格動詞稱為「非受格動詞」(unaccusative verb)或「絕對格動詞」(absolutive verb)。

」(inchoative-intransitive) 兩種用法。試比較：

⑯ a. John {*kicked/opened*} the door.

b. The door {**kicked/opened*} (of itself).

作格動詞具有使動及物與起動不及物用法，而一般及物與不及物動詞則分別只具有及物或不及物用法。除此以外，作格動詞與一般及物或不及物動詞還顯示下列幾點句法功能上的差異。(i)只有作格動詞(如⑰a.句)與不需要補語的「絕對不及物」(absolute-intransitive) 動詞(如⑰b.)可以單獨以現在分詞的形式修飾名詞；而及物動詞(如⑰c.句(與需要補語的不及物動詞(如⑰d.句)則不能單獨以現在分詞的形式修飾名詞[70]。試比較：

---

[70] 不能單獨以現在分詞的形式修飾名詞的及物動詞與不及物動詞，常可以在現在分詞前面加上賓語名詞、形容詞補語或(介)副詞之後修飾名詞，例如：'the {*(*milk-*)drinking baby/*(*flower-*)picking girl/*(*man-*)eating tribe/*(*piano-*)playing girl/*(*happy-*)looking children/*(*high-*)sounding propaganda/*(in)coming mail/*(*out*)going mail/*(diligently-)studying boy/*(*far-*)reaching effects/*(*long-*)playing records'。又「心理動詞」(psych verb; 如'annoy, enrage, frighten, please, stun, thrill, interest, exasperate'等)雖然也可以單獨以現在分詞的形式來修飾名詞，但是這些動詞只能當及物動詞使用，而不能當不及物動詞使用。而且，這些動詞的現在分詞事實上已經「詞彙化」(lexicalize) 而成爲純粹的形容詞，所以可以用'very, more'等程度副詞修飾，也可以與純粹形容詞對等連接，還可以充當'seem, sound, look'等不完全不及物動詞的補語。試比較：

(i) the {*very/more*} {*annoying/frightening/stunning/interesting/exasperating/*dying/*sinking*} person

(ii) that *old* {yet (still) *interesting*/and *exasperating*/? and *dying*} idea (→)

⑰ a. the {*opening* gate/*sinking* boat/*melting* ice/ *rolling* stone/*bouncing* balls}

b. the {*sleeping* baby/*running* boy/*dying* flowers/ *moaning* soldiers/*weeping* children}

c. *the {*drinking* baby/*studying* boy/*picking* flowers/*killing* soldiers/*painting* children}

d. *the {*leaving* baby/*going* boy/*seeming* flowers/ *coming* soldiers/*looking* children}

(ii)作格動詞的現在分詞所修飾的，限於「客體」（Theme）名詞組(如⑱句)；而(絕對)不及物動詞的現在分詞所修飾的，則可能是「主事者」（Agent）名詞組(如⑲句)⑪。試比較：

⑱ a. *The man* {{rolled/bounced} *the ball*/roasted *the chicken*}.

b. *the* {{rolling/bouncing} *ball*/roasting *chicken*}

c. *the {rolling/bouncing/roasting} *man*

(iii) The idea *sounds* (still) {*interesting*/*exasperating*/ **dying*}.

又'play'雖然可以有'玩耍'(不及物)與'演奏'(及物)兩種用法，但是'*playing* children'裏的'playing'必須解釋爲不及物用法，而'*piano-playing* children'裏的'playing'才能解釋爲及物用法。而且，'playing children'可以解義爲現在進行貌的'children who *are playing*'，但是'piano-playing children'則只能解義爲泛時反覆貌的'children who *play* the piano'。

⑪ 如果不及物動詞是屬於終結動詞或以無生名詞組爲主語，那麼這些不及物動詞也可能修飾客體名詞組，例如：'the {dying {*man*/*flowers*}/ fading *flowers*/falling *leaves*}'。

⑮⑨ a. *The boy* {ran/jumped/cried/smiled}.

b. the {running/jumping/crying/smiling} *boy*

(iii)及物動詞加上名詞詞尾'-er'常表示充當主事者的人；不及物動詞加上'-er'一般表示人，但也可能表示充當客體的事物；作格動詞加上'-er'常指人與事物，但也可能只指或多指事物。試比較：

⑯⓪ a. teach*er*（教師），pitch*er*（投手），catch*er*（捕手），bak*er*（麵包師傅），paint*er*（畫家，油漆匠）

b. sleep*er*（貪睡者，臥車，連身睡衣），runn*er*（奔跑者，賽跑者），（橇等的）滑行板，（溜冰鞋的）滑刀），walk*er*（步行者，（幼兒的）學步車），cri*er*（傳令員，沿街叫賣者，好哭者），scream*er*（尖叫者，發出尖音的東西）

c. bounc*er*（蹦跳的人或物），sink*er*（下降的人或物，鉛錘，下墜球），mov*er*（推動的人或物，發起人，發動機），roll*er*（滾動之物，滾筒，壓路機），open*er*（開始者，開罐器，開頭部分），roast*er*（烤炙者，烘烤用具，適於烤炙的小鷄等），break*er*（打破者，馴獸師，軋碎機，斷(電)路器），hang*er*（懸掛者，掛鈎衣架）

(iv)表示'勝過，賽過'的詞首'out-'只能加在單音不及物動詞前而形成及物動詞；雖然不能加在單音及物動詞的前面，却可以加在單音作格動詞的前面形成及物動詞。試比較：

⑯ a. John can {*out*run/*out*shoot/*out*talk/*out*fight/ **out*beat/**out*speak/**out*chase} Bill.

b. This ball {*out*bounces/*out*rolls} that one.

(v)表示'再度'的詞首're-'只能加在及物動詞前面；雖然不能加在不及物動詞前面，却可以加在作格動詞的及物與不及物用法。試比較：

⑯ a. They {(*re*)painted/(*re*)fixed/(*re*)fitted/ (*re*)washed} the door.

b. The door (**re*)squeaked.

c. They {(*re*)opened/(*re*)closed} the door.

d. The door {(*re*)opened/(*re*)closed}.

以上的觀察顯示：作格動詞兼具(使動)及物與(起動)不及物兩種句法功能。

有些語法學家，除了⑯ a.的「主動語態」(active voice)與⑯ b.的「被動語態」(passive voice)之外，還把⑯ c.的句式稱為「中間語態」(middle voice)，並把出現於這種句式的動詞叫做「中間動詞」(middle verb)。

⑯ a. You can easily *cook* this food.

b. This food can *be* easily *cooked*.

c. This food *cooks* easily.

在中間語態裡，動詞用主動式(如'cooks')而不用被動式(如'(can) be cooked')，但原來主動句的賓語(卽'this food')在被動句與中間句裡都充當主語[72]，因而兼具主動句(用主動式動詞)與被動句(動詞的賓語變成主語)兩種性質；這就是「中間語態」或「主被動語態」(activo-passive voice)這個命名的由來。英語的「中間動詞」具有下列幾點句法屬性或句法功能。

(i)中間動詞都來自及物動詞(包括作格動詞)，而且必須來自動態及物動詞。試比較：

(164) Chinese {*studies*/*translates*/*understands*/**learns*/ **knows*}[73] easily.

(ii)中間動詞通常都要帶上表示'容易、順利'等的情狀副詞或介詞組做狀語，或者要出現於否定句或帶上情態助動詞來表示'不容易'。試比較：

(165) a. The clothes iron *(*well*).

b. These couches convert *(*easily*) into beds.

c. Our dog food cut *(*like meat*).

d. The coats wash *(*with no trouble*).

e. The lightweights *(*don't*) knock out.

f. The floor just *(*won't*) clean.

---

[72] 除了及物動詞的賓語以外，介詞的賓語也可能充當「中間句」(middle sentence; middle construction)的主語。試比較：

(i) You can write smoothly *with this pen.*

(ii) *This pen* writes smoothly.

[73] 'study'(學習)與'understand'(了解)是動態動詞，而'learn'(學會)與'know'(懂得)則是靜態動詞；前者可以出現於祈使句，而後者則不能出現於祈使句。

(iii)中間動詞的主語通常都是有定名詞組，而且動詞的時制一般都要用現在單純式來敍述主語名詞的屬性或特徵。試比較：

⑯⑯ a. *({*These*/*The*}) clothes {*iron*/**ironed*/**are ironing*/**have ironed*} well.

b. *The couches *converted* easily into bed *when John and Mary visited us last week.*

(iv)中間動詞與被動式動詞都來自及物動詞，而且都以原來的及物動詞賓語爲主語。但是原來主動句裡及物動詞的主事者主語可以在被動句裡由介詞'by'引介之下出現(如⑯⑦a.句)，却不能在中間句裡出現(如⑯⑦b.句)。試比較：

⑯⑦ a. These books are sold (*by the publisher*).

b. These books sell well (**by the publisher*).

又無論是被動句或是中間句，都可以帶上表示理由的「理由子句」(rationale clause) ⑭。但是，出現於被動句後面的理由子

---

⑭ 表示理由的「理由子句」與表示目的的「目的子句」(purposive clause; purpose clause) 不同。目的子句具有下列幾點句法結構上的特徵：

(1)常以由介詞'for'引介的名詞組爲主語，而以「(移位)痕跡」(trace；又稱「變項」(variable)，用't'的符號來表示) 爲動詞(或介詞)賓語所形成的不定子句來修飾動詞組。這裏的變項可以視爲因「空號運符」(null operator；以'O'的符號來表示) 的移位所留下來的痕跡。

(i) a. John bought the book 〔O_i 〔for Mary to read t_i〕〕.

b. The book was bought (by John) 〔O_i 〔for Mary to read t_i〕〕. (→)

(2)也可能以大代號爲主語而以變項爲動詞(或介詞)賓語所形成的不定子句來修飾動詞組或名詞(組)。這時候，大代號可能受母句主語的控制(如(ii)句)，也可能受母句賓語的控制(如(iii)句)。

(ii) *John* bought a book 〔O_i 〔*PRO* to read t_i〕〕.

(iii) a. John bought *you* a book 〔O_i 〔*PRO* to read t_i to the children〕〕.

b. They brought *John* along 〔*PRO* to talk about *himself* to the students〕.

(3)能够與目的子句連用的母句動詞受某種語意上的限制。試比較：

(iv) John {*bought/built/used*/?? *got*/?? *repaired*/??*cleaned*} the board 〔O_i 〔PRO to play chess on t_i〕〕.

(4) 目的子句似乎不形成「句法上的孤島」(syntactic island)，因爲「wh詞組」可以從目的子句裡移出去，例如：

(v) *Which car*$_j$ did John buy those tires 〔O_i 〔PRO to put t_j on t_i〕〕?

(5)目的子句與「關係不定子句」(infinitival relative) 的差別在於：目的子句未與前面的賓語名詞組形成詞組成分，所以賓語可以使用人稱代詞；而關係不定子句則與前面的前行語名詞形成名詞組，所以前行語不可以使用人稱代詞。試比較：

(vi) a. *I* bought {*a book/it*} 〔O_i 〔*PRO* to give t_i to my sister〕〕.

b. This is 〔{*the book*$_i$/**it*} 〔O_i 〔PRO to give t_i to my sister〕〕〕.

「理由子句」與「目的子句」在句法結構與功能上有下列幾點差異。

(1)理由子句與目的子句一樣，都以大代號或由介詞 'for' 引介的名詞組爲主語的不定子句來形成；但是與目的子句不一樣，在不定子句裡並不包含痕跡或變項，例如：

(vii) a. John worked very hard 〔for Mary to go to college〕.

b. *John* worked very hard 〔PRO to go to college〕.

(2)理由子句可以在子句前面加上 'in order'；目的子句不能在前面加上 'in order'。試比較：

(viii) a. John worked very hard *in order* {for Mary/PRO} to go to college.

b. John bought a book (**in order*) {for Mary/PRO} to read.

(3)理由子句可以移到母句的前面來修飾整個母句；目的子句不能如此移位。這個差異似乎顯示：理由子句修飾「小句子」(IP)，而目的子句則修飾「動詞組」(VP)。試比較：

(ix) a. (*In order*) {*for Mary/PRO*} *to go to college,* John worked very hard.

b. (**In order*) {*for Mary/PRO*} *to read,* John bought a book.

(4)修飾小句子的理由子句與修飾動詞組的目的子句連用的時候，理由子句要出現於目的子句的後面或外側。試比較：

(x) a. John bought a puppy〔to play with〕〔(in order) to please Mary〕.

b. *John bought a puppy〔(in order) to please Mary〕〔to play with〕.

(5)在「動詞組的提前」(VP-Preposing)中，目的子句要隨動詞組移位；但是理由子句却常留在後頭。試比較：

(xi) a. John said he'd buy a book (*for Mary*) *to read,* and〔*buy a book* (*for Mary*) *to read*〕he did.

b. ? John said he'd buy a book (for Mary) to read, and〔*buy a book*〕he did (*for Mary*) *to read.*

(xii) a. John said he'd buy a puppy (*in order*) *to please* Mary, and〔*buy a puppy*〕he did (*in order*) *to please Mary.*

b. ? John said he'd buy a puppy (in order) to please Mary, and〔*buy a puppy* (*in order*) *to please Mary*〕he did.

(6)目的子句的述語動詞所表達的動作總是發生於母句動詞所表達的動作之前；但是理由子句的述語動詞與母句動詞之間却沒有這樣的限制。試比較：

(xiii) a. I *bought* it (in order) to *use up my money.* ('錢已經花光')

b. I *bought* it to give *to my sister.* ('可能尚未給妹妹')

(7)能够與理由子句連用的母句動詞比較不受語意上的限制。試比較：

(xiv) a. I {*bought/ordered/read*} the book (in order) to review it.

b. I {*bought/ordered*/?? *read*} the book to review.

句，其大代號主語受（主動句）主事者名詞組（如⑯a.句的'the publisher'）的控制；而出現於中間句後面的理由子句，則其大代號主語受母句主語（如⑯b.句的'our dog food'）的控制[75]。試比較：

⑯ a. These books are sold (by *the publisher*) (in order) 〔*PRO* to collect money for the charity〕.

b. *Our dog food* cut like meat (in order) 〔*PRO* to be fed conveniently to your dog〕.

作格動詞具有（使動）及物與（起動）不及物兩種用法，而中間動詞則可以說是及物動詞的不及物用法。這兩類動詞都在及物動詞裏以主事者名詞組為主語，而在不及物用法裏則以客體名詞組為賓語。但是這兩類動詞在句法功能上却有下列幾點差異。(i)中間動詞必須使用現在單純式，而且除了以否定式出現以外，必須與情狀副詞連用；作格動詞的時制與動貌不受限制，而且可以單獨使用。試比較：

---

[75] 作格動詞及物用法的主動句與被動句都可以帶上理由子句，而其大代號主語都分別受主動句主事者主語與被動句（「明示」（explicit）或「暗含」（implicit）的）主事者名詞組的控制。作格動詞的不及物用法，因為不含有主事者名詞組，所以不能帶上理由子句。試比較：

(i) *John* sank the boat (in order) 〔*PRO* to collect the insurance〕.

(ii) The boat was sank (by *John*) (in order) 〔*PRO* to collect the insurance〕.

(iii) *The boat sank (in order) 〔PRO to collect the insurance〕.

⑯ a. The door {**opened*/**is opening*/**has opened*/ *opens*} *(*easily*).（這扇門很容易打開）

b. The door {*opened*/*is opening*/*has opened*/*opens* *easily*}.（這扇門動不動就(自個兒)打開）

(ii)作格動詞的現在分詞，在前面帶不帶副詞，都可以修飾名詞；中間動詞，在前面帶不帶副詞，都不能修飾名詞。試比較：

⑰ a. *the {(*easily-*)*waxing* floor/(*well-*)*selling* books/ (*nicely-*)*driving* car/(*quickly-*)*cleaning* wall}

b. the {(*swiftly-*)*closing* door/(*slowly-*)*bouncing* ball/(*fast-*)*moving* cars}

(iii)作格動詞的不及物用法可以出現於祈使句，並可以把客體主語以「呼語」（vocative）的形式放在祈使句句尾；中間動詞沒有這種用法。試比較：

⑰ a. *{Wax (easily), *floor*/sell (well), *books*/drive (nicely), *cars*}!

b. {Close (swiftly), *door*/Bounce (high), *ball*/Move (fast), *cars*}!

(iv)中間動詞只能用現在單純式來敍述主語名詞「泛時間」(generic time)的「屬性」(attribute)或「恒常的特徵」(permanent charactenstic)；而作格動詞則可以不受時制與動貌的限制而敍述「事件」(event)或「短暫的事態」(temporary state)。出現於'see, watch, hear, feel'等「知覺動詞」(perception verb)後面的補語小子句必須敍述事件或短暫的事態；所以只能含有作格動詞，而不能含有中間動詞。試比較：

⑰2 a. *I *saw* 〔{the floor *wax* easily/the car *drive* nicely/the books *sell* well}〕.

b. I *saw* 〔{the door *close* (swiftly)/the car *move* (fast)/the ball *bounce* (slowly)}〕.

同樣地，在知覺動詞'see, watch, hear, feel'等後面以現在分詞子句為補語的時候，也只能含有作格動詞，而不能含有中間動詞。試比較：

⑰3 a. *I *saw* 〔the floor *waxing* easily〕.

b. *He *watched* 〔the car *driving* nicely〕.

c. *We *heard* 〔the books *selling* well〕.

⑰4 a. I *saw* 〔the door *closing* swiftly〕.

b. He *watched* 〔the car *moving* fast〕.

c. We *heard* 〔the ball *bouncing* slowly〕.

(v)不及物用法的作格動詞可以加上表示'勝過'的詞首'out-'變成及物動詞來帶上賓語；而中間動詞則沒有這樣的用法[76]。試比較：

⑰5 a. Trees {*trim*/**outtrim* plants} easily.

b. Basketballs {*bounce*/*outbounce* baseballs ten-to-one}.

[76] 一般不及物動詞帶上詞首'out-'而變成及物動詞之後就可以做中間動詞使用；例如，'John {*runs*/*outruns*} easily'。

十、心理動詞

英語的「心理動詞」(psych verb) 主要包括三類。第一類是'amaze, amuse, annoy, astonish, bore, confuse, disgust, excite, frighten, gratify, horrify, interest, irritate, nauseate, please, puzzle, rile, surprise, terrify, threaten, worry'等「心理述語」(psychological predicate)。這類述語有下列幾點句法特徵。

(i)這類述語當動詞使用的時候，都屬於及物動詞，而且通常都以「屬人」(human) 名詞爲「感受者」(Experiencer) 主語。又這些述語的現在分詞都可以充當形容詞 (所以可以用'very, so'等程度副詞來修飾)而以「客體」名詞組爲主語，並可以用介詞'to'來引介感受者；這些述語的過去分詞也可以充當形容詞(常可以用'very (much), so'等來修飾)，而以「感受者」名詞組爲主語，並可以用介詞'with, about, in'等來引介「客體」，例如：

⑯ a. {The letter/The matter/The news/John} *amuses* Mary.

b. {The letter/The matter/The news/John} {is/seems} (very) *amusing* to Mary.

c. Mary {is/seems (to be)} (very (much)) *amused* with {the letter/the matter/the news/John}.

(ii)表示'就自己來說，就個人而言'的副詞'personally'只能與「感受者」連用，不能與「客體」連用。試比較：

⑰ a. *I personally* am {*annoyed with*/**annoying to*} Jack.

b. Jack is {**annoyed with*/*annoying* to} *me personally.*

(iii)出現於分詞用法的感受者名詞組與客體名詞組的指涉相同的時候，反身代詞'oneself'只能出現於客體的位置(即在過去分詞後面充當介詞的賓語)，不能出現於感受者的位置（即在現在分詞後面充當介詞的賓語)。試比較：

⑱ a. I am {*amused* with/*confused* about/*interested* in} *myself.*

b. *I am {*amusing*/*confusing*/*interesting*} to *myself.*

(iv)「照應詞」（anaphor；包括反身代詞'oneself'與交互代詞'each other, one another'）一般都要受其「前行語」(antecedent) 的「C統制」(c-command)。但是以心理述語爲述語動詞的時候，照應詞就可以例外地不受前行語的「C統制」。試比較：

⑲ a. *The students* saw the pictures of {*themselves*/*each other*}.

b. *The pictures of {*themselves*/*each other*} were seen by *the students.*

⑱⓪ a. *The students* were pleased with the pictures of {*themselves*/*each other*}.

b. The pictures of {*themselves*/*each other*} pleased *the students.*

第二類是'look, sound, smell, taste, feel'等「知覺述語」(perception predicate)。這類述語有下列幾點句法特徵。

(i)這類述語當及物動詞使用(動詞'look'要與介詞'at'連用)的時候，以「主事者」名詞組做主語，並以「客體」名詞組做賓語，例如：

⑱① I {*looked* at the cake/*smelled* the food/*tasted* the meat/*felt* the cloth}.

(ii)這類述語當不完全不及物動詞而以形容詞或由介詞'like'引介的名詞組爲補語的時候，以「客體」名詞組爲主語，並可以用介詞'to'來引介「感受者」，例如：

⑱② a. The cake *looked* {delicious/like a sponge cake} (to me).

b. The food *smelled* {rotten/like a rotten egg} (to me).

c. The meat *tasted* (good/like beef} (to me).

d. The cloth *felt* {smooth/like velvet} (to me).

(iii)這類述語的及物用法可以因爲「主事者」主語與「客體」賓語的指涉相同而以照應詞爲「客體」賓語；但是其不完全不及物用法則不能因爲「客體」主語與介詞'to'的「感受者」賓語的指涉相同而以照應詞爲「感受者」賓語。試比較：

⒅ a. *I* smelled *myself.*

b. **I* smelled funny to *myself.*

⒅ a. *They* looked at *each other.*

b. **They* looked strange to *each other.*

第三類是'ache, hurt, itch, (be) numb, (be) sore'等「感覺述語」(sensation predicate)。這類述語，除了'hurt'以外，都只能當不及物動詞或形容詞使用。而且，不是直接以屬人名詞組爲「感受者」主語，而是以領位屬人名詞組所修飾的身體器官或部位名詞爲主語，例如：

⒅ a. John's {foot *itches*/head *aches*/legs *hurt*}.

b. The little girl's arm is {*numb*/*sore*}.

十一、非賓位動詞

英語裡表示「存在、發生、出現」的動詞(如'be, exist, live, remain, arise, occur, emerge, arrive'等)常合稱爲「非賓位動詞」或「非受格動詞」(unaccusative verb)。這類動詞具有下列幾點句法特徵。

(i)這類動詞當不及物動詞使用的時候，以表示客體的名詞組爲主語；而且，主語可能是有定的，也可能是無定的，例如：

⒅ {*The*/*A*} problem {*existed*/*arose*}.

(ii)這類動詞當非賓位動詞使用的時候，表示客體的名詞組出現於動詞後面，並以塡補詞'there'爲主語；而且，客體名詞組必須是無定的[77]，例如：

⑱7 *There* {*existed/arose*} {**the/a*} problem.

(iii)這類動詞的不及物用法可以與助動詞 'do' 連用；但是非賓位用法却似乎不能與助動詞 'do' 連用。試比較：

⑱8 a. ? Problems *did*n't ever *arise*.

b. *Did* any problem *arise*?

c. Serious problems *DID arise*.

⑱9 a. ?? *There did*n't ever *arise* any problem.[78]

b. ?? *Did there arise* any problem?

c. ?? *There DID arise* a serious problem.

(iv)這類動詞的非賓位用法不能出現於「例外格位指派動詞」

---

[77] Malisark (1974) 把這種客體名詞組直接出現於動詞後面的用法稱爲「句中動詞」(inside verbal)，以便與下面客體名詞組出現於動詞組最後面的「句尾動詞」(outside verbal) 用法加以區別。句尾動詞後面的客體名詞組可能是無定的，也可能是有定的，例如：

(i) *There* ran down the street *two joggers*.

(ii) Suddenly *there* flew through the window *that shoe on the table*.

又「作格動詞」，雖然可以有及物與不及物用法，却不能有非賓位用法，例如：

(iii) a. John *opened* the door.

b. The door *opened*.

c. *There opened *a door*.

[78] 這並不表示非賓位動詞不能出現於否定句，因爲下面含有否定詞的例句都可以接受。

(i) There *never arose* any problems.

(ii) There *arose no* problems.

(iii) I wanted to know *whether or not* there *arose* any problems.

（如⑲句的'expect'）與「提升動詞」（如⑲句的'likely'）的補語子句裡面⑲。試比較：

⑲ a. We expect〔*a serious problem* to *arise* in the meeting〕.

b. ?? We expect〔*there* to *arise* a serious problem in the meeting〕.

⑲ a. *A serious problem* is likely〔*t* to arise in the meeting〕.

b. ?? *There* is likely〔*t* to *arise* a serious problem in the meeting〕.

英語的被動動詞、提升動詞、作格動詞、中間動詞、心理動詞與非賓位動詞都有一個共同的句法特徵：這些動詞都有兩種(或兩種以上)相關但不相同的用法。例如，「被動動詞」('Be Vt-en')是不及物動詞或形容詞用法，而主動動詞('Vt')是及物動詞用法；「提升動詞」以'that子句'爲補語的時候以塡補詞'it'爲母句主語，而以不定子句爲補語的時候則提升不定子句的主語來成爲母句主語；「作格動詞」的使動及物用法分別以主事者與客體名詞組爲主語與賓語，而其起動不及物用法則以客體名

⑲ 但是以表示「存在」(ontological existential) 的'there'爲主語的補語子句則不受這個限制，例如：

(i) We expect〔*there* to *be* no guard at the gate〕.

(ii) *There* are likely〔*t* to *be* any guard at the gate〕.

又在'hate, prefer'等後面的"it for 不定子句"裡却可以出現非賓位用法，例如：

(iii) I would *hate it*〔*for there* to *arise* a serious problem〕.

詞組為主語；「中間動詞」以客體名詞組為主語，而與此相對的及物動詞則以主事者名詞組為主語；「心理動詞」中「心理述語」的及物動詞用法分別以客體與感受者名詞組為主語與賓語，而其現在分詞與過去分詞的形容詞用法則分別以客體與感受者名詞組為主語；心理動詞中「知覺述語」的及物用法分別以主事者與客體名詞組為主語與賓語，而其不完全不及物用法則以客體名詞組為主語；「非賓位動詞」既能以客體名詞組為主語，又能以塡補詞'there'為主語。同一類動詞裡兩種不同的用法應該如何加以整合？又這幾類動詞究竟具有什麼共同的句法功能才會呈現兩種相關却並不完全相同的句法表現？

Burzio（1981,1986）提出所謂的「Burzio(的)原理」(Burzio's Generalization)。根據這個原理，只有能指派格位(即「賓位」(accusative Case))給內元(即賓語)的動詞，才能指派論旨角色給外元(即主語)。換句話說，如果動詞不能指派賓位給後面的名詞組，那麼這個動詞就無法把論旨角色指派給主語。以主動及物動詞與被動動詞為例，「主動及物動詞」可以指派賓位給賓語名詞組，因而也就能把論旨角色(通常是主事者)指派給主語名詞組。但是「被動動詞」則由於加上「被動語素」passive morphology；即「過去分詞語素」(passive-participle morpheme) 的'-en')，在句法功能上相當於不及物動詞或形容詞，所以既不能指派賓位給內元，也不能指派論旨角色給主語。因此，在深層結構裏出現於內元(或動詞補述語)位置的客體名詞組(如⑲² a.句的'Mary')就必須在表層結構裏移到主語(即小句子指示語)的位置(以「空節」(empty node) 的符號'e'來標示)

，以便從「呼應語素」（agreement morpheme）獲得「主位」（nominative Case)。另一方面，外元(卽主動句主語，如⑲a.句的‘John’)則從介詞‘by’獲得「斜位」(oblique Case)。因此，在⑲b.的表層結構裏，無論是內元或外元名詞組都獲得格位的指派，因而並未違背“具有語音形態的名詞組必須獲有格位”的「格位濾除」(Case Filter)。

⑲ a. 〔e was kissed *Mary* by John〕.

b. 〔*Mary* was kissed *t* by John〕.

其次，「提升動詞」以that‘子句’爲補語時候的深層結構，如⑲a.。由於‘that子句’不需要格位，所以不必移位。倒是「擴充的投射原則」(Extended Projection Principle) 規定“英語的句子必須含有主語”，所以在⑲b.的表層結構裏必須在主語(卽‘e’)的位置塡入‘it’。‘it’是塡補詞，所以本身不具有指涉對象或論旨角色，却能從呼應語素獲得主位。

⑲ a. 〔*e* seems 〔that John is in love with Mary〕〕.

b. 〔*It* seems 〔that John is in love with Mary〕〕.

另一方面，提升動詞以不定子句爲補語時候的深層結構，則如⑲a.。‘seem’是不及物動詞，所以無法指派賓位給後面的名詞組‘John’；而不定子句本身並不含有呼應語素，所以也無法指派主位給‘John’。結果，‘John’就必須在⑲b.的表層結構裏提升移入母句主語的位置，以便從母句限定動詞的呼應語素獲得主位。‘John’本來在不定子句裏就從子句述語‘be’獲得客體的論旨角色，如今又獲得主位；因此，既能滿足「格位濾除」，又能滿足“每一個因移位而形成的「最大論元連鎖」(maximal A-chain) 必須具有一個(而且只有一個)論旨角色與格位"的「連鎖條件」(Chain Condition) ⑳。

⑲④ a. 〔e seems 〔*John* to be in love with Mary〕〕.

b. 〔*John* seems 〔*t* to be in love with Mary〕〕.

「作格動詞」使動及物用法(可以指派賓位)的表層結構，如⑲⑤；而其起動不及物用法(無法指派賓位)的深層結構與表層結構，則分別如⑲⑥a.與⑲⑥b.。起動不及物用法裏，內元客體名詞組從深層結構到表層結構的移位也是從「論旨位置」(theta-position; θ-position) 到「非論旨位置」(non-theta position; $\bar{\theta}$-position) 的移位，而且是從「無格位位置」(Caseless position) 到「(有)格位位置」(Case-marked position) 的移位，所以也都符合「連鎖條件」。

⑲⑤ 〔John opened the door〕.

⑲⑥ a. 〔e opened *the door*〕.

b. 〔*The door* opened *t*〕.

---

⑳ 在下面從(i)的深層結構裡的'John'到(iii)的表層結構裡'John'的連續移位中，'John'與移位痕跡't''與't'形成「最大論元連鎖」'〈John, t', t〉'，因爲連鎖的「首項」(head) 'John'出現於小句子指示語的「論元位置」(argument-position; A-position)。又在這個最大論元連鎖中，只有「末項」(tail) 的't'出現於「論旨位置」(theta-marked position; θ-marked position) 而獲有論旨角色，而且只有首項的'John'出現於「格位位置」(Case-marked position) 而獲有格位，所以滿足了「連鎖條件」的要求。

(i) 〔e seems 〔e to be kissed *John* by Mary〕〕.

(ii) 〔e seems 〔*John* to be kissed *t* by mary〕〕.

(iii) 〔*John* seems 〔*t'* to be kissed *t* by Mary〕〕.

「中間動詞」也因爲無法指派賓位而具有如⑲ a.的深層結構，所以客體名詞組必須在表層結構移入主語的位置，以便獲得主位，如⑲ b.。

⑲ a. 〔e paints *this wall* easily〕.

b. 〔*This wall* paints *t* easily〕.

又「心理述語」及物用法(可以指派賓位)的表層結構，如⑱；現在分詞用法(無法指派賓位)的深層結構與表層結構，分別如⑲ a.與⑲ b.；而過去分詞用法(無法指派賓位)的深層結構與表層結構，則分別如⑳ a.與⑳ b.。在這些分詞用法裏，客體名詞組'the letter'與感受者名詞組'John'的移位都符合「連鎖條件」；而且，其他名詞組也都從介詞'to, with'獲得格位而能滿足「格位濾除」。

⑱ 〔The letter amused John〕.

⑲ a. 〔e is amusing *the letter* to John〕.

b. 〔*The letter* is amusing *t* to John〕.

⑳ a. 〔e is amused *John* with the letter〕.

b. 〔*John* is amused *t* with the letter〕.

另外，「知覺動詞」的及物用法(可以指派賓位)的表層結構，如㉑；而其不完全不及物用法(無法指派賓位)的深層結構與表層結構，則分別如㉒ a.與㉒ b.[81]。

---

[81] 我們暫把⑳ a.裡'the meat'與'funny'的結構關係分析爲「小子句」，但是也可以利用「次要謂語」(secondary predicate)與「主謂理論」(Predication Theory) 等觀點來處理二者的關係。

⑳① 〔John tasted the meat〕.

⑳② a. 〔e tasted〔*the meat* funny〕(to John)〕.

b. 〔*The meat* tasted *t* funny (to John)〕.

至於「非賓位動詞」，則主要有兩種不同的分析。一種分析認為：非賓位動詞基本上屬於不及物動詞，客體名詞組本來就可以出現於主語的位置(如⑳③ a.)；但也可以移到動詞的後面(如⑳③ b.)，並且由於「擴充的投射條件」的要求以塡補詞'there'為形式上的主語(如⑳③ c.)。這個時候，'there'與移位的客體名詞組形成「由塡補詞與論元合成」(expletive-argument pair)的「大連鎖」(CHAIN)，因而也符合每一個連鎖只能含有一個論旨角色(由客體名詞組獲有)與一個格位(由塡補詞'there'獲有)的「連鎖條件」。

⑳③ a. 〔*A problem* arose〕.

b. 〔*e* arose *a problem*〕.

c. 〔*There* arose a problem〕.

另一種分析則認為非賓位動詞的客體名詞組在深層結構裏出現於內元(或動詞補述語)的位置，並且從非賓位動詞獲得「份位」(partitive Case)[82]的指派，如⑳④ a.。非賓位動詞所指派的「份位」，與及物動詞所指派的「賓位」不同。賓位屬於「結構格位」(structural Case)；及物動詞的賓語名組，無論是有定或無定，都可以在表層結構獲得賓位的指派。另一方面，份位則屬於「固

[82] 這就是「非賓位動詞」命名的由來，因為這些動詞所指派的不是「賓位」，而是「份位」。

有格位」(inherent Case)；只有無定名詞組可以在深層結構裏獲得份位的指派。因此，㉔b.的例句在表層結構裏必須由塡補詞'there'來充當主語，並從呼應語素獲得主位。又有定客體名詞組無法獲得份位的指派，所以必須移入主語的位置，以便獲得主位的指派，如㉔c.。

㉔ a. 〔e arose {a/the} problem〕.

b. 〔*There* arose *a problem*〕.

c. 〔*The problem* arose *t*〕.

以上的討論顯示：從「格位理論」（Case Theory）的觀點而言，英語的動詞可以分爲(廣義的)「賓位動詞」（accusative verb）與「非賓位動詞」（unaccusative verb）兩大類。「賓位動詞」指派賓位給內元賓語，並指派特定的論旨角色給外元主語。一般「及物動詞」（包括「例外指派格位動詞」、「控制動詞」以及各類動詞的及物用法）都屬於賓位動詞，因而呈現「主詞＋及物(或賓位)動詞＋賓語」的基本詞序，而且不允許不具有論旨角色的塡補詞'it'與'there'出現於主語的位置。(廣義的)「非賓位動詞」不能指派賓位給內元補語，也無法指派論旨角色給外元主語。一般「不及物動詞」、「被動動詞」、「提升動詞」、「作格動詞」的起動不及物用法、「中間動詞」、「心理述語」的分詞或形容詞用法、「知覺述語」的不完全不及物動詞用法、以及（狹義的）「非賓位動詞」，都屬於非賓位動詞，因而呈現「主語＋不及物(或非賓位)動詞（＋補語)」的詞序，而且可能允許塡補詞'it'與'there'來充當主語。

十二、結　　語

以上就英語動詞的語意屬性與句法表現做了二十幾種分類，並就語意屬性、句法結構與句法功能三者之間的關係做了相當詳盡的討論。由於篇幅的限制，有許多問題(例如，塡補詞‘there’的連用或出現限制、英語助動詞的「X標槓結構」(X-bar structure)、照應詞與「約束理論」(Binding Theory)的關係等)都無法做更進一步的分析與討論。傳統文法與學校文法，雖然也針對英語動詞做了若干分類與說明，但是這些分類與說明都是相當機械而膚淺的，對於英語教學似乎沒有多少啓發作用。

在這一篇文章裏，我們藉助於當代語法理論與分析的研究成果[83]，並經過我們自己的整理與補充，就英語動詞的語意內涵、句法結構與句法功能做了相當深入而有系統的分類、分析與討論。我們並沒有針對教室裏的實際教學，提出具體的教學方案或建議；因爲實際教學包含許多變數(例如教學目標、教學方法、學生素質、學習動機、學習時數等)，在這些變數未確定的條件下，無法提出具體而微的方案或具體可行的建議。但是，我們相信教師對於教學對象的認知，是教學成功的基礎或前提。就英語教師而言，其認知對象主要有二：一是英語的結構、語意與功能；而另一則是學生的背景、能力與困難。英語老師必須透過語言分

---

[83] 爲了節省篇幅，我們在文中未能就有關文獻與例句的來源一一詳註。敬請參閱文尾的參考文獻，以及這些參考文獻裡面所提供的參考文獻。

析來清清楚楚而明明白白地了解英語的結構、語意與功能，然後才能根據這個了解透過實際教學去幫助學生有知有覺地克服學習困難，以便事半功倍地培養語言能力。

* 本文一到三節以〈語言分析與英語教學：英語動詞的分類與功能〉爲題，於1993年11月19日至21日在國立臺灣師範大學舉辦的「第二屆中華民國英語文教學國際研討會」上以專題演講的方式發表，而四到六節則以〈語言分析與英語教學：再談英語動詞的分類與功能〉爲題，於1994年5月21日在輔仁大學舉辦的「中華民國第十一屆英語文教學研討會」上發表。

參考文獻

Bach, E. (1979) '*Control in Montague grammar,*' *LI.*, 10:515-531.

Bolinger, D. L. (1972) *Degree Words* (*Janua Linguarum, Series Major, 53*), Mouton, the Hague.

______(1977) *Meaning and Form,* Longman, London.

Burzio, L. (1981) '*Intransitive Verbs and Italian Auxiliaries,*' MIT Diss.

______(1986) *Italian Syntax: A Government-Binding Approach,* D. Reidel, Dordrecht.

Chafe, W. L. (1970) *Meaning and the Structure of Language,* Chicago University Press, Chicago.

Chomsky, N. (1981) *Lectures on Government and Binding,* Foris.

______(1986a) *Knowledge of Language: Its Nature, Origin, and Use,* Praeger, New York.

______(1986b) *Barriesrs,* MIT Press.

Dillon, G. L. (1973) '*Perfect and Other Aspects in a Case Grammar of English,*' *JL.*, 9:271-279.

______(1977) *Introduction to Contemporary Linguistic Semantics,* Prentice-Hall, Englewood Cliffs, New Jersey.

Dowty, D. R. (1972) *Studies in the Logic of Verb Aspect and Time Reference in English (Studies in Linguistics)*, Department of Linguistics, University of Texas, Austin.

______(1979) *Word Meaning and Montague Grammar*, Dordrecht, Holland.

Hooper, J. B. (1975) '*On Assertive Predicates*,' Kimball, J. P. (ed.) *Syntax and Semanties*, 4:91-124.

______and S. A. Thompson (1973) '*On the Applicability of Root Transformations*,' *LI.*, 4:465-497.

Inoue, M. (1974) '*A Study of Japanese Predicate Complement Constructions*,' Univ. of California Diss.

Karttunen, L. (1970) '*On the Semantics of Complement Sentences*,' *CLS.*, 6:328-339.

______(1971) '*Implicative Verbs*,' *Lg.*, 47:340-358.

Jackendoff, R. S. (1972) *Semantic Interpretation in Generative Grammar*, The University of Chicago Press, Chicago.

Kenny, A. (1963) *Actions, Emotion, and Will*, Humanities Press.

Keyser, S. J. and T. Roeper (1984) '*On the Middle and Ergative Constructions in English*,' *LI.*, 15:381-416.

Kiparsky, P. and C. Kiparsky (1970) '*Fact*,' Bierwisch,

M. and K. E. Heidolph (eds.) *Progress in Linguistics*, 143-173.

Lakoff, G. (1965) *On the Nature of Syntactic Irregularity*, Diss. of Indiana Univ. (Published by Holt, Rinehart, & Winston as *Irregularity in Syntax*, (1970)).

Larson, R. K. (1991) *'Promise and the Theory of Control,' LI.*, 22:103-139.

Malisark, G. (1947) *'Existential Sentence in English,'* MIT Diss.

Nakajima, H. (1985) 〈モジュール文法の展開〉，《言語》，14:11(88-96); 12(88-96); 15:1(154-162).

Quirk, R., S. Greenbaum, G. Leech, J. Svartvik (1972) *Grammar of Contemporary English*, Longman, London.

Ross, J. R. (1967) *Constraints on Variables in Syntax*, MIT Diss.

Ryle, G. (1949) *The Concept of Mind*, Barnes and Noble, London.

Stockwell, R. P., D. E. Elliott, M. C. Bean (1977) *Workbook in Syntactic Theory and Analysis*, Prentice-Hall, Englewood Cliffs, New Jersey.

Tang, T. C. (湯廷池) (1968) *A New Approach to English Grammar*, Haikuo Book Co., Taipei.

______(1969) *A Transformational Approach to Teaching English Sentence Patterns,* Haikuo Book Co., Taipei.

______(1975) *A Case Grammar Classification of Chinese Verbs,* Haikuo Book Co., Taipei.

______(1979)《最新實用高級英語語法》，海國書局。

______(1984a)《英語語言分析入門：英語語法教學問答》，台灣學生書局。

______(1984b)《英語語法修辭十二講：從傳統到現代》，台灣學生書局。

______(1988)《英語認知語法：結概、意義與功用(上集)》，台灣學生書局。

______(1989)《漢語詞法句法續集》，台灣學生書局。

______(1992a)《漢語詞法句法三集》，台灣學生書局。

______(1992b)《漢語詞法句法四集》，台灣學生書局。

______(1992c)《英語認知語法：結構、意義與功用(中集)》，台灣學生書局。

______(1992d)〈語言教學、語言分析與語法理論〉，收錄於湯(1992c: 1-78)。

______(1993a)〈語言分析與英語教學〉，即將刊載於由語言測驗訓練中心出版之論文集。

______(1993b)〈對比分析與英語教學〉，《人文社會學科教學通訊》，4.3: 72-115。

Vendler, Z. (1967) *Linguistics in Philosophy,* Cornell

University Press, Ithaca, New York.

Visser, F. T. (1963-1973) *An Historical Syntax of the English Language*, F. J. Brill, Leiden.

Zwicky, A. M. (1971) '*In a Manner of Speaking*,' *LI.*, 2:223-233.

對比分析與語法理論：「X標槓理論」與「格位理論」

(Contrastive Analysis and Grammatical Theory: X-bar Theory and Case Theory

一、前　言

「對比分析」(contrastive analysis)，簡單地說，是針對兩個或兩個以上的語言，就語音、詞彙、詞法、句法、語意、語用、言談分析各方面比較其異同的研究。對比分析對於語言教學的功用，早爲語言學家與語文教師所肯定。一般說來，兩個語言(例如，學習者的「原源語言」(source language)與「目標語言」(target language))之間相異的語言特徵容易產生(負面的遷移」(negative transfer) 或「干擾」(nterference

)；因而常增添學習者的負擔。另一方面，原源語言與目標語言之間相同或相似的語言特徵則容易促成「正面的遷移」(positive transfer) 或「加強」(reinforcement)；因而不但減輕學習者的負擔，而且反而提高學習的效果。早期的對比分析偏重語言與語言之間「表面結構」(surface structure) 上異同的比較。後來由於「普遍基底(結構)假設」(Universal-base Hypothesis) 的出現而認為人類「自然語言」(natural language) 的「深層結構」(deep structure) 在基本上極為相似，只因為「變形規律」(transformation rule) 的不同而衍生相異的表面結構；因而對比分析的關心曾有一段時間集中於變形規律內涵的比較。及至「原(則)參(數)語法」(Principles-and-Parameters Approach) 興起，變形規律的重要性大為減低；不但廢止了「專為個別句法結構而設」(construction-specific) 的變形規律，甚至剔除了「專為個別語言而設」(languagespecific) 的變形規律。「原參語法」主張：語法研究的目的在建立一套「普遍語法」(universal grammar; UG) 來詮釋「可能的語言」(possible language) 與「不可能的語言」(impossible language)。這個普遍語法是一種「模組語法」(modular grammar)，即由各自獨立存在，卻能互相聯繫的「模」(module) 組合而成的語法體系。在這個語言理論之下，對比分析的重點既不在表面結構，也不在變形規律，而在普遍語法如何經過模組理論的運作來衍生「個別語言」(particular language) 的「個別語法」(particular grammar)。如此，語言與語言之間的相同或相似處可以由普遍語法的「共同性」(universality) 獲得解釋，而語言與語言之間的相異處則可以由個別語法的「獨特性」（idiosyncracy）獲得說明。

本文共分六節。在第一節前言之後，第二節扼要介紹「原參語法」的基本內容，第三節略論「普遍語法」與「個別語法」的區別、「核心語法」與「周邊」的概念、以及「原參語法」與「對比分析」的關係。第四節係從原參語法的「格位理論」的觀點來討論對比分析，下面再分五個小節：第一與第二小節分別介紹「格位」、「固有格位」與「結構格位」的概念，第三與第四小節分別討論格位理論的「參數」與「限制」，而第五小節則針對英語、漢語、日語這三種語言設定有關格位理論的參數。第五節格位理論與英、日、漢三種語言的對比分析是本文的主要部分，下面共分六個小節；分別討論名詞組、動詞組、形容詞組、介詞組(含連詞組)、小句子、大句子等結構的對比分析。最後，在第六節以簡短的結語來講評當代語法理論對於語文教學的意義與價值。

二、原參語法

如前所說，原參語法是有關普遍語法的模組理論。原參語法把所有自然語言的語法體系分爲「規律系統」（the system of rules）與「原則系統」（the system of principles）兩個部門。原參語法的規律系統非常簡單，只有一條「移動α」（Move

α)❶ 的規律：把任何句子成分從句子中任何位置(叫做「移出點」(extraction site)) 移到任何位置(叫做「移入點」(landing site))。這樣漫無限制的變形規律勢必「蔓生」(overgenerate) 許多不合語法的句子來。因此，原參語法又規定：凡是經過「移動 α」或「改變 α」所衍生的句法結構都必須一一獲得原則系統的「認可」(license)；如有違背卽被判「不合語法」(ill-formed) 而遭受「濾除」(filter out)。

至於原參語法的原則系統，則主要包括下列幾種理論。

(一)「**投射理論**」

「投射理論」(projection theory) 的「投射原則」(Projection Principle) 規定：述語動詞、形容詞或名詞等的「論旨網格」(theta-grid; θ-grid) 中所登錄的「論元結構」(argument structure) 與「論旨屬性」(thematic property) 都要原原本本地投射到所有的「句法表顯層次」(syntactic levels of representation；卽「深層結構」(D-structure)、「表層結構」(S-structure) 與「邏輯形式」(logical form; LF)) 上面來。「擴充的投射原則」(Extended Projection Principle) 更規定：英語等語言的句子必須含有主語❷。

---

❶ 「移動 α」的規律可以更進一步概化為「改變 α」(Affect α)，卽不但可以移動句子成分，而且可以對句子成分做任何處置，包括「刪除」(deletion)、指派「同指標」(coindexing) 或「異指標」(contra-indexing)、賦予或改變「屬性」(feature) 的「值」(value) 等。

❷ 也有人從「主謂理論」(Predication Theory) 的觀點來主張主語的存在；卽「述語」(predicate) 必須有「論元」(卽「外元」) 為其陳述的對象。又漢語、日語等在表面結構並不一定需要主語(或更精確地說，以不具語音形態的稱代詞(pro)為主語)的語言則稱為「可以删略主語」(pro-drop) 的語言，並以能否删略主語視為一個參數來處理。

(二)「論旨理論」

「論旨理論」(theta theory; θ-theory) 規定：述語動詞、形容詞或名詞等「論旨網格」(theta grid; θ-grid) 裏所包含的「論旨角色」(theta role; θ-role)，如「主事者」(Agent)、「感受者」(Experiencer)、「受惠者」(Benefactive)、「客體」(Theme)、「起點」(Source)、「終點」(Goal)、「時間」(Time)、「處所」(Location)、「命題」(Proposition) 等❸，必須指派給適當的「論元」(argument；包括「(域)內(論)元」(internal argument) 與「(域)外(論)元」(external argument))。而「論旨準則」(theta criterion; θ-criterion) 則更規定：論旨角色與論元之間的指派關係必須是「一對一的對應關係」(one-to-one corres-pondence)；即同一種論旨角色不能同時指派給兩個或兩個以上的論元，而同一個論元也不能同時獲得兩個或兩個以上的論旨角色。因此，句子成分的移位必須是從「論旨位置」(thetaposition) 到「非論旨位置」(non-theta position)❹，或從「非論旨位置」到「非論旨位置」❺；否則，必然違背「論旨準則」而無法獲得認可。又由

---

❸ 有關英語、漢語、日語等語言裡「論旨角色」的語意內涵、句法範疇以及與介詞(包括前置詞與後置詞)之間連用關係的討論等，請參考湯(1991b, 1991c, 1991d)。

❹ 如「提升結構」(raising construction) 裡補語子句主語名詞組的移入「小句子」(S; IP) 裡「指示語」(specifier) 的位置以及「wh詞組」(wh-phrase) 的從主語、賓語、補語的位置移入「大句子」(S'; CP) 裡指示語的位置。

❺ 如「wh詞組」的從「附加語」(adjunct)的位置移入「大句子」裡指示語的位置，或從下面一個大句子裡指示語的位置移入上面一個大句子裡指示語的位置。其他，如「主要語」(head) 成分的「從主要語到主要語的移位」(head-to-head movement) 以及「邏輯形式」裡「數量詞的提升」(Quantifier Raising; QR) 等都屬於從「非論旨位置」到「非論旨位置」的移位。

於「投射原則」、「論旨原則」以及“句子成分的移位必須在「移出點」留下與移位成分「同指標」的「痕跡」（trace)”等「公約」（convention）的存在，所以句子的「深層結構」所表顯的語意(包括述語的「論元結構」與「論旨屬性」等)仍然保留在「表層結構」與「邏輯形式」裏，不致於因爲「移動α」的變形規律而改變語意。

（三）「格位理論」

「格位理論」（Case Theory）中的「格位濾除」（Case Filter）規定：具有語音形態的名詞組❻，必須賦有「(抽象)格位」（(abstract) Case；包括「主位」（nominative Case）、「賓位」（accusative Case)、「斜位」（oblique Case）與「領位」（genitive Case）等)。同時，「格位衝突的濾除」（Case Conflict Filter）更規定：同一個名詞組不能同時獲得兩個或兩個以上的格位。因此，句子成分只能從「不具格位的位置」（Caseless position）移到「具有格位的位置」（Case-marked position）❼，或從「具有格位的位置」移到「不具格

---

❻ 因此，不具有語音形態的「空號代詞」（empty pronoun：包括「大代號」（PRO）、「小代號」（pro）或「概化的空號代詞」（the generalized Pro））並不受「格位濾除」的規範。又「格位濾除」中的「格位指派語」、「格位被指派語」以及「格位指派方向」（Case-assignment directionality）都可能含有一些參數。

❼ 例如，在「提升結構」裡不定子句的主語名詞組移入母句主語的位置獲得主位，或「被動句」裡出現於被動過去分詞後面的補語名詞組移入主語的位置而獲得主位。

位的位置」❽；否則，必然違背「格位衝突的濾除」而無法獲得認可。另外，「鄰接條件」(Adjacency Condition) 還規定：「格位指派語」(Case-assigner) 與「格位被指派語」(Case-assignee) 之間不允許有其他句子或成分的介入。因此，及物動詞與賓語名詞組之間，或介詞與賓語名詞組之間，都不可以出現副詞或狀語。

(四)「管轄理論」

「管轄理論」(government theory) 規定：屬於「詞彙性範疇」(lexical category) 的「主要語」(head)，如名詞(N)、形容詞(A)、動詞(V)、介詞(P)❾，以「管轄語」(governor) 的地位把「論旨角色」直接地指派給充當「內元」的賓語與補語名詞組(NP)、介詞組(PP)、「小子句」(small clause; PrP 或 IP)、「小句子」(S; IP) 或「大句子」(S'; CP) 等，並且連同內元間接地指派論旨角色給充當「外元」的主語名詞組或大句子。這個時候，充當「管轄語」的主要語必須「C統制」(c-command)❿充當「被管轄語」(governee) 的內元；而且

❽ 例如，出現於主語或賓語位置而已經分別獲有主位與賓位的「wh(名)詞組」移入不具格位的大句子指示語的位置，並因為「連續移位」(successive movement) 而還可以從這個位置再移入上面一個大句子指示語的位置。另外，「主要語」也可以從主要語的位置移入上面一個主要語的位置。

❾ 「屈折語素」(inflection morpheme; I)、「補語連詞」(complementizer; C)、「限定詞」(determiner; D) 等則屬於「非詞彙性」(non-lexical) 或「功能性」(functional) 範疇。

❿ α「c統制」β，唯如α不「支配」(dominate)β，而且支配α的「第一個分枝節點」(the first-branching node) 亦支配β。根據這個定義，α「c統制」β的時候，β必須是α的同輩「姊妹節」(sister node) 或晚輩「姪女節」(niece node)。

，管轄語與被管轄語之間不可以存有任何阻礙「管轄」（government）的「屏障」(barrier)。這裏所謂的「管轄」是用來限制自然語言裏可能發生的句法關係或句法功能的許多「局部性條件」(locality condition) 之一；「C統制」與「m統制」(m-command)⑪更是界定「句法領域」(syntactic domain)的重要條件之一。此外，「空號(範疇)原則」(Empty Category Principle; ECP) 規定：名詞組、「wh詞組」、「空號運符」(null operator; O)⑫、「數量詞」(quantifier) 等移位後所產生的「痕跡」或「變項」(variable)（統稱爲「空號範疇」(empty category; e.c.)）必須受到「適切的管轄」(proper government)；而適切的管轄則分爲「詞彙管轄」(lexical government；又稱「主要語管轄」(head government))與「前行語管轄」(antecedent government；又稱「局部管轄」(local government))。前一種管轄規定空號範疇必須受到「詞彙性管轄語」(如動詞與介詞)的管轄；而後一種管轄則規定空號範疇必須受到 wh 詞組、空號運符、數量詞等同指標「前行語」(antecedent) 的管轄⑬。

---

⑪ α「m統制」β，唯如α不支配β，而且支配α的每一個「最大投射」(maximal projection；即'XP'或'X''') 節點都支配β。根據這個定義，α「m統制」β的時候，β可能是α的同輩姊妹節或晚輩姪女節，但也可能是α的長輩「姨母節」(aunt node)。

⑫ 「空號運符」可以解釋爲不具語言形態的「關係代詞」(relative pronoun) 或「wh詞組」。

⑬ 關於「空號(範疇)原則」的確實內容，學者間仍有異論：有主張滿足兩種管轄之一種就可以的；也有主張應該同時滿足兩種管轄的；更有主張把這個原則與「約束原則」(Binding Principle) 整合爲「概化的約束原則」(the Generalized Binding Principle) 的。

(五)「限界理論」

「限界理論」(bounding theor y) 中的「承接原則」(Subjacency Principle) 規定：句子成分的移位不能同時越過一個以上的「限界節點」(bounding node；如小句子(S)與名詞組(NP)) 移到上面的句子去⓮。而且，根據「結構保存的假設」(the Structure-Preserving Hypothesis)，詞組('XP'或'X''') 必須往上面一個小句子('S'或'IP')、大句子('S''或'CP')或名詞組('NP'或'N''')裏「指示語」(specifier) 的位置「代換」(substitution) 移位，而詞語('X^0'或'X')則必須往上面一個詞組裏「主要語」(head) 的位置代換移位⓯。另外，「加接」(adjunction) 移位則只允許詞組往上面一個出現於「非論元位置」(non-argument position) 的詞組(即未充當主語、賓語、補語等必用論元的小句子、動詞組、介詞組等)的左端或右端加接⓰。

⓮ 在 Chomsky (1986b) 裡，「限界節點」與「管轄的屏障」兩個不同的概念就由「屏障」(barrier) 這一個概念來整合。結果，「承接條件」就改爲：句子成分的移位不能同時越過一個以上的「屏障」而移到上面的句子去。又，「wh詞組」(wh-phrase) 可以經過大句子指示語的位置 (叫做wh詞組的「緊急出口」(escape hatch)) 而「連續移位」(successive movement)。這個時候，每一次移位都只越過一個限界節點或屏障，所以並未違背「承接條件」。

⓯ 例如，英語的情態助動詞從小句子(IP)主要語的位置(I；即屈折語素)移到大句子(CP)主要語的位置(C；即補語連詞)而形成疑問句或倒裝句。

⓰ 例如，「數量詞」(quantifier) 在邏輯形式(LF)裡因「數量詞提升」(Quantifier Raising; QR) 而加接到小句子(IP)的左端 (也可能加接到動詞組(VP)的左端) 以及出現於主語或賓語位置的「that子句」與「for不定子句」因「移外變形」(Extraposition) 而加接到(主要)子句(IP)的右端。

(六)約束理論

「約束理論」(binding theory)的「約束原則」(Binding Principle)規定：(A)「照應詞」(anaphor；包括「反身代詞」(reflexive pronoun)、「相互代詞」(reciprocal pronoun)與「名詞組痕跡」(NP-trace)⑰必須在其「管轄範疇」(governing category)內「受到約束」(be bound)；(B)「稱代詞」(pronominal；包括「人稱代詞」(personal pronoun)與「空號代詞」(empty pronoun)的「小代號」(pro))必須在其管轄範疇內「自由」(be free)；(C)「指涉詞」(R(eferential)-expression；包括「專名」(proper name)、「指涉性名詞組」(referential NP)與「wh痕跡」(wh-trace))⑱必須自由。這裏所謂α的「管轄範疇」係指包含α、α的「管

---

⑰ 「名詞組痕跡」係在「主語提升」(Subject Raising)或「被動變形」(Passivization)裡，因具有論旨角色的名詞組從「不具有格位的位置」移到小句子指示語裡具有格位的「非論旨位置」而產生。

⑱ 「wh痕跡」(或疑問詞組痕跡)因「wh(疑問)詞組」從具有格位與論旨角色的位置移到大句子指示語裡不具有格位與論旨角色的位置而產生。又，Aoun (1986)提出「概化的約束原則」(Generalized Binding Principle)，規定：(A)照應詞(包括「反身代詞」、「相互代詞」、「名詞組痕跡」與「wh痕跡」)必須在其管轄範疇內受到「X約束」(be X-bound)；包括「論元約束」(A(rgument)-bound；如「反身代詞」、「相互代詞」與「名詞組痕跡」的「前行語」(antecedent)必須出現於主語、賓語等「論元位置」(A(rgument)-position))與「非論元約束」(Ā-bound；如「wh痕跡」的前行語必須出現於大句子指示語的「非論元位置」(Ā-position))；(B)稱代詞在其管轄範疇內必須「X自由」(be X-free，包括「論元自由」(A-free)與「非論元自由」(Ā-free)；即既不能受「論元約束」，亦不能受「非論元約束」)；(C)指涉詞(仍然包括「wh痕跡」)必須「論元自由」(A-free)，即不能受「論元約束」。

轄語」(governor) 以及α「可以接近的大主語」(accessible SUBJECT) 這三者的「最貼近」(minimal) 的最大投影；通常是小句子(IP)、大句子(CP)與名詞組(NP)。「大主語」包括句子的主語、名詞組的領位主語(如'*John's* arrival, *the city's* destruction by the enemy')以及限定子句的呼應語素(agreement; Agr)。而「可以接近」(或「接近可能性」(accessibility)) 則指當α「C統制」β，而把α的「指標」(index) 指派給β的結果，不致於違背「"i在i內"的條件」(the"i-within-i"condition)；卽整個名詞組與其部分名詞組之間不可以享有相同的指標(卽具有相同的「指涉對象」(referent))。又所謂的α「受到β的約束」是指照應詞α與「C統制」這個α的前行語β之間具有相同的指標，而α「不受β的約束而自由」是指稱代詞α(或指涉詞α)與「C統制」這個α的前行語β之間不具有相同的指標。約束理論針對各種名詞組(包括具有語音形態(卽「顯形」(overt))的「詞彙性名詞組」(lexical NP) 與稱代詞以及不具語音形態(卽「隱形」(covert) 的「空號代詞」(null pronoun; empty pronoun) 與移位痕跡)在句子裏出現的位置或分佈加以規範或詮釋。

(七)「控制理論」

「控制理論」(control theory) 主要是有關如何為「空號代詞」中的「大代號」(PRO) 決定其「控制語」(controller) 的理論。原來空號代詞包括「小代號」(pro) 與「大代號」(PRO)。小代號具有'〔－照應〕(〔－anaphor〕)'與'〔＋稱代〕(〔＋pronominal〕)'的屬性而屬於稱代詞，所以受約束原則(B)的支配而必須在其管轄範疇內自由。另一方面，大代號則具有'〔＋照應〕(〔＋anaphor〕)'與'〔＋稱代〕(〔＋pronominal〕)'的屬性而既屬照應詞，又屬稱代詞。因此，一面受約束原則(A)的支配而必須在其管轄範疇內受到約束；一面又受約束原則(B)的支配而必須在其管轄範疇內自由。針對這種兩難的情形，只得提出「大代號定理」(the PRO Theorem)來解決；即大代號不受管轄，因而沒有管轄範疇，也就不必遵守約束原則(A)或(B)。由於不受管轄，所以英語的大代號只能出現於不定子句、分詞子句、動名子句等非限定子句裏主語的位置⑲。大代號依其「控制語」(controller；即與大代號同指標而「C統制」這個大代號的名詞組)之是否在句子中出現，可以分爲「任指的大代號」(arbitrary PRO)與「限指的大代號」(obligatory control PRO)兩種。任指的大代號，其控制語或指涉對象不在句子中出現，而要靠「語言情境」(speech situation)或「上下文」(context)來認定。限指的大代號，其控制語必須在母句中充當論元(如母句的主語或賓語)。一般說來，如果母句裏含有賓語，那麼充當子句主語的大代號就以母句賓語名詞組爲其控制語，叫做「受賓語控制的大代號」(object control PRO)⑳

---

⑲ 漢語裡限定子句與非限定子句的界限並不明確，所以有關大代號在漢語裡出現的位置學者間仍有異論。參湯(1990d)。

⑳ 例如，英語的'John forced $Mary_i$ 〔PRO_i to go away〕'與漢語的'小明強迫$小華_i$〔PRO_i 走開〕'。但是在少數例外的情形下，雖然母句含有賓語，卻可能以母句主語爲大代號的控制語。例如，英語的'$John_i$ promised Mary 〔PRO_i to come〕'與漢語的'$小明_i$ 答應小華〔PRO_i 來〕'。

。如果母句裏不含有賓語，那麼充當子句主語的大代號就以母句主語名詞組爲其控制語，叫做「受主語控制的大代號」(subject control PRO)㉑。又控制語與大代號的關係，與移位語的關係不同，只要控制語出現於論元位置而「C統制」大代號即可，並不需要遵守限界理論的承接條件。

(八)「X標槓理論」

「X標槓理論」(X-bar Theory)，簡單地說，是規範句子成分「詞組結構」(phrase structure)(特別是詞組結構的「階層組織」(hierarchical structure))「合格條件」(well-formedness condition)的理論。根據「X標槓公約」(the X-bar Convention)，凡是自然語言的詞組結構都必須遵守下面三條「規律母式」(rule schemata)。

(i) XP →〔Spec(ifier) XP〕, X'

(指示語規律：詞組→指示語，詞節)

(ii) X' →〔Adj(unc)t XP〕, X'

(附加語規律：詞節 → 附加語，詞節)

(iii) X' →〔Comp(lement) XP〕, X

(補述語規律：詞節 → 補述語，詞語)

在規律母式中出現的'X'代表「詞類變數」(categorial variable)；即名詞(N)、動詞(V)、形容詞(A)、介詞(P；包括前

㉑ 例如英語的'$John_i$ attempted〔PRO_i to escape〕'與漢語的'小明$_i$企圖〔PRO_i 逃跑〕'。

置詞(如英語、漢語)與後置詞(如日語)，並包括連詞在內㉒）等。詞組'XP'㉓代表「最大投影」(maximal projection)、詞節'X''代表「中介投影」(intermediate projection)、而詞語'X'即表示這些投影的「主要語」(head)或「中心語」(center)。(iii)的規律母式規定：任何詞類的詞節(X')必須由其主要語(X)與「補述語」(complement; Comp)合成。(ii)的規律母式規定：詞節(X')也可以由詞節(X')與「附加語」(adjunct; Adjt)合成。在(ii)的規律母式裏，詞節(X')出現於「改寫箭號」(rewrite arrow；即'→')的左右兩邊，所以附加語可以「反復衍生」(recursively generate)；也就是說，同一個詞組結構裏可以同時含有一個以上的附加語㉔，而(i)的規律母式則規定：詞組(XP)由詞節(X')與其「指示語」(specifier; Spec)合成。同時，無論是補述語或是附加語都只能由最大投影的'XP'來充當㉕。根據(i)到(iii)的規律母式，所有自然語言的詞組結構都由主要語、補述語、指示語這三個「必用成分」與充當修飾語這個「可用成分」的附加語形成「同心結構」(endocentric construction)，而且都會形成「兩叉分枝」

㉒ 英語還包括「介副詞」(adverbial particle；如'up, down, in, out, over'等)在內。

㉓ 亦可以用'X"'的符號來表示。

㉔ 在'A→very A'的改寫規律裡，形容詞(A(djective)；如'happy')出現於改寫箭號的左右兩邊，所以可以反複衍生'very'而說成'very, very, very…happy'這樣的話。

㉕ 這個規定並不排除最大投影只由主要語來形成的可能性，因爲主要語之能否或應否帶上補述語或指示語，一般都由主要語的「詞項記載」來規定。

（binary branching；即在「樹狀結構」（tree structure）的同一個「節點」（node）下，最多只能包含兩個節點）的結構佈局㉖。又，(i)到(iii)的「X標槓公約」只規定詞組結構裏詞組成分之間「上下支配」（dominance）的「階層組織」（hierarchical structure）；而有關這些詞組成分「前後出現」（precedence）的「線性次序」（linear order）則委由其他原則系統來決定。

三、「普遍語法」與「個別語法」；「核心語法」與「周邊」

「普遍語法」以界定「可能的(自然)語言」（possible(natural) language）與詮釋「孩童的語言習得」（children's language acquisition）爲目的，而原參語法則是有關普遍語法的「前設理論」（metatheory）之一。根據原參語法，普遍語法的規律系統只含有一條「移動α」或「改變α」的規律，而原則系統則由投射理論、論旨理論、格位理論、管轄理論、限界理論、約束理論、控制理論、X標槓理論等「次系統」（subsystem）而成。這些理論所提出來的原則或條件都可以視爲「句法表顯的合格條件」(well-formedness condition on syntactic representation)，而且都含有若干「數値」(value) 未定的「參數」（parameter)；例如，「承接條件」的「限界節點」（bounding node）究竟是名詞組(NP)與「小句子」(S)，還是名詞組與「大句子

㉖ 因此，我們未在充當補述語、附加語、指示語的'XP'右上角標上代表從零到無限大的「變數星號」（Kleene star)。

」(S')；詞組結構究竟是「主要語在左端」(head-first) 還是「主要語在右端」(head-last)；空號代詞(pro)能否充當句子的主語等，都委由個別語言來選定參數的數值。這些參數與數值可以用特定的「屬性」(feature) 與其「正負值」(+／−) 來表示，或者從特定少數的「項目」(item) 中加以選擇。因此，不但原則系統裏參數的數目極爲有限，而且這些參數的數值也只容許極少數的選擇餘地，大大地限制了可能的語言。另一方面，規律系統裏只有一條極爲概化的變形規律，「移動α」或「改變α」；不但否定了「專爲個別語言而設定的語法規律」，而且也否定了「專爲個別句法結構而設定的語法規律」。這是因爲原參語法，從普遍語法的觀點，把支配個別語言或個別句法結構的語法規律、「條件」(condition) 或「限制」(constraint) 統統抽離出來納入普遍性的原則系統中。結果，描述語言與詮釋語言的重心便從規律系統移到原則系統上面來。在原參語法的理論下，我們不必比較個別語言的「深層結構」(deep structure; D-structure) 或「表面結構」(surface structure；或「表層結構」(S-structure))，也不必比較個別語言的「詞組結構規律」(phrase structure rule) 或「變形規律」(transformation rule)。如今，我們應該著重研究的是：原則系統裏的各個原則與參數在個別語言適用上的情形或異同如何。

我們不妨把原參語法比喻做代表普遍語法的機器。這一部普遍語法的機器可以產生任何自然語言的「個別語法」(particular grammar; PG)，而個別語法則可以「衍生」(generate) 個別語言裏所有合語法的句子，而不會衍生任何不合語法的句子。這一部機器由規律與原則兩個部門構成。其中，規律部門利用「移動α」或「改變α」的變形操作，把由「詞庫」(lexicon) 映射出來的深層結構轉變成表層結構，而原則部門則在各個原則嚴密的監視下把規律部門所衍生的表層結構一一加以檢驗。如果這些表層結構沒有違背任何原則，那麼就獲得原則部門的「認可」(licensing)而被判爲合語法的句子。相反地，如果這些表層結構違背任何一個原則，那麼就要遭受原則部門的「濾除」(filtering out) 而被判爲不合語法的句子。又原則部門的各個原則可能附有參數。這些參數好比是整部機器裏某一段操作過程中的控制鈕，可以向左(「正」)或向右(「負」)扭轉，因而打開不同的電路或送到不同的生產線，依照不同的觀點或規格來監視或檢驗表層結構的合格與否。由這一部普遍語法的機器所產生出來的個別語法，叫做個別語法的「核心語法」(core grammar)。個別語法裏主要的、一般的、或「無標」(unmarked) 的句法結構都由核心語法來衍生。個別語法，除了核心語法以外，還包含一些「周邊」(periphery) 來掌管邊緣的、例外的、或「有標」(marked) 的句法結構。個別語法的周邊部分包括：各種詞類中的「不規則變化」(irregular change)、因「類推比照」(analogy)或「重新分析」(reanalysis) 而產生的句法結構、代表「歷史痕跡」(historical vestige) 的句法現象、不同語言之間「語法上的借用」(syntactic borrowing)、以及某些較爲特殊的「刪除結構」(deletion structure) 等。因此，周邊語法的「描述能力」(descriptive power) 可能要比核心語法爲強，原則系統在周邊語法的適用也可能有一部分要放鬆些。

根據原參語法的理論，普遍語法的研究不僅要闡明“什麼是可能的自然語言？”，而且還要詮釋“人類幼童如何習得自然語言？”。我們可以假設：人類的幼童天生賦有類似普遍語法的「語言習得裝置」(language acquisition device; LAD)或「語言能力」(language faculty)，並由於接觸周遭父母兄姊等所使用的母語而觸動這個裝置(也就是上面所討論的普遍語法的機器)來建立母語的核心語法。因爲這個裝置是天生賦有或靠遺傳基因得來的，所以人類的幼童是自然而然地「習得」(acquire)母語，而不必刻意或努力地「學習」(learn)母語。這樣的假設相當合理地揭開了語言學上「柏拉圖的奧秘」(Plato's problem)：人類的幼童爲什麼在無人刻意教導的情形下，僅憑周遭所提供的殘缺不全而雜亂無章的「原初語料」(primary linguistic data)，就能夠在極短期間內迅速有效地學會母語。至於個別語法的周邊，則像詞彙的擴充一樣，要靠個人後天的學習才能完成。

如上所述，個別語法以普遍語法所衍生的核心語法爲主要內容，另外可能含有一些獨特的周邊現象。換句話說，每一種個別語言都必須遵守普遍語法的規律系統與原則系統。這就說明了爲什麼語言與語言之間有這麼多相同或相似的句法特徵。另一方面，原則系統所包含的參數則委由個別語言來選定其數值，因而各個原則在個別語言的適用情形並不盡相同。同時，各個原則之間的互相聯繫與交錯影響，以及周邊現象與有標結構的存在，更導致個別語言之間的變化與差異。這就說明了爲什麼語言與語言之間有不少相異的句法特徵。在以下的各節裏，我們將扼要討論原參語法的標槓理論與格位理論在英語、日語與漢語之間如何適用以及如何產生相似或相異的句法結構或現象。

四、「格位理論」與對比分析

原參語法的原則系統與參數，對於每一個個別語言的核心語法都有極爲密切的關係。下面以「格位理論」爲例來探討原參語法與對比分析的關係。

四、一　「格位」

格位理論裏所謂的「格位」（Case），指的不是「形態格」（morphological case）或「語意格」(semantic case)，而是指名詞組在句子裏因出現於各種不同的位置而獲得的「抽象格」(abstract Case)，並常以大寫字母起頭的‘Case’(抽象格)來區別以小寫字母起頭的‘case’(形態格)。

四、二　「固有格位」與「結構格位」

格位可以再分爲「固有格位」（inherent Case）與「結構格位」(structural Case) 兩種。Chomsky (1986a:193ff) 把在深層結構(或「D結構」（D-structure))裏由詞組主要語(如動詞(V)、名詞(N)、形容詞(A)等)所指派的格位稱爲「固有格位」，而把在表層結構(或「S結構」（S-structure)) 裏由及物動詞、介詞(包括前置詞與後置詞)、屈折語素(Inf(lection))、呼應語素(Agr(eement))等所指派的格位稱爲「結構格位」，並把固有格位與結構格位的指派分別稱爲「格位指派」（Case-assignment）與「格位顯現」（Case-realization)。固有格位的指派與論旨角色的指派與性質上頗爲相似，或許可以合而爲一。

四、三　格位理論的參數

有關格位理論的參數主要有三種：(i)「格位指派語的參數」（Case-assigner parameter）決定在個別語言裏由那些語法範疇的主要語來指派固有格位或結構格位；(ii)「格位被指派語的參數」（Case-assignee parameter）決定個別語言裏那些語法範疇的詞組必須獲得固有格位或結構格位的指派；而(iii)「格位指派方向的參數」(Case-assignment directionality parameter) 則決定由「格位指派語」(Case-assigner) 向「格位被指派語」(Case-assignee) 指派格位的方向究竟是從左到右抑或是從右到左。

四、四　格位理論的限制

有關格位理論的限制亦有三種：(i)「格位濾除」(Case Filter) 規定具有語音形態的名詞組（因而不具有語音形態的名詞組，即「大代號」(PRO) 與「小代號」(pro)，不在此限）必須獲得結構格位的指派[27]；(ii)「格位衝突的濾除」(Case-Conflict Filter) 規定同一個名詞組不能同時獲得兩個或兩個以上的格位；結果，名詞組只能從不具有格位的位置移到具有格位的位置（例如，英語「提升動詞」(raising verb；如 'seem, appear, happen') 補語不定子句的主語名詞組移到母句主語的

---

[27] 也有人主張從論旨角色的「可視性條件」(Visibility Condition) 來演繹「格位濾除」；即「必用論元」必須具有格位，始能獲得論旨角色的指派。這個主張仍然含有一些問題(例如英語的「塡補詞」(pleonastic 或 expletive) 'it'雖然不具有論旨角色，卻必須獲得格位)，我們不準備在這裡詳論。

位置㉘，或被動句的受事名詞組從被動動詞後面移入主語的位置㉙)或從具有格位的位置移入不具有格位的位置(例如，英語的「wh 詞組」移入「大句子」(CP) 的指示語位置㉚)；而(iii)「鄰接條件」(Adjacency Condition) 則規定在格位指派語與格位被指派語之間不得介入其他句子成分(如此，及物動詞或介詞與其賓語名詞組之間，不能出現任何句子成分㉛)。

四、五　英、日、漢三種語言裏格位理論參數的選定

以下根據上面的格位理論，爲英語、日語與漢語這三種語言選定有關參數的值。

(一)　英　語

(i)有關固有格位的「格位指派參數」

英語的固有格位，由述語動詞(V)、形容詞(A)、名詞(N)，在其「m統制」(m-command)的領域內(即在支配這些主要語的「最貼近」(minimal) 的「最大投影」(maximal pro-

---

㉘ 例如，由'〔*e* seems 〔*John* to be quite happy〕〕'的基底結構衍生'〔John$_i$ seems 〔t_i to be quite happy〕〕'的表層結構，好讓無法獲得格位的不定子句主語'John'，在移入母句主語'e'的位置以後，從母句動詞'seems'的呼應語素獲得主位。

㉙ 例如，由'〔*e* was broken *the glass* by John〕'的基底結構衍生'〔*The glass*$_i$ was broken t_i by John〕'的表層結構，好讓出現於過去分詞'broken'後面無法獲得格位的受事名詞組'the glass'移入主語'e'的位置來從動詞'was'的呼應語素獲得主位。

㉚ 例如，由'〔*e* did 〔John eat *what* this morning〕〕?'的基底結構衍生'〔*What*$_i$ did 〔John eat t_i this morning〕〕?'的表層結構，好讓因爲出現於賓語的位置而已經獲有賓位的'what'移入句首不具有格位的大句子指示語位置。

㉛ 但是，這個限制可能附有參數；即有些語言嚴格地遵守「鄰接條件」，而有些語言的「鄰接條件」則較爲鬆懈而允許特定的例外。

jection；即 VP、AP、NP等)內)，從左到右的方向指派給各種「論元」(包括充當賓語的「直接內元」(direct internal argument)、充當賓語補語的「間接內元」(indirect internal argument)、充當主語的「外元」(external argument)與充當定語與狀語的「意元」(semantic argument))。論元可能是名詞組(NP)、介詞組(PP)、小句子(S; IP)、大句子(S'; CP)等。

(ii)有關結構格位的「格位指派參數」

英語的結構格位，由及物動詞(Vt)、介詞(P)、連詞(P㉜)、「補語連詞」(complementizer; COMP)等來指派「賓位」(accusative Case；包括由介詞與連詞指派給其賓語名詞組或子句的「斜位」(oblique Case))。又，「領位」(genitive Case；在語音形態上由「領位標誌」(genitive marker) '-'s' 來代表)係由名詞節(N')從右到左的方向指派給出現於名詞組㉝裏指示語位置的名詞組，而「主位」(nominative Case)則由「呼應語素」(agreement morpheme; Agr)在「指標相同」

㉜ 英語的介詞可以分為「不及物介詞」(intransitive preposition；亦稱「介副詞」(adverbial particle 或 pre-ad)，如後面不帶賓語的 'up, down, on, off, in, out' 等)、「及物介詞」(transitive preposition；後面可以帶上名詞組(如'behind *the tree*')或介詞組(如'from *behind the tree*')為補述語)以及「連詞」(conjunction；後面可以帶上子句為補述語(如'{before/after/till/when/because} *he came*')。

㉝ 依照最近的分析是「限定詞組」(determiner phrase; DP)裡的指示語位置的名詞組。依照這個分析，領位標誌可能出現於限定詞組裡主要語的位置，而被領屬的名詞組則出現於補述語的位置。

（co-indexing）的條件下指派給主語名詞組[34]。英語在深層結構裏固有格位的指派，以及在表層結構上結構格位的指派，可以用下面①的例句與②的「結構樹圖解」（tree diagram）來說明。

① *I* study *linguistics* in the *university*.

② a. 「深層結構」　　b. 「表層結構」

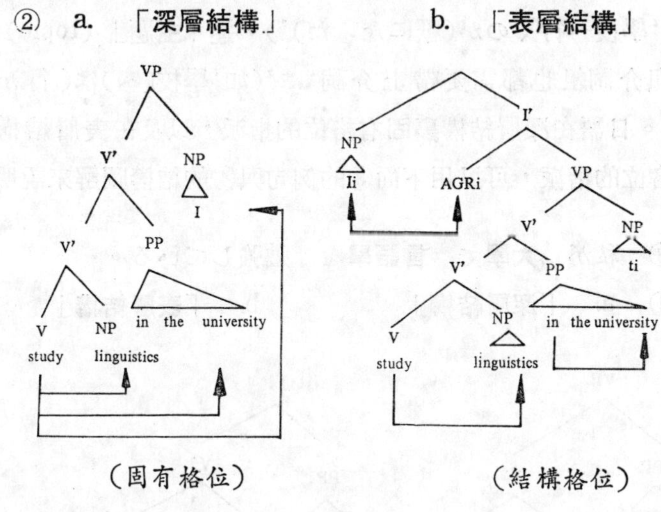

（固有格位）　　（結構格位）

（二） 日　語

(i)有關固有格位的「格位指派參數」

日語的固有格位，由述語動詞(V)、形容詞(A)、形容動詞[35]、名詞(N)，從右到左的方向指派給充當內元、外元、意元等各

---

[34] 也有人主張：由呼應語素從右到左的方向指派給主語名詞組，或由與呼應語素指標相同的補語連詞從左到右的方向指派給主語名詞組。不過，在這種分析下，格位指派語（即呼應語素或補語連詞）與格位被指派語（即主語名詞組）之間，可能介入句法成分而違背「鄰接條件」。

[35] 更精確地說是：「形容名詞」（adjectival noun: AN）。參湯(1993a: §2.1)。

種論元的名詞組、介詞組(在日語是後置詞組)、子句等。

(ii)有關結構格位的「格位指派參數」

日語的結構格位,由介詞(P；事實上是後置詞,如'は、が、を、へ、に、で、から'與連詞(P；如'と、ら、ば、なら'),從右到左的方向指派賓位給名詞組與子句,由介詞'の'指派領位給名詞組,而由介詞'が'指派主位給名詞組與用'の'名物化的子句(如'學校へ行くのが(厭になった)'),連「主題」(topic)名詞組與介詞組也都需要帶上介詞'は'(如'學校(へ)は(行かない)')。日語在深層結構裏固有格位的指派,以及在表層結構上結構格位的指派,可以用下面③的例句與④的結構圖解來說明。

③ 私が　大學で　言語學を　勉強している。

④ a.　「深層結構」　　b.　「表層結構」

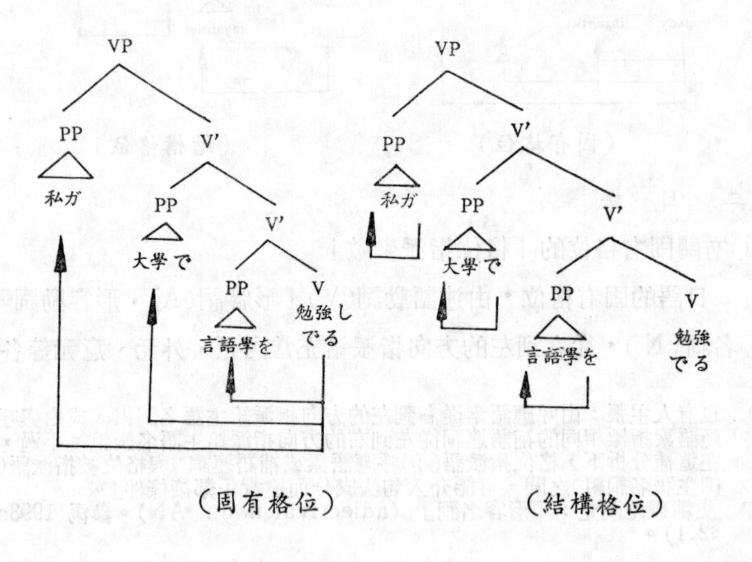

由於日語的述語動詞經常出現於句尾的位置，而且所有格位都由介詞或連詞指派而與動詞完全無關，所以日語句子的詞序相當具有彈性。這種介詞組之間互相調換詞序的現象，叫做「攪拌現象」(Scrambling)。試比較例句③、⑤與⑥之間的詞序變化。

⑤ ［大學で］［私が］［言語學を］勉強している。

⑥ ［言語學を］［大學で］［私が］勉強している。

(三) 漢 語

(i)有關固有格位的「格位指派參數」

漢語的固有格位，由述語動詞(V)、形容詞(A)、名詞(N)，從右到左的方向㊱，指派給充當內元、外元、意元的名詞組、介詞組、子句等。

(ii)有關結構格位的「格位指派參數」

漢語的結構格位，由及物動詞(Vt)、及物形容詞(如'(很){關心／同情／喜歡／(害)怕}(你)')、介詞(P)、連詞(P)㊲，從左到右的方向，指派賓位給補述語名詞組或子句。至於領位，

㊱ 表示終點的介詞組(常用介詞'到(地方)、給(人)'來引介)以及期間、回數、情狀、結果等補語，例外地出現於述語動詞的右方，而不是左方。關於這一點，這裡不詳論。

㊲ 出現於「雙賓動詞」(ditransitive verb 或 double-object verb；如'送、借、寄、傳')終點賓語後面的客體賓語(如'送(給)小明一本書')，究竟如何獲得格位，學者之間仍有異論。有主張由雙賓動詞與終點賓語(即'V'')共同指派格位給客體賓語的，有主張在深層結構即已預先獲得格位的，這裡暫不做結論。

則由領位標誌'的'從右到左的方向指派給名詞組[38]；而主位則雖然沒有明顯的呼應語素的存在，但仍然可以擬設主語名詞組與述語動詞或形容詞呼應語素之間的呼應或指標相同，並把主語名詞組移入「小句子」(IP) 裡指示語的位置而獲得主位。或者，也可以假設漢語裡呼應語素的不存在，因而把主語名詞組從「小句子」(IP) 裡指示語的位置移位並「加接」(adjoin) 到不需要格位的位置(例如小句子的左端)，以免觸犯「格位濾除」[39]。漢語在深層結構裡固有格位的指派，以及在表層結構上結構格位的指派，可以用下面⑦的例句與⑧的結構樹圖解來說明。

---

[38] 「修飾語標誌」(modification marker) 的'的'(包括在形容詞、關係子句與同位子句後面出現的'的')則暫時分析為充當「大句子」(CP) 主要語的「補語連詞」(complementizer)。

[39] 這樣的分析，可以說明把主語加接於小子句左端的漢語屬於「主題取向的語言」(topic-orienjed language)，而主語出現於小句子裡面指示語位置的英語則屬於「主語取向的語言」(subiect-oriented language)。至於日語，則不僅兼有「主題標誌」'は'與「主語標誌」'が'，並且由於允許「攪拌現象」而兼具這兩種語言的特徵。

⑦ 我 在大學 讀 語言學。

⑧ a. 「深層結構」 b. 「表層結構」

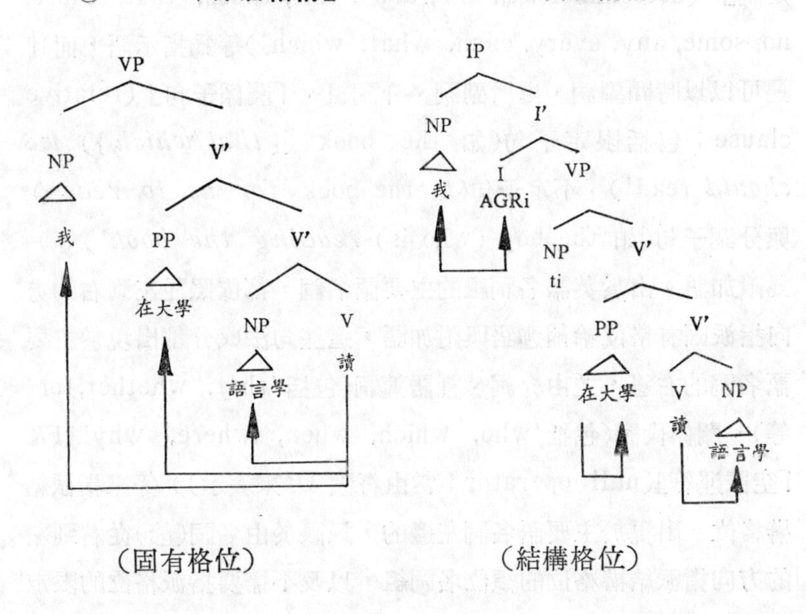

(固有格位) (結構格位)

五、格位理論與英、日、漢三種語言X標槓結構的對比分析

五、一 名詞組(NP)X標槓結構的對比分析

(一) 英語的名詞組

英語的名詞組，以名詞爲主要語，並以名詞組或「同位子句」(appositional clause；包括限定子句(如'John's plan *that he will get there in time*'與'the question *whether we should go or not*')與不定子句(如'John's plan *to get there in time*'與'the question *whether to go or not*'))

爲補述語，並以領位名詞組(如'John's, our teachers')與「限定詞」(determiner；如'the, a(n), this, these, that, those, no, some, any, every, each, what, which')等爲指示語，而且還可以以時間副詞、處所副詞、介詞組、「關係子句」(relative clause；包括限定子句(如'the book ({*that/which*}) *we should* read')、不定子句(如'the book *for us to read*')與分詞子句(如'the boy (who is) *reading the book*')等)爲附加語。由於英語名詞組的主要語名詞，都依照從左到右的方向指派固有格位給補述語與附加語，這些句法成分都出現於主要語名詞的右邊，並由介詞、補語連詞(包括'that, whether, for'等)、關係代詞(包括'who, which, when, where, why'以及「空號運符」(null operator；常由符號'O'來表示)) 等來指派結構格位。出現於主要語名詞左邊的，只限於由名詞(節)從右到左的方向指派結構格位的領位名詞組，以及不需要指派格位的限定詞[40]與「名前修飾語」(prenominal modifier；包括「單詞」(single word) 的形容詞、現在分詞、過去分詞、名詞等[41])。

㈡日語的名詞組

日語的名詞組，也與英語的名詞組一樣，以名詞爲主要語，

---

[40] 如果依照最近的分析，把名詞組分析爲限定詞組主要語限定詞的補述語，那麼補述語名詞組仍由主要語限定詞從左到右的方向指派固有格位而出現於限定詞的右邊，而指示語領位名詞組則因由限定詞(節)從右到左的方向指派結構格位而出現於限定詞的左邊。

[41] 「補述形容詞」(predicative adjective；如'afraid, asleep, awake, ashamed'等) 以及形容詞組(AP)、(現在・過去)分詞組與不定詞組(VP)都出現於主要語名詞的右邊。這些「名後修飾語」(postnominal modifier) 都可以分析爲省略關係代詞與 Be 動詞的關係子句。

並以介詞組（常由後置詞'の'來引介，如'机の(上)、兎の(耳)、子供達の(親)'）與同位子句（常由連詞'と'與動詞'いう'來引介，如'林さんが破産したという(消息)'）爲補述語，而以限定詞（如'この、その、あの、どの，'）與領位代詞或名詞組（如'私の、君達の、湯先生御夫妻の'）爲指示語，還可以以介詞組（如'鐵筋コンクリートの(家)、机の上の(本)、東京行きの(列車)、日本での(再會)、君達への(忠告)、形容詞組（如'白い(手)、とても大きい(家)、非常に高い(値段)'）、形容動詞組（如'靜かな(部屋)、立派な(人)、理想的な(女性)、誠に偉大な(行跡)'）、關係子句（如'廊下で待っている(人)、机の上に並べてある(書類)、週末に家に歸る(寮生)、學校から歸って來た(子供達)'等爲附加語。日語名詞組裏，出現於補述語、指示語或附加語名詞組後面的介詞或後置詞'の'，顯然與格位的指派有關；而出現於補述語同位子句的連詞'と(いう)'，也可能由於整個同位子句是充當言談動詞'いう'的補述語而以'と'指派格位給這個子句。至於限定詞、形容詞、形容動詞等，則既不是名詞組，也不是補語子句，所以不需要指派格位㊷。

㈢ 漢語的名詞組

漢語名詞組的句法結構，與日語名詞組的句法結構極爲相似：非但都以名詞爲主要語，而且都由主要語名詞依照從右到左的方向指派固有格位；所以，無論是補述語、附加語或指示語，都

㊷ 出現於介詞組後面的'の'（如'{日本で/君達へ/東京から/先生と}の'），似乎只有充當修飾語標誌的功能，而與格位的指派無關。

出現於主要語的左方。主要語名詞的補述語，包括名詞組(如'語言學系(的學生)、桌子(的上面)、兎子(的耳朶)、小孩子們(的父母)')與同位子句(如'老林破產(的消息)')，而且都由助詞'的'來指派結構格位㊸；而附加語則除了名詞組('如鋼筋水泥(的房子)㊹')與關係子句(如'在走廊等候(的人)、擺在桌子上(的文件)、週末要回家(的住校生)、從學校回來(的孩子們)'；並可以包括形容詞組在內，即把形容詞組分析爲以形容詞組爲謂語的關係子句，如'白(白)嫩嫩(的手)、特大(的房間)、非常昂貴(的價錢)、人格高尚(的人)')以外，還包括數量詞(如'一個人、兩張紙、幾隻老虎、一些事情')。至於指示語，則包括領位代詞與名詞組(如'我的、你們的、他們(的)老師的、誰的、哪一個的')以及限定詞(如'這、那、哪')等。

以上的觀察顯示：英語名詞組的「名前修飾語」形成「主要語在右端」(right-headed；亦稱「主要語在尾」(head-final))的「向右分枝」(right-branching)結構；而「名後修飾語」則形成「主要語在左端」(left-headed；亦稱「主要語在首」(head-initial))的「向左分枝」(left-branching)結構。另一方面，日語與漢語的名詞組則只有「名前修飾語」，而沒有

㊸ 出現於複合詞裡面的名詞語素不需要指派格位(如'空襲、路祭、蘋果派、心肌梗塞、語言學系學生')，而出現於限定詞前面的同位子句也常省略助詞'的'(如'老林破產(的)這個消息')。

㊹ '(放)在桌子上面(的書)、(開)往東京(的列車)、在日本(的再度見面)、(獻)給你們(的忠告)、(來)自東京(的消息)'等，雖然可以分析爲介詞組，但是也可以分析爲動詞組而與形容詞組歸入關係子句。

「名後修飾語」；因此，只能形成「主要語在尾」的「向左分枝」結構。結果，英語名詞組的構成成分常與日語及漢語名詞組的構成成分，在「線性次序」(linear order) 上形成詞序正好相反的「鏡像關係」(mirror image)。試比較：

⑨ a. 〔that〔〔professor〕*of linguistics*〕〕

b. 〔あの〔言語學の〔教授〕〕〕

c. 〔那一位〔語言學的〔教授〕〕〕

⑩ a. 〔that〔〔student〕*of linguistics*〕*with long hair*〕

b. 〔あの〔{髪の長い／長い髪の毛{の／を(のは)した}〔言語學の〔學生〕〕〕〕

c. 〔那一個〔(留)長頭髮的〔語言學的〔學生〕〕〕〕

⑪ a. 〔*Professor Chomsky's*〔〔comment〕*on the book*〕〕

c. 〔〔チョムスキー教授の〕〔〔此の本に關する〕評論〕〕

c. 〔杭士基教授(的)〔有關這一本書的〔評論〕〕〕

⑫ a. 〔〔〔pollution〕*of air*〕(*caused*) *by these factories*〕

b. 〔これらの工場が引き起した〔空氣(の)〔汚染〕〕〕

⑬ a. 〔the〔〔〔book〕*on linguistics*〕*on the desk*〕〕

b. 〔あの〔机の上{の／上にある}〔言語學の〕本〕〕〕

c. 〔那一本〔在桌子上的〔語言學的〔書〕〕〕〕

⑭ a. 〔the〔conference〕*yesterday*〕〕；〔the〔bicycle〕*outside*〕〕

b. 〔昨日{の／行われた}〔會議〕〕；〔外{の／に置いてある}〔自轉車〕〕

c. 〔昨天(擧行)的〔會議〕〕；〔(放在)外面的〔脚踏車〕〕

⑮ a. 〔the 〔boy〕{*who practices English every day*/(who is) *practicing English now*/(who was) *bitten by a snake*/(who is) *to help you study English*}〕

b. 〔あの〔{毎日英語を練習している／今英語を勉強している／蛇に咬まれた／君の英語の勉強を手傳ってくれる}〕〔男の子〕〕〕

c. 〔那一個〔{每天練習英語／現在正在練習英語／被蛇咬／要幫你讀英語}的〔男孩子〕〕〕

⑯ a. 〔*these* 〔*ten* 〔*expensive* 〔*brand-new* 〔*German*(*-made*) 〔cars〕〕〕〕〕〕

b. 〔この〔十輌の〔高價な〔真新しい〔ドイツ製の車〕〕〕〕〕

c. 〔這〔十輛〔昂貴(的)〔嶄新的〔德國(產的)汽車〕〕〕〕〕

⑰ a. 〔the 〔〔〔professor *of linguistics*〕*with a long beard*〕(*sitting*) *in the corner*〕〕

(「向左分枝」)

b. 〔あの〔(部屋の)隅に坐っている〔{鬚の長い／長い鬚{の／を生やした}}〔言語學の先生〕〕〕〕

(「向右分枝」)

c. 〔那一位〔(坐在)屋角的〔(留)長鬍鬚的〔(教)語言學的教授〕〕〕〕

(「向右分枝」)

⑱ a. 〔the〔〔rumor *that John had eloped with Mary*〕 *which was getting about in the village*〕〕

（「向左分枝」：同位子句出現於關係子句之前）

b. 〔あの〔村に廣まっている〔JohnとMaryが驅け落ちしたという噂〕〕〕

（「向右分枝」：關係子句出現於同位子句之前）

c. 〔那個〔在村子裏傳開的〔John跟Mary私奔的消息〕〕〕

（「向右分枝」：關係子句出現於同位子句之前）

⑲ a. This is〔the policeman *who caught*〔*the thief who stole*〔*the watch that I bought last week*〕〕〕

（「向右分枝」）

b. この方が〔〔〔私が先週買った時計〕を盜んだ泥棒〕を捕えた警官〕です。

（「向左分枝」）

c. 這一位就是〔抓到〔偷了〔我上星期買的手錶〕的小偷〕的警察〕。

（「自我包孕」（self-embedding）結構㊺）

㊺ 所謂的「自我包孕結構」是指在"〔$_\alpha$ X〔$_\beta$ Y〕Z〕"的結構佈局裡，'α'與'β'的「語法範疇」(grammatical category) 相同，而由'X'與'Z'所代表的句法成分不等於零。這種結構在理論上可以反覆不斷地衍生，但是事實上經過兩次以上的自我包孕而形成的結構都不容易了解。以漢語爲例，'飛彈'是複合名詞，而'〔$_N$ 反〔$_N$ 飛彈〕飛彈〕'是自我包孕結構的複合名詞。又'我對於漢語有無句的看法'是名詞組，而'〔$_{NP}$ 我對於〔$_{NP}$ 我對於漢語有無句的看法〕的看法〕'則是自我包孕結構的名詞組。自我包孕結構的複合名詞還可以了解其語意內涵，而自我包孕結構的名詞組也勉強可以了解。但是，如果再經過一次自我包孕(如'〔$_N$ 反〔$_N$ 反〔$_N$ 飛彈〕飛彈〕飛彈〕'與'〔$_{NP}$ 我對於〔$_{NP}$ 我對於〔$_{NP}$ 我對於漢語有無句的看法〕的看法〕的看法〕')就很難了解。Chomsky (1965) 認爲：就「合法度」(grammaticality) 而言，無論經過多少次自我包孕而形成的結構都合語法，只是這種自我包孕結構的內容過於複雜而不容易了解，因而其「接受度」(acceptability) 較低而已。

五、二 動詞組(VP)X標槓結構的對比分析

(一) 英語的動詞組

英語的動詞組，以動詞爲主要語，而以賓語(或補語)名詞組、副詞組、介詞組或子句(包括限定子句、不定子句、動名子句、分詞子句等)爲補述語，並以主語名詞組或子句爲指示語[46]。動詞組的附加語與補述語不同，因爲附加語與動詞的次類劃分無關。但是我們仍然把充當附加語的副詞、介詞組、從屬子句分析爲由動詞(V)或動詞節(V')指派固有格位，並由介詞(包括以子句爲賓語的連詞)指派結構位給出現於介詞後面的名詞組與子句。動詞組的附加語包括程度、情狀、處所、受惠者、工具、手段等副詞與狀語[47]。英語的動詞，與名詞一樣，依照從左到右的方向指派固有格位給補述語、附加語與指示語；並由及物動詞與介詞依照從左到右的方向分別指派賓位與斜位。結果，除了出現於指示語位置的主語名詞組必須提升移入小句子指示語的位置以便獲得主位而出現於動詞的左邊以外，其他賓語、補語與狀語等都原則上出現於動詞的右邊[48]，名詞組與子句也必然出現於介詞或連詞的右邊。而且，及物動詞與其賓語名詞組，以及介詞與其

---

[46] 動詞組最近的分析是以補語爲補述語，而以賓語爲指示語。依照這個分析，主語出現於動詞組上面「動詞組殼」(VP shell)或「述詞組」(predicate phrase; PrP)裡指示語的位置，而主要語動詞則提升移入動詞組殼或述詞組裡主要語的位置；一方面指派論旨角色給主語名詞組，而另一方面則指派結構格位給賓語名詞組。

[47] 關於英語各種副詞與狀語在X標槓結構中出現的位置，參湯(1990a)。

[48] 出現於動詞前面的狀語(如表示頻率與程度的副詞)則可以藉動詞從動詞組主要語到述詞組或小句子主要語的「動詞提升」(Verb-Raising)或這些狀語的「體裁(移位)變形」(stylistic (movement) transformation)來處理。

賓語名詞組或子句，都必須相鄰接而不許其他句子成分的介入。這也就說明：爲什麼由及物動詞指派賓位的賓語必須緊跟着及物動詞出現於後面；而不需或不能由及物動詞指派格位的補語與狀語則出現於賓語的後面。

㈡ 日語的動詞組

日語的動詞組與英語的動詞組一樣，也以動詞爲主要語，並由動詞與動詞節指派固有格位。但是日語與英語不一樣，不是從左到右的方向，而是從右到左的方向指派固有格位；所以無論是補述語、附加語或是指示語，都出現於動詞的左邊。但是日語的動詞卻與結構格位的指派無關，無論是名詞組或子句都由出現於這些名詞組或子句後面的介詞依照從右到左的方向來指派結構格位。結果，無論是主語、賓語、補語或狀語，都出現於動詞的左邊；而且，名詞組與子句也都分別出現於介詞與連詞的左邊。由於動詞與結構格位的指派無關，連主語與賓語的格位都分別由介詞'が'與'を'來指派；所以日語句子成分在表面結構的前後次序相當自由，產生所謂的「攪拌現象」。不過，名詞組與介詞以及子句與連詞仍然必須相鄰接，不許其他句子成分的介入。

㈢ 漢語的動詞組

漢語的動詞組與日語的動詞組一樣，也以動詞爲主要語，並由動詞與動詞節依照從右到左的方向指派固有格位給補述語、附加語與指示語。但是漢語與日語不一樣，及物動詞也參與結構格位的指派。而且，無論是及物動詞或介詞(包括連詞)，都依照從左到右的方向指派結構格位。出現於及物動詞後面的賓語名詞組(如'知道答案')與子句(如'知道你會來'與'希望(我)能去')

由及物動詞直接指派格位，而出現於賓語名詞組後面的補語名詞組(如'送你一本書')與子句(如'告訴我你會來'與'叫你一定要來')則由及物動詞與賓語名詞組合成的動詞節(V')指派格位。同時，與動詞的次類劃分有關的客體(子句)、處所與終點補語也常以子句的形式或在介詞'在、到、給'等引介之下出現於動詞的右邊㊾。因此，原則上，除了賓語與補語出現於動詞的右邊以外，主語與狀語都出現於動詞的左邊。但是，漢語及物動詞的賓語名詞組不一定要出現於動詞與形容詞的右邊獲得賓位；因爲這些名詞組也可以出現於動詞的左邊，而從介詞'把'獲得斜位(如'看完書'與'把書看完')。由於英語與漢語在動詞組裡固有格位的指派方向正好相反，所以除了賓語與補語都可能出現於動詞的右邊以外，其他狀語都分別出現於動詞的右方與左方，並且常形成前後次序正好相反的「鏡相關係」。試比較：

⑳ a. John〔〔〔〔studied〕*diligently*〕*at the library*〕*yesterday*〕.

b. Johnは〔昨日〔圖書館で〔真面目に〔勉強した〕〕〕〕。

c. John〔昨天〔在圖書館裡〔認真的〔讀書〕〕〕〕。

㉑ a. John mailed〔{*a/the*} *letter*〕〔*to her new address*〕.

b. Johnは〔手紙を(一通)〕〔新しい住所宛に〕送つた。

c. John 寄了〔一封信〕〔到她的新地址〕；

㊾ 其他，如期間、回數、描述與結果補語等，也常出現於動詞的右邊。關於這些補語的句法結構與在句子中出現的位置，湯(1990e)有相當詳細的討論，這裡不擬詳述。

John〔把(那封)信〕寄〔到她的新地址〕。

㉒ a. John put〔{*a/the*} *book*〕〔*on the desk*〕.

b. Johnは〔本を(一册)〕〔机の上に〕置いた。

c. (?) John 放了〔一本書〕〔在桌子上〕;

John〔把(那本)書〕放〔在桌子上〕。

㉓ a. I told〔*John*〕〔*that I couldn't go with him*〕.

b. 私は〔*John*に〕〔私は彼と一緒に行けないと〕言った。

c. 我告訴〔*John*〕〔我不能跟他一起去〕。

㉔ a. John asked〔*Mary*〕〔*PRO to go with him*〕.

b. Johnは〔*Mary*を〕〔*PRO* 彼と一緒に行こうと〕誘った。

c. John 請〔*Mary*〕〔*PRO* 跟他一起去〕。

㉕ a. I told〔*him*〕〔*about last night*〕.

b. 私は〔彼に〕〔昨夜のこと{を／について}〕話した。

c. 我告訴〔他〕〔關於昨天晚上的事情〕。

㉖ a. John owed〔*twenty dollars*〕〔*to Mary*〕;

John owed〔*Mary*〕〔*twenty dollars*〕.

b. Johnは〔*Mary*に〕〔二十ドル〕{〔借りが〕ある／〔返さなくては〕ならない}。

c. John 欠〔Mary〕〔二十塊錢〕。

㉗ a. Please forgive〔*us*〕〔*our sins*〕.

b. 何とぞ〔私達の罪を〕お許したまえ。

c. 請原諒〔我們的罪〕。

㉘ a. John read〔*the book*〕〔*for three hours*〕.

b. Johnは〔本を〕〔三時間〕讀んだ。

c. John 讀〔書〕讀了〔三個小時〕；

John 讀了〔三個小時的書〕。

㉙ a. Mary lay〔*in bed*〕〔*for a while*〕〔*this morning*〕.

b. Maryは〔今朝〕〔暫らくの間〕〔ベツドに〕横たわっていた。

c. Mary〔今天早上〕〔在牀上〕躺了〔一會(兒)〕。

㉚ a. John met〔*Mary*〕〔*twice*〕〔*before*〕.

b. Johnは〔以前〕〔二度〕〔*Mary*に〕會った(ことがある)。

c. John〔以前〕見過〔Mary〕〔兩次〕。

㉛ a. John *jumped down*〔*from the second floor*〕.

b. Johnは〔二階から〕跳び下りた。

c. John〔從二樓〕跳下{來／去}。

五、三　形容詞組(AP)結構的對比分析

㈠　英語的形容詞組

英語的形容詞組，以形容詞爲主要語，依照從左到右的方向指派固有格位給補述語(主要是名詞組、限定子句以及以「大代號」(PRO)爲主語的不定子句或動名子句)與附加語(例如，表示比較或程度的‘(A-er) than {NP/S}, (as A) as {NP/S}, {too A/A enough} for-to S, (so A) that S’等)。英語的形容詞無法指派結構格位，所以出現於補述語與附加語的名詞組與

子句分別由介詞與連詞從左到右的方向指派結構格位㊿。因此，可以出現於形容詞左邊的附加語，只限於不需要指派結構格位的程度副詞(例如，'very, as, so, too, rather, quite; awfully, considerably, extremely')與數量詞組(例如，'*5 years* old, *10 feet* long, *20 stories* high')[51]。又英語的形容詞，除了在「小子句」（small clause）[52]以外，不能單獨充當述語；所以必須出現於動詞組裡成爲Be動詞、「連繫動詞」(linking verb；如'become, seem, remain')、「知覺動詞」(perception verb；如'look, sound, smell, taste, feel')等的補述語。

㈡ 日語的形容詞組

日語的形容詞組，與英語的形容詞組一樣，以形容詞（包括所謂的形容動詞[53]爲主要語，並與動詞一樣依照從右到左的方向指派固有格位給出現於補述語、附加語、指示語位置的名詞組與子句。日語的形容詞也與動詞一樣，不參與結構格位的指派；因爲所有的結構格位都由介詞與連詞來指派，而指派的方向仍然是從右到左。又日語的形容詞與英語的形容詞不一樣，可以單獨充當述語，但是形容動詞則必須與斷定動詞'だ'(如'綺麗だ、心配

㊿ 以「大代號」爲主語的不定子句與動名子句暫且分析爲由不具語音形態的補語連詞'e'來引介。

[51] 程度副詞與數量詞組不能同時出現於附加語的位置修飾形容詞(亦即形成「互相排斥」（mutual exclusion）的關係)，因而程度副詞也可以視爲數量詞的一種。

[52] 也就是，以空節爲主要語的小句子；例如，'They consider〔IP John *intelligent*〕'。

[53] 日語的形容動詞在句法功能上極像名詞而不像動詞，因而湯(1990c)與湯(1993a)都把「形容動詞」改名爲「形容名詞」。

だ')或「輕動詞」(light verb)'する'(如'心配する)連用[54]。

(三) 漢語的形容詞組

漢語的形容詞組，與日語的形容詞一樣，以形容詞爲主要語，並依照從右到左的方向指派固有格位給出現於補述語、附加語與指示語位置的名詞組與子句。漢語的形容詞，與動詞一樣有及物(如'很{喜歡／疼(愛)／怕}你')與不及物(如'很{幸福／(疼)痛／(偉)大}')之分。出現於及物形容詞後面的賓語名詞組(如'很喜歡你')與子句(如'很高興你能來'與'很怕見到老師')由及物形容詞指派格位。但是賓語名詞組，則除了出現於及物形容詞右邊獲得賓位(如'(很){關心／同情／了解}你')以外，還可以出現於及物形容詞的左邊從介詞'對'獲得斜位(如'對{你(很){關心／同情／了解}')。又，及物形容詞，與及物動詞不同，在賓語後面很少帶上補語。試比較：

㉜ a. John *is* 〔*very much*〕 fond 〔*of Mary*〕.

b. John は〔とても〕〔*Mary* が〕好きだ。

c. John〔非常〕喜歡〔*Mary*〕。

㉝ a. John *is* afraid 〔*that Mary will be angry with him*〕.

b. John は〔Mary が彼を怒りやしないかと〕{心配して／こわがつて} いる。

---

[54] 這是就「常體」(informal)日語而言，而在「正體」(formal)日語裡則形容詞與形容動詞都常與斷定動詞'です'連用。

c. John 怕〔Mary會{對／跟}他生氣〕。

㉞ a. I *am* 〔*very much*〕 concerned 〔*whether the children are safe* (*or not*)〕.

b. 私は〔子供達が無事であるか(どうか)〕〔とても〕心配だ。

c. 我〔非常〕關心〔孩子們是否平安〕。

㉟ a. I'*m* 〔*very* (*very, very*)〕 happy 〔*PRO to see you*〕.

b. 〔(私はあなたに)お會いできて〕〔とても(とても，とても)〕{嬉しい(です)／嬉しく思って居ります}。

c. 我〔非常(非常、非常)〕高興〔*PRO* 見到你〕。

㊱ a. Mary *is* happy 〔*with her grades*〕.

b. Mary は〔試験の成績に〕満足している。

c. Mary {很滿意〔考試的成績〕/〔對考試的成績〕很滿意}。

㊲ a. John *is* familiar 〔*with Mary*〕.

b. John は〔*Mary* と〕親しい。

c. John〔跟 Mary〕很熟悉。

㊳ a. John *is* 〔{*much too/two inches*}〕 taller 〔*than Mary*〕.

b. John は〔*Mary* より〕〔{はるかに／ニインチ}〕(背が)高い。

c. John〔比 *Mary*〕還要高〔{得多／兩英寸}〕。

㊴ a. Mary *is* 〔*too*〕 young {〔*PRO to marry John*〕/〔*for John to marry pro*〕}.

b. Mary は〔{〔(*PRO が) Johnと結婚する〕/ *John* が (**pro* と) 結婚する〕} には〕〔まだ〕(年が)若すぎる。

c. Mary〔{還/太}〕年輕 {〔*PRO* 不能跟*John*結婚/不能*(跟她)結婚〕}。

㊵ a. John *was*〔*so*〕happy〔*that he didn't know what to say*〕.

b. John は{嬉しくて/嬉しさの余り}[*PRO* 何と言ったらいいのか分からなかった]。

c. John 高興〔得 *PRO* 不曉得說什麼好〕。

五、四　介詞組(PP)X標槓結構的對比分析

㈠ 英語的介詞組

英語的介詞組以介詞爲主要語。英語的介詞包括介詞、介副詞與連詞。「介詞」(preposition；即前置詞) 以名詞組(如'(lie) {on/under} *the table*'㊺)、介詞組(如'from {*behind the tree/under the bed*}')與疑問子句(如'(concerned) about {*who/how he*} *did it*')㊻爲補述語；「介副詞」

㊺ 在口語英語中，處所副詞'here, there'也常由介詞來引介(如'{in/out/over/up/down} {here/there}')；就是在書面英語中，處所與時間副詞也可能充當介詞的賓語(如'from {here/now} to {there/then}')。

㊻ 英語的介詞，雖然可以以「wh 子句」爲補述語，卻不能以「that 子句」爲補述語。這一點可以從下面(i)與(ii)的例句的比較中看得出來。

(i) I am afraid (**of*) that the teacher will punish us.

(→)

((adverbial particle 或 'pre(position)-ad(verb)') 可以單獨出現(如'(jump){up/down/in/out}')，但也可以以介詞組爲補述語（如'(jump) {up *from the floor*/on *to the table*/out *of the window*}')；而連詞則以小句子爲補述語(試比較'{till/until} {two o'clock/*he comes*}, {because {of his illness/*he is ill*}, {in case {of rain/*it rains*}')。又介詞組不能單獨成爲謂語，而必須成爲Be動詞或其他動詞的補語。因此，我們擬設：介詞組只含有補述語與附加語(如'right, straight, directly'等副詞以及數量詞組)，而不含有指示語；主要語介詞也不指派固有格位，而從左到右的方向指派結構格位給補述語名詞組、介詞組與子句。結果，介詞的補述語都出現於介詞的右邊，而附加語都出現於介詞的左邊。

㈡ 日語的介詞組

日語的介詞組也以介詞爲主要語。但是英語的介詞屬於前置詞，而日語的介詞則屬於「後置詞」(postposition)；卽主要語介詞(包括連詞)依照從右到左的方向指派結構格位給補述語名

(ii) What I am afraid *(*of*) is that the teacher will punish us.

又，'in that (=because), notwithstanding that (=although), except that, but that, in case that (=if)'等似應做「複合連詞」(compound conjunction) 或「片語連詞」(phrasal conjunction) 處理，一如'because of, in spite of, in front of, in case of, in the event of'等之做「複合介詞」(compound preposition) 或「片語介詞」(phrasal preposition) 處理。

詞組、子句與介詞組[57]。結果，介詞與連詞都出現於名詞組、子句與介詞組的右端；而且，由於結構格位的指派與動詞或呼應語素無關，除了以介詞'は'引介的主題常出現於句首的位置以外，主語、賓語、補語、狀語[58]都在由介詞指派格位之下在詞序上可以有相當自由的詞序，形成所謂的「攪拌現象」。又英語的介詞與連詞(如'{on/under/beside/inside/outside}'與'{when/before/after}')在日語裏常由介詞與方位詞的搭配(如'…の{上／下／傍／中／外}に'與'{時／前／後}(に)')來表達；而且，充當附加語的數量詞組在英語裏出現於介詞的前面，而在日語裏則出現於方位詞的後面。另外，日語裏沒有相當於英語的'up, down, in(side), out(side)'等介副詞，因而這些概念都由方位詞(如'{上／下／中／外}に')或方位動詞(如'上がる、下り

---

[57] 日語介詞又稱為「助詞」(particle)，而日語助詞可以大別為四類：(一)「主題助詞」(topic particle；日語稱為「係り助詞」)'{は/ば}'；(二)「格助詞」(case particle)'が(主語助詞)，を(賓語助詞)'；(三)「副助詞」(adverbial particle)'から(起點副助詞)、{へ/に}(終點副助詞)、で(工具副助詞)、{に/で}(處所副詞)'等；(四)連詞(日語稱為「接續詞」)'の(名物化連詞)、と(出現於言談動詞與思考動詞前面的補語子句之後)、{ので/から}(理由連詞)、{(V-(r)u)と/(V-Ta)ら/(V-(r)e)ば/(V-(r)u)なら}(條件連詞)'等。原則上，格助詞與副助詞以名詞組為補述語，而連詞則以子句為補述語。但是，主題助詞卻可以以名詞組(如'{私/君/林先生}は')與介詞組(如'{私に/君と/林先生から}は'與'私が行く{{と/ので}/なら}ば')為補述語。關於日語助詞的分類、功能、意義與用法的討論，請參考湯(1993a)。

[58] 這些日語句子成分都常以介詞組的結構形態出現，只有單純副詞不需要(如'{突然/じっくり/しょんぼり/うろうろ}(と)')或不能(如'{しっかり/はっきり/わざわざ/ただ(ただ)}(*と)}')與介詞連用。

る、込む、出す'等)來表達。

㈢ 漢語的介詞組

漢語介詞組的結構，除了介詞與連詞依照從左到右的方向指派結構格位給名詞組與子句[59]以外，與日語介詞組的結構極為相似。結果，介詞與連詞都出現於名詞組與子句的左邊；同時，由於及物動詞與呼應語素也參與結構格位的指派，所以主題、主語、及物動詞、賓語、補語的詞序比較嚴格，不能像日語那樣隨意地攪拌[60]。有些英語的介詞與連詞，在漢語裡由介詞與方位詞的搭配(如'在…的{上／下／裡／外}面'與'(在)…{的時候／以前／以後}')來表現，充當附加語的數量詞組也常出現於方位詞的後面。另外，漢語裡也沒有相當於英語的介副詞，因而由方位詞(如'{上／下／裡／外}(面)'或方位動詞(如'上，下，進，出，過，起，回')與趨向動詞('來，去')的搭配來表達類似的概念。試比較：

㊴ a. John jumped {*in*/*out*/*up*/*down*/*over*/*back*}.

b. John は 跳び{込んだ／出した／上が　た／下りた／越した／退いた}。

---

[59] 漢語的介詞很少以介詞組為補述語。'就有關預算的問題'與'把對我個人的感情(轉為對大家的關懷)'等例句裡出現的介詞組都修飾名詞節(即'〔NP〔PP 有關預算〕的〔問題〕〕'與'〔NP〔PP 對我個人〕的〔感情〕〕')，所以似應分析為以名詞組為補述語(即'〔PP 就〔NP〔PP 有關預算〕的問題〕〕'與'〔PP 把〔NP〔PP 對我個人〕的感情〕〕')。

[60] 但是，如前所述，某些及物動詞與及物形容詞的賓語則可以在介詞'把'與'對'的引介下出現於及物動詞或形容詞的左邊。

c. John 跳{進／出／上／下／過／回}{來／去}。

㊵ a. John came〔*out*〔*of the room*〕〕.

b. Johnは〔〔部屋の中〕から〕出て來た。

c. John〔從〔房間裡(面)〕〕走出來。

㊶ a. Mary jumped〔*out*〔*from*〔*behind the tree*〕〕〕.

b. Maryは〔〔木の後〕から〕飛び出(して來)た。

c. Mary〔從〔樹木(的)後面〕〕跳出來。

㊷ a. They live〔*across*〔*the street*〔*from our house*〕〕〕.

b. あの人達は〔〔通りを隔てて私の家の真向い〕に〕住んでいる。

c. 他們〔隔著街道〕住〔在〔我們家(的)對面〕〕。

㊸ a. I worked〔〔*from 9*〕〔*to 12*〕〕.

b. 私は〔〔9時から〕〔12時まで〕〕働いた。

c. 我〔從9點〕工作〔到12點〕。

㊹ a. John left〔*soon*〔*after*〔{*the ball/the ball was over*}〕〕〕.

b. Johnは〔〔〔{舞蹈會の／舞蹈會が終わった}〕後〕〔すぐ〕(そこを)立ち去つた。

c. John〔〔在〔〔{舞會／舞會結束}〕(之)後〕〕不久〕離開了。

㊺ a. Mary waited〔*until*〔{*9 o'clock/John came*}〕〕.

b. Maryは〔〔{9時／John が來る}〔まで〕待った。

c. Mary(一直)等〔到〔{9點鐘／John 來}〕〕。

㊻ a. 〔*If*〔*it rains tomorrow*〕〕, (then) I won't go.

b. 〔〔(若し)雨が降つた〕ら〕私は行かない。

c. 〔如果〔明天下雨（的話)〕〕，(那麼）我就不去了。

㊼ a. I won't go 〔*unless* 〔*you go too*〕〕.

b. 〔〔君も行かなけれ〕ば〕私は行かない。

c. 〔除非〔你也去〕〕，（否則）我不去。

㊽ a. 〔*As* 〔*the typhoon is approaching*〕〕, (so) we can't go; we can't go 〔{*as/because*} 〔*the typhoon is approaching*〕〕.

b. 〔〔〔臺風が近付いている〕の〕で〕私達は行けない；〔〔臺風が近付いている〕から〕私達は行けない。

c. 〔因爲〔颱風要來〕〕（所以）我們不能去；我們不能去，〔因爲〔颱風要來〕〕。

㊾ a. They found the miners 〔*50 yards* 〔*under* 〔*the surface*〕〕〕.

b. 彼らは〔〔〔〔地下50ヤード〕の〕所〕で〕鑛夫達を見付けた。

c. 他們〔在〔〔地下五十碼〕的〕地方〕發現了礦工。

㊿ a. We held a class reunion 〔*20 years* 〔*after* 〔*the war*〕〕〕.

b. 私達は〔{〔〔戰後二十年〕の〕年〕(に)／〔〔戰後二十年〕立って〕から}〕同窓會を開いた。

c. 我們〔在〔〔〔戰後二十年〕的〕時候〕〕開了同學會。

五、五　小句子(IP)X標槓結構的對比分析

(一)　英語的小句子

英語的「小句子」(S; IP) 以「屈折語素」(Inflection)；包含「時制語素」(T(ense))、「呼應語素」(Agr(eement)) 與「情態助動詞」(modal auxiliary) 等) ❻❶ 爲主要語，並以動詞組爲補述語，而以從動詞組指示語的位置移進來的主語名詞組爲指示語。主語名詞組從動詞組指示語的位置移入小句子指示語的位置，主要是爲了從呼應語素獲得主位，以便符合「格位濾除」的要求。時制語素分爲「限定」(finite) 與「非限定」(non-finite) 兩種。只有限定時制語素含有呼應語素❻❷，而限定時制則包括「過去時」(past tense; 即'-ed') 與「現在時」(present tense；即'-(s)')❻❸。非限定時制不含有呼應語素，並可以分爲

---

❻❶ 依照最近的理論與分析，小句子的結構已改爲「時制詞組」(tense phrase; TP)、「呼應詞組」(agreement phrase; AgrP) 或「主語呼應詞組」(subject-agreement phrase; AGR_SP)。但是爲了避免過於抽象或深入的分析與討論，我們仍然採用「小句子」(IP) 的結構分析。

❻❷ 英語的呼應語素包括「身」(person) 與「數」(number)，在語音形態上顯現於 Be 動詞('am, are, is, was, were')與一般動詞的「第三身單數」(third-person, singular；即'V-s') 上面。但是，我們擬設：英語限定子句的動詞，無論在形態上是否顯現，都含有呼應語素。

❻❸ 「過去時」常表示「過去時間」(past time) 或「非事實」(non-fact)；而「現在時」則常表示「非過去時間」(non-past time；包括「現在時間」(present tense)、「未來時間」(future time) 與「一切時間」(generic time)) 或「事實」(fact)。又以「動詞原形」(root form) 爲述語而形成的「that子句」(如'({I suggest/It is important}) 〔that {John/he} (not) {*be*/*go*} there〕') 也要分析爲限定子句，因爲這種子句可以由補語連詞'that'引介、可以以具

(→)

「不定詞」(infinitival；卽'to (V)')、「動名詞」(gerundive；卽'(V)-ing')與「分詞」(participial；包括「現在分詞」(present participial)的'(V)-ing'與「過去分詞」(past participial)的'(V)-en')而分別充當「不定子句」(infinitival clause)、「動名子句」(gerundive clause)與「分詞子句」(participial clause)的主要語屈折語素[64]。屈折語素與名詞、動詞、形容詞、介詞不同；後者屬於「詞彙範疇」(lexical

---

有語音形態的「顯形名詞組」(overt NP；如'John, the boy, he')爲主語，且不能以不具語音形態的「大代號」(PRO)爲主語。又屬於限定時制的動詞原形與屬於非限定時制的不定詞、動名詞、現在分詞都出現於否定詞'not'的後面(如'*not* {be/go/to be/to go/being/going/having been/having gone}')，而限定動詞則出現於否定詞'not'的前面(如'{is/was/does/did/has/had/can/could} *not*')。這個問題可以藉「否定詞組」((negative phrase; NegP)或(polarity phrase; PolP))與「動詞提升」(Verb-Raising；卽有關動詞的是否需要從「動詞組」主要語的位置經過「否定詞組」移入「小句子」(甚或「大句子」)主要語的位置)的擬設來處理。關於這一點，我們不在這裡詳論。參註[75]。

[64] 由主語名詞組與形容詞組、名詞組、介詞組合成而不含有述語動詞的「小子句」(small clause)(如'(They found)〔{John/him}{very friendly/quite a gentleman/in great trouble}〕')也分析爲以空號屈折語素爲主要語的小句子。英語的小句子可能包括以空號屈折語素爲主要語而以動詞組爲謂語的'(Bill {saw/let/made})〔{John/him} write a letter〕'。出現於小句子的主語名詞組(如例句裡的'John, him')無法從空號屈折語素或呼應語素獲得格位，而例外地從母句動詞(如例句裡的'found, saw, let, made')獲得賓位。又有些語法學家把「連繫動詞」(linking verb；如'become, remain')分析爲以小句子爲補述語(如(i)句)；由於小句子的主語名詞組不具有格位，所以也必須移入母句指示語的位置，以便獲得主位(如(ii)句)。

(i) *e* became〔*John* {rich/a millionaire}〕.

(ii) *John* became〔*t* {rich/a millionaire}〕.

category)，而前者則屬於「功能範疇」(functional category)。屬於功能範疇的屈折語素，既不指派固有格位，也不指派結構格位。因此，限定子句主語名詞組的固有格位或論旨角色，在謂語動詞組或形容詞組裏由主要語動詞或形容詞指派；而其結構格位則由呼應語素(在「指標相同」(co-indexed)的條件下)指派主位。非限定子句(包括不定子句、動名子句、分詞子句與小子句)的主語名詞組無法從呼應語素獲得主位，因而必須從母句動詞獲得賓位65。又大代號的'PRO'不需要格位，所以可以充當非限定子句的主語，但是不能充當限定子句的主語。另外，「提升述語」(raising predicate；如'seem, appear, happen, chance, likely, certain, sure')以限定子句(即「that 子句」)爲補語時，以「塡補詞」(expletive)'it'爲母句主語；但是以不定子句爲補語時，由於不定子句的主語名詞組無法在不定子句內獲得格位，所以必須移入母句指示語的位置，以便從呼應語素獲得主位(參51 a.句)。被動句的被動態動詞含有被動語素'(V)-en'，在句法範疇上相當於形容詞，因而也無法指派格位給補述語名詞組。結果，這個補述語名詞組也移入小句子指示語的位置，以便從呼應語素獲得主位；而指示語名詞組則由介詞'by'獲得斜位(參52 a.句)。至於「非賓位動詞」(unaccusative verb；如'be, exist, arise, occur, arrive')的補述語名詞組，則可以移入小句子指示語的位置獲得主位；但也可以留在補述語的位置，並由塡補詞'there'出現於小句子指示語的位置來充當主語。這個時候

65 這種句法現象稱爲「例外格位的指派」(exceptional Case-marking)。

，塡補詞'there'與補述語名詞組之間形成「大連鎖」（CHAIN），因而由'there'傳遞主位給補述語名詞組（參53a.句）[66]。「作格動詞」（ergative verb；如'open, close, move, sink, roll'）有「使動及物」（causative transitive）與「起動不及物」（inchoative intransitive）兩種用法。在使動及物用法裡，「客体」（Theme）名詞組在動詞組裡由及物動詞獲得賓位的指派而充當賓語，而「主事者」（Agent）名詞組則移入小句子指示語的位置獲得主位而充當主語。在起動不及物用法裡，動詞組裡只有客体名詞組而沒有主事者名詞組，所以客体名詞組就移入小句子指示語的位置充當主語（參54a.句）。「例外格位指派動詞」（exceptional Case-marking verb；如'believe, expect, find'），除了以「that子句」爲補述語以外，常可以以不定子句、分詞子句、小子句爲補述語。含有補語連詞的「that子句」在「X標槓結構」上屬於「大句子」（CP），而不含有補語連詞的不定子句、分詞子句、小子句則屬於「小句子」（IP）。因此，屬於及物動詞的例外格位指派動詞則可以越過小句子的句界把賓位指派給這些子句的主語名詞組（參55a.與56a.句）。又小句子的附加語可以出現處所、時間、理由等副詞或狀語，而動詞則從動詞組主要語的位置移入小句子主要語的位置，以便加接於屈折語素與呼應語素而與此合併。

---

[66] 這種句法現象稱爲「格位傳遞」（Case transmission）。另外一種可能的分析是：非賓位動詞指派「份位」（partitive Case）給補述語的無定名詞組，並由塡補詞'there'出現於小句子指示語的位置而獲得主位。在這一種分析下，並不需要擬設「格位傳遞」。

(二) 日語的小句子

日語的X標槓結構中是否存在小句子，學者間仍有異論⑰。但是，爲了方便對比分析，我們仍然擬設日語裡小句子的存在；並且以表示「未然」(non-realized) 的詞尾'る；-(r)u'與表示「已然」(realized) 的詞尾'た；-Ta''爲屈折語素，但是屈折語素裡並不含有呼應語素。由於屈折語素裡不含有呼應語素來指派格位，所以日語的主語名詞組必須帶上介詞'が'來指派格位。日語的句子也可以分爲含有限定動詞'V-{(r)u/Ta}'的「限定子句」(如'私は圖書館で本を読{{む／んだ}／んでい{る／た}}')與含有非限定動詞'V-(i)'的「非限定子句」(如'私は圖書館へ本を読みに行く')⑱，但是沒有不定子句、動名子句、分詞

⑰ 有些日語語法學者甚至主張：日語裡欠缺一切「功能範疇」(functional category；包括小句子(IP)、大句子(CP)與限定詞組(DP)；因此，日語裡所謂的句子實際上是動詞組(VP)。

⑱ 日語動詞的形態變化，除了「未然形」的'V-(r)u'與「已然形」'V-Ta'以外，主要的就是「停頓形」的'V-(i)'與「連用形」的'V-Te'('-T{a/e}'裡的'T'代表「詞音素」(morphophoneme)，依照前面動詞詞尾的語音形態而變化爲'{い{た/だ/て/で}/ん{だ/で}/っ{た/て}')。表示'未完成、未實現'的未然形與表示'已完成、已實現'的已然形屬於「終止形」，因而可以用來結束句子而在後面標「句號」'。'。停頓形與連用形則屬於「非終止形」，不能用來結束句子，而最多只能在後面標「頓號」'、'。停頓形做爲述語使用的時候，通常都在後面標頓號而表示「連謂結構」(serial-VP construction)的前項(如'本を讀み、字を書く')，或在後面帶上終點介詞'に'來表示目的(如'本を讀みに行く'或帶上'ながら'來表示同時進行(如'本を讀みながら食事をする'；但是也可以把動詞加以「名物化」(nominalize；如'讀み(が深い)')或形成「複合詞」(compound word；如'読み方、棒読み、読み{始める/出す/掛ける/続ける/終える/上げる}')。連用形則常與後面的動詞組或動詞連用來表示動作的先後(如'本を讀んで(から)手紙を書く')、手段(如'本を讀んで知識を得る')或動貌(如'本を続んで{いる/しまう}')等。

子句、小子句等區別。日語的小句子以屈折語素'(V)-{(r)u/Ta/(i)}'爲主要語，並以動詞組爲補述語，而動詞則從動詞組主要語的位置移入小句子主要語的位置，以便獲得屈折語素。由於補述語動詞組出現於主要語屈折語素的左邊，所以日語就形成最爲典型的「動詞在尾」(verb-final) 或「主要語在尾」(head-final) 的語言。又日語的屈折語素不含呼應語素，所以動詞與主語名詞組的格位指派無關(由主位介詞'が'來指派)，也不可能有相當於英語'it, there'的塡補詞、例外格位的指派、以及不定子句主語名詞組的提升等句法現象。

㈢ 漢語的小句子

漢語裡不存在明確的時制語素或呼應語素，限定子句與非限定子句的界限也不十分明確，當然也就沒有不定子句、動名子句、分詞子句、小子句等區別。但是，我們仍然比照英語與日語來擬設屈折語素的存在，並以屈折語素爲漢語小句子的主要語，而以動詞組爲補述語。因爲'昨天、明天、現在、每天'等時間副詞與'又、再'等連續副詞都與時間(現在、過去、未來、一切時)之間有一定的連用限制[69]；而且，「控制動詞」(control verb)可以形成正反問句，而其補語子句動詞則不能形成正反問句[70]，

---

[69] 例如，'再'一般都與「未來」時間連用(試比較：'他{明天/*現在/*昨天/*每天}再來')；而'又'則與「非未來」時間連用(試比較：'他{昨天/*明天}又來了'、'他{又/*再}在睡覺了')。

[70] 試比較：'你繼(續)不繼續讀語言學(呢)？'與'*你繼續讀不讀語言學(呢)？'，以及'你要不要他來(呢)？'與'*你要他來不來(呢)？'。這些例句在合法度上的差別，似乎顯示：含有控制動詞('繼續、要')的母句是限定子句，而其補語子句則是非限定子句。

似乎也顯示漢語裡也存在著類似限定子句與非限定子句的區別。但是，漢語裡是否要承認呼應語素的存在、呼應語素是否指派主位給主語、以及與此有關的是否承認「空號塡補詞」(null expletive) 與「提升結構」(raising construction) 的存在，則學者之間仍有異論。如果承認漢語裡呼應語素的存在，那麼出現於動詞組指示語位置的外元主語名詞組就移入小句子指示語的位置，以便獲得主位。如果不承認漢語裡呼應語素的存在，那麼外元主語名詞組就可能加接到小句子的左端，以免觸犯「格位濾除」㉑。漢語的「動貌標誌」(aspect marker)'了、過、著'等也可能擬設於小句子主要語的屈折語素下，並由動詞從動詞組主要語的位置移入來加接到這些動貌標誌。又與英語一樣，漢語的處所、時間、目的、理由等副詞與狀語也出現於小句子附加語的位置；而且，由於這些副詞與狀語都出現於主要語的左邊，所以其出現的位置以及前後次序都與英語呈現「鏡像關係」(參㊼句)。試比較：

㉛ a. *John seems* 〔*t* to be intelligent〕; *It seems* 〔that *John* is intelligent〕.

b. John は 賢そうだ。

c. John 好像很聰明。

㉑ 前面⑧ a.與⑧ b.有關漢語'我在大學讀語言學'的「X標槓結構」分析，則採用第二種分析。如果採用第一種分析，那麼最頂端因加接而產生的小句子(IP)就要刪除，而主語名詞組'我'就要出現於第二個小句子的指示語位置(即⑧ b.裡痕跡't'$_i$'的位置)。

(52) a. *The shack* has *been torn* down *t* by John.

b. 小屋は John に取りこわされてしまった。

c. 小屋 被 John（給）拆掉了。

(53) a. *A guest arrived* yesterday; *There arrived a guest* yesterday.

b. 昨日 客が 一人來た。

c. 昨天 來了 一位客人。

(54) a. John {*opened/closed the door*; *The door* {*opened/closed*} (of itself).

b. 太郎は ドアを {開いた／閉じた}；ドアは （ひとりでに）{開いた／閉じた}。(72)

c. 小明 {開／關} 了門；門（自個兒）{開／關}了。

(55) a. John believes {[that {*Mary/she*} *is intelligent*]/[{*Mary/her*} *to be intelligent*]/in [*Mary's being intelligent*]}.

b. John は [[Mary が賢い] と] 信じている。

c. John 相信 [Mary 很聰明]。

(56) a. John found {[that {*Mary/she*} was *crying*]/[{*Mary/her*} *bitten by a snake*]/[{*Mary/her*} *intelligent*]}.

b. John は {[[*Mary* が泣いている] の [／[*Mary* が

---

(72) 這裡的動詞‘開いた’（讀‘ひらいた’）是作格動詞‘開(ひら)く’的已然形。日語動詞的‘開ける，閉める’只有及物動詞用法，而‘開(あ)く，閉まる’則只有不及物用法。

蛇にかまれた〕こと／〔〔〔Mary が賢い〕こと〕｝を發見した。

c. John 發現｛〔Mary 在哭〕/〔Mary 被蛇咬了〕/〔〔Mary 很聰明〕｝。

⑰ a. John studied English *diligently in the library yesterday to pass the examination.*

b. 太郎は 試験を パスするために 昨日 圖書館で 一生懸命に 英語を 勉強した。[73]

c. 為了通過考試 小明 昨天 在圖書館裡 認真地 讀英語。[74]

五、六 大句子(CP)X標槓結構的對比分析

㈠ 英語的大句子

英語的「大句子」（CP; S'）以「補語連詞」（(complementizer; C) 爲主要語，而以小句子爲補述語，並以「空(號)節(點)」(empty node) 爲指示語。補語連詞包括引介陳述限定子句的'that'(如⑱句的'*that* John *loves* Mary')、引介陳述疑問子句的'whether, if'(如㉑句的'{*if/whether* (or not)} Mary *would go* with him')、引介陳述不定子句的'for'(如⑲句的'*for* Mary *to go* out with him')與引介疑問不定子句的'whether'(如㉒句的'*whether* PRO *to invite* Mary

---

[73] 由於「攪拌現象」的存在，日語副詞與狀語的前後次序可以相當自由地調動。

[74] 表示目的的'爲了 PRO 通過考試'，在表層結構裡可能出現於主語名詞組'小明'的右邊(即出現於小句子附加語的位置)以便受其控制，然後在語音形式裡加接於小句子的左端。

(or not)')[75]，但也可能由不具語音形態但含有句法或語意屬性(如「補語連詞」(+C)、「非疑問」(－WH)、「疑問」(+WH)等)的「空號」或「空節」來充當(如'〔CP (*that*)〔IP John loves Mary〕〕'與'〔CP *e*〔IP PRO to love Mary〕〕')[76]。大句子指示語的空節可以成爲「wh詞組」等的「移入點」(landing site)(如'〔CP *who*〔IP John loves *t*〕〕')，而主要語的空節也可以成爲助動詞等的移入點(如'〔CP *does*〔IP John *t* love Mary〕〕?')。至於大句子的附加語，則可能出現表示「說話者取向」(speaker-oriented)的「體裁副詞」(style adverb；如'frankly, honestly, to be frank, to speak frankly, frankly speaking, put frankly, in all frankness, if I can speak frankly')、「認知副詞」(epistemic adverb；如'probably, possibly, most likely, to be sure, sure enough,

---

[75] 疑問補語連詞'whether'與'if'在句法表現上有下列幾點差異。
(i)'whether'可以與'or not'緊連着出現；而'if'則不能與'or not'緊連着出現，例如：
　a. I don't know {*whether*/**if*} *or not* he will come.
(ii)'whether'可以引介以大代號爲主語的不定子句；而'if'則不能，例如：
　b. I don't know {*whether*/**if*} PRO to go with him (or not).
(iii)充當主語的疑問子句只能由'whether'來引介，而不能由'if'來引介，例如：
　c. {*Whether*/**if*} he will come is not sure.
(iv)充當主語補語的疑問子句只能由'whether'來引介，而不能由'if'來引介，例如：
　d. The question is {*whether*/**if*} he will come.
(v)充當名詞補述語或「同位語」(appositive)的疑問子句只能由'whether'來引介，而不能由'if'來引介，例如：(→)

e. We must answer *the question* {*whether*/**if*} he will come.

(vi)充當介詞賓語的疑問子句只能由'whether'來引介，而不能由'if'來引介，例如：

f. Our success depends *on* {*whether*/**if*} he will come.

(vii)只有由'whether'引介的賓語疑問子句可以出現於句首充當話題，例如：

g. {*Whether*/**if*} *he will come*, I don't know *t*.

(viii)只有'whether'引介的賓語疑問子句可以移到表示理由等狀語後面，例如：

h. We don't know *t*, because he did not tell us, {*whether*/**if*} *he will come.*

針對以上(iii)到(viii)裡'whether'與'if'在句法表現上的差異，Nakajima (1993:104-105) 擬設：(一)在「大句子」(CP)與「小句子」(IP)之間，另外存在着表示肯定與否定的「對極詞組」(polarity phrase; PolP)；(二)'whether'本來出現於大句子主要語(即「補語連詞」'C')的位置，但也可以降低移入對極詞組主要語(即「對極詞」(polarity word; Pol))的位置而成爲'if'；(三)「空號詞」(empty category)必須受到「論旨管轄」(θ-govern(ment))；(四)只有整個大句子(CP)受到論旨管轄的時候，其主要語(C)也受到論旨管轄。在這些擬設之下，唯有充當動詞賓語的疑問子句(如 'I don't know {[$_{CP}$ *whether* [$_{Pol}$ e/[$_{CP}$ *t* [$_{Pol}$ *if*} *he will come* (*or not*)]]'）才能受到論旨管轄，而允許出現於補語連詞(C)的'whether'移入對極詞(Pol)的位置成爲'if'(因爲這時候'whether→if'的移位痕跡't'受到母句動詞'know'的論旨管轄；但是充當主語(如c.句)、主語補語(如d.句)、名詞補述語(如e.句)、介詞賓語(如f.句)以及移到句首(如g.句)或句尾(如h.句)的疑問子句，都未能受到論旨管轄而不允許'whether'移入對極詞成爲'if'(因爲這時候'whether'的移位痕跡無法受到論旨管轄而違背「空號原則」(Empty Category Principle))。例句a.裡'if'的不合語法，也可能因爲否定詞'(or) not'的已經出現於對極詞的位置，所以'whether'無法移入這個位置而成爲'if'來獲得說明。

76 補語連詞'that'的能否刪除(或能否以「空號」替代)受下列幾點限制。
(i)引介「言狀動詞」(manner-of-speaking verb)補語子句的'that'不能刪除。試比較：

a. John {*whispered*/*murmured*/*muttered*} *(*that*) Mary

(→)

was in love with him.

b. John {*said/told us/knew/thought*} (*that*) Mary was in love with him.

(ii)引介主語子句的'that'不能刪除，例如：

c. *(*That*) *May is in love with John* is most likely.

(iii)引介Be動詞等補語子句的'that'通常也不能刪除；但是在口語或較為非正式的英語裡，常以停頓或逗號來代替'that'，例如：

d. The face is {*(*that*)/,} *Mary is in love with John.*

(iv)引介名詞補述語或同位子句的'that'不能刪除，例如：

e. Nobody believes *the rumor* *(*that*) *Mary is in love with John.*

(v)引介名詞附加語或關係子句的'that'，除了「空號運符」的移位痕跡出現於關係子句主語位置的情形以外，通常都可以刪除。試比較：

f. This is the book 〔*O* {(*that*)〔John bought *t*/*(*that*)〔*t* was written by John}〕〕.

(vi)賓語子句移到句首的時候，引介這個賓語子句的'that'可以刪除，例如：

g. (*That*) *Mary is in love with John*, {I think/we have been told} *t*.

但是g.句的'I think'與'we have been told'也可以視為「挿入語」(parenthetical expression)。

(vii)賓語子句移到表示理由等狀語的後面時，引介這個賓語子句的'that'不能刪除，例如：

h. I know *t*, because they often go out together, *(*that*) *they are in love with each other.*

(viii)由'that'引介的限定子句，無論把'that'刪除與否，都不能充當介詞的賓語，例如：

i. Whether the matchmaker will succeed depends on {**that*/*ϕ/*whether*} Mary is in love with John.

Nakajima (1993:104-105) 認為：上面有關'that'之能否省略的限制，與註75裡所討論的'whether'之能否以'if'取代的限制極為相似。他因而擬設：(一)'that'出現於大句子主要語，但可以移入對極詞組主要語的位置而成為「空號」'ϕ'；(二)'that'的移位痕跡必須受到論旨管轄，否則違背「空號原則」而被判為不合語法。但是，有關'that'的限制中，(iii)(可以用停頓或逗號取代'that')、(v)(關係子句裡主語痕跡與賓語痕跡的差異)、(vi)('that'可以刪除，亦可以不刪除)與(viii)(無論刪除或不刪除'that'，都不能充當介詞賓語)這四種限制與'whether'之能否以'that'取代的限制並不相同，似應做更進一步的分析與討論。

in all likelihood')與「評價副詞」(evaluative adverb；如'regrettably, surprisingly, to my regret, (what is) more important')以及「主語取向」(subject-oriented)的「屬性副詞」(epithet adverb: 如'wisely, foolishly, prudently, graciously, bravely, rightly')與「觀感副詞」(mental-attitude adverb；如'delightedly, sadly, angrily, boldly, desperately, resolutely, absent-mindedly')等副詞與狀語[77]。又在英語的大句子裏，充當補述語的小句子出現於主要語的右邊，而充當附加語的副詞或狀語則可以出現於左邊或右邊，並用逗號與小句子畫開[78]。

(二) 日語的大句子

日語大句子的「X標槓結構」，應該如何，學者之間仍有異論。我們把日語大句子的主要語分析爲句尾助詞的'ね、よ、さ、か'等[79]，並以小句子爲補述語，而以空節爲指示語。出現於

---

[77] 表示理由、條件與讓步等副詞與狀語，可以充當小句子的附加語，也可以充當大句子的附加語。充當大句子附加語的副詞與狀語，常出現於句首或句尾的位置，並用逗號(在講話時用停頓)與小句子劃開。有關英語各種副詞與狀語在「X標槓結構」中出現的位置，參湯(1990a)的分析與討論。

[78] 有些修飾整句的副詞與狀語，還可以出現於主語與謂語的中間，並在這些副詞與狀語的前後標逗號。

[79] 關於日語句尾助詞的初步討論，參湯(1993a)。又有些句尾助詞可以連續出現兩個(如'林さんも行きます{よね/かな}')。這個問題可能有三種處理的方式：(一)讓前後兩個句尾助詞分別出現於大句子與對極詞組裡主要語的位置；(二)在「X標槓公約」裡允許詞組的加接或連續衍生(即大句子上面還可以有大句子，因而可以出現兩個以上的大句子主要語)；(三)把兩個連續出現的句尾助詞當做一個雙音節的句尾助詞來處理。關於這些問題，不在此詳論。

「言談動詞」(verb of communication；如'言う、申す、聞く、訊ねる')與「思考動詞」(verb of consideration；如'思う、考える、存じる')等的賓語子句後面的'と'(如'〔PP〔CP〔IP 君は行く〕{か/ね}〕と〕聞いた')以及「名物化辭」(nominalizer)的'の'(如'〔NP〔IP 私も行く〕の〕です')則暫時分析為連詞。日語的句尾助詞大都表示說話者的「情態」(modality)或「言談功效」(illocutionary force)，如確定、論斷、決意、懷疑等語氣；因此，句尾助詞與補述語小句子的句式或命題內容之間有相當密切的呼應關係。與日語的其他詞組結構一樣，充當主要語的句尾助詞也出現於大句子的右端，而充當補述語的小句子則出現於主要語句尾助詞的左邊。如前所述，日語的「攪拌現象」允許相當自由的詞序調換。但是大句子與小句子的主要語都必須與其補述語(分別是小句子與述語動詞)相鄰接，不許其他句子成分的介入。至於大句子的空節指示語，則是在深層結構衍生主題的位置(如'〔CP 魚は〔IP〔鮪が好きだ〕〕'[80])，而附加語則是各種修飾整句的副詞或狀語所出現的位置。由於日語大句子的主要語出現於補述語小句子的右邊，而且由句尾助詞來充當，所以我們可以預測日語裏不會發生英語助動詞那種從小句子主要語移到大句子主要語的句法現象。

---

[80] 有時候，主題可能不只一個(如'日本は男性{は/が}平均壽命が短かい')；因此，可能要允許大句子的連續衍生，以便增加空節指示語的位置。又，有些主題並非在深層結構直接衍生，而是在表層結構裡從小句子裡移出而加接到小句子的左端(如'〔IP 私は〔IP 日本には〔IP t t 行かない〕〕〕'與'〔IP 僕は〔IP 彼の人は〔IP t t 知らない〕〕〕')。關於這些問題，還有許多理論上的細節，這裡不詳述。

㈢ 漢語的大句子

漢語的大句子，其主要語是什麼？出現的位置又是那裏？由於漢語裏一方面找不到相當於英語 'that, whether, for' 等補語連詞，另一方面又必須爲句尾助詞(如'的、了、嗎、呢、呀')尋找出現的位置；所以我們擬設漢語大句子的主要語由句尾助詞來充當，而且出現於補述語小句子的右邊。大句子的指示語，可以充當在深層結構直接衍生主題的位置，也可以充當從小句子移動句子成分(例如，關係子句裏「空號運符」的移位)的移入點；而附加語則由各種修飾整句的副詞或狀語來充當。句尾助詞「C統制」其補述語小句子(但是並不「C統制」其指示語或附加語)。因此，句尾助詞以小句子爲其「句法領域」(syntactic domain)或「修飾範域」(scope of modification)，而且句尾助詞與小句子的句式或命題內容之間常有特定的呼應關係。例如，句尾助詞'哩、吔；嗎、呢；啊、呀；吧'分別與陳述句、疑問句、感嘆句、祈使句相呼應，而充當修飾語標誌的'的'則以小句子爲補述語來形成同位子句、關係子句、分裂句或準分裂句。漢語與日語一樣，不可能發生動詞從小句子主要語到大句子主要語的移位；但是，與日語不一樣，主題名詞組並不需要指派格位(如'〔CP 魚〔IP 我喜歡吃鮪魚〕〕')[81]。試比較：

58 a. Everyone knows 〔(*that*) 〔John loves Mary〕〕.

---

[81] 漢語裡也允許句子成分從小句子裡移出並加接到小句子的左端來充當「論旨主題」(theme topic；如'〔IP 鮪魚〔IP 我最喜歡吃 *t*〕〕')或「焦點主題」(focus topic；如'〔IP 什麼魚〔IP 你最喜歡吃 t〕〕?)。

b. みんな〔〔〔John が Mary を愛している〕こと〕を〕知っている。[82]

c. 大家都知道〔John 喜歡 Mary〕。

⑸ a. John wants very much 〔*for* 〔Mary to go out with him〕〕.

b. John は〔〔〔Mary が一緒に出歩いてくれる〕こと〕を〕とても望んでいる。

c. John 很喜歡〔Mary（能）跟他出去玩〕。

⑹ a. John tried 〔PRO to go out with Mary〕.

b. John〔〔PRO Mary とデートしよう〕と〕試みた。

c. John 想辦法〔PRO 跟小華出去玩〕。

⑹ a. John didn't know 〔{*if/whether* (or not)} 〔Mary would go out with him〕.

b. Johnは〔Mary がデートに應じてくれるか(どうか)〕知らない。

c. John 不知道〔Mary 肯不肯跟他出去玩〕。

⑹ a. John doesn't know 〔*whether* PRO to invite Mary (or not)〕.

b. John は〔PRO Mary を招待してよいのかどうか〕分からない。

c. John 不知道〔PRO 該不該邀請 Mary〕。

---

[82] 關於日語裡'こと'等「形式名詞」（以及「形式形容名詞」、「形式形容詞」、「形式副詞」）的詳細討論，參湯(1993a)。

⑥③ a. 〔*That* Mary goes out with John〕 does not mean 〔(*that*) she is in love with him〕.

b. 〔Mary が John と出歩いていること〕は必ずしも 〔Mary が John を愛していること〕を意味しない。

c. 〔Mary 跟 John 出去玩〕並不表示〔她愛上了他〕。

⑥④ a. 〔*For* John to be on time〕 would be impossible .

b. 〔John が時間通りに来るの〕は恐らく不可能なことだ。

c. 〔要 John 準時來〕恐怕不可能。

⑥⑤ a. 〔PRO to see pro〕 is 〔PRO to believe pro〕.

b. 〔見ること〕は〔信ずること〕なり；〔百聞〕〔一見〕に如かず。

c. 〔眼見〕為〔信〕。

⑥⑥ a. *Who* did John invite *t* 〔PRO to attend the party〕?

b. John は誰を〔PRO 宴會に参加するよう〕に呼んだのですか。

c. John 邀請{什麼人/誰}〔PRO 参加宴會〕？

⑥⑦ a. *What* do you think 〔*t* is in the box〕?

b. 〔箱の中に何が入っている〕と思いますか。

c. 你想〔〔箱子裏有什麼東西〕(呢)〕?

⑥⑧ a. John wouldn't tell Mary 〔*how* PRO to master English *t*〕.

b. John は Mary に〔PRO どんなにして英語をマスターするのか〕教えたがらなかった。

c. John 不肯告訴 Mary〔PRO 怎麼樣學好英語〕。

(69) a. I can't believe {〔(that) John is *such a nice boy*〕/ 〔*what a nice boy* John is *t*〕}.

b. 〔John がこんなによい子{だとは/なんて}〕私には信じられない。

c. 我無法相信〔John 竟然是這麼乖巧的孩子〕。

(70) a. I'm surprised {〔that Mary is *so very tall*〕/ 〔*how very tall* Mary is *t*〕}.

b. 〔Mary がこんなにノッポ{だとは/なんて}〕思いもよらなかった。

c. 我真沒有想到〔Mary 長得這麼高〕。

(71) a. *John*, I'll never understand {**him*/*t*}.

b. *John* は（私には）どうも *t* 理解し難い。

c. John, 我一輩子也無法了解 {他/*t*}。

(72) a. *Last year* John went to Japan with Mary *t*.

b. 去年 John は *t* Mary と一緒に日本に行った。

c. 去年 John *t* 跟 Mary 一起到日本去了。

(73) a. {*As for*/*Speaking of*} *fish*, I like to eat tuna.

b. {魚は/魚といえば}（私は）鮪（を食べるの）が大好きだ。

c. （說到）魚，我喜歡吃鮪魚。

六、結　語

以上從原參語法的觀點，特別是從「X標槓理論」與「格位理論」的觀點，探討英語、日語、漢語這三種語言的對比分析。由於原參語法是相當抽象而複雜的理論，而且至今尚無人把這個語法理論具體而實際地應用到對比分析，所以我們一方面花了不少篇幅來介紹這一語法理論的全貌與基本概念，另一方面也不得不簡化或省略我們的分析與討論[83]。但是，我們不能不承認當代語法理論對於語言教學的意義與重要性。總共三條而內容非常簡單的「X標槓公約」為名詞組、動詞組、形容詞組、介詞組、小句子、大句子等各種句法結構提供明確而有系統的分析與描述；而有關格位理論三個參數的值卻為英、日、漢三種語言的對比分析發掘並解釋了不少有趣的現象與問題。我們並不主張，甚至反對，把當代語法理論直接搬到教室裏去教給學生。但是我們卻十分鼓勵老師們學習這些語法理論，並利用這些理論去觀察語言、分析語言，並進而解決實際教學上所面臨的疑難問題，因為唯有在語法理論指引之下，語言教學才能顧慮到‘what’、‘how’與‘why’的問題。

---

[83] 關於漢、英、日三種語言的對比分析，參湯(1986b，1988a, 1988b, 1989b, 1990b, 1991a, 1991b, 1991c, 1991d, 1992a, 1992b, 1993b)。

參 考 文 獻

Aoun, J., 1986, Generalized Binding: The Syntax and Logical Form of Wh-interrogatives, Foris, Dordrecht.

Chomsky, N., 1957, Syntactic Structures, Mouton, The Hague.

______, 1965, Aspects of the Theory of Syntax, MIT Press, Cambridge, Mass.

______, 1986a, Knowledge of Language: Its Nature, Origin and Use, Praeger, New York.

______, 1986b, Barriers, MIT Press, Cambridge, Mass.

Nakajima, H., 1993，〈生成文法再入門；分離COMPの假設〉，《言語》22:11, 100-105.

Quirk, R., S. Greenbaum, G. Leech and J. Svartvik, 1972, A Grammar of Contemporary English, Longman, London.

Stowell, T., 1981, Origins of Phrase Structure, Ph.D. Dissertation, MIT.

Tang, T. C.（湯廷池），1977，〈對比分析與雙語教育〉，《中等教育》28:1, 19-30；並收錄於湯(1977:105-134)。

______, 1977，《英語教學論集》，臺灣學生書局。

______, 1984a，〈英語詞句的「言外之意」：「功用解釋」〉，

《中華民國第一屆英語文教學研討會論文集》1-46；並收錄於湯(1984b:375-43, 1988d:247-319)。

______, 1984b，《英語語法修辭十二講：從傳統到現代》，臺灣學生書局。

______, 1986a，〈國語語法與功用解釋〉，《華文世界》39, 1-11; 40, 41-45; 41, 30-40；並收錄於湯(1988e:105-147)。

______, 1986b，〈國語與英語功用語法的對比分析〉，《師大學報》31, 437-469；並收錄於湯(1988d:397-451)。

______, 1988a，〈普遍語法與漢英對比分析〉，《第二屆世界華語文教學研討會論文集(理論分析篇)》119-146；並收錄於湯(1989:213-256)。

______, 1988b，〈普遍語法與英漢對比分析：「X標槓理論」與詞組結構〉；收錄於湯(1989:257-558)。

______, 1988c，〈爲漢語動詞試定界說〉，《清華學報》18:1, 43-69；並收錄於湯 (1989:1-42)。

______, 1988d，《英語認知語法：結構、意義與功用(上集)》，臺灣學生書局。

______, 1988e，《漢語詞法句法論集》，臺灣學生書局。

______, 1989a，〈詞法與句法的相關性：漢、英、日三種語言複合動詞的對比分析〉，《清華學報》19:1, 51-94；並收錄於湯 (1989c:147-211)。

______, 1989b，〈「原則參數語法」與英漢對比分析〉，《新加坡華文研究會世界華文教學研討會論文集》75-117；修改擴充後收錄於湯(1992d:243-403)。

______, 1989c，《漢語詞法句法續集》，臺灣學生書局。

______, 1990a，〈英語副詞與狀語在「X標槓結構」中出現的位置：句法與語意功能〉，《人文及社會學科教學通訊》1: 1, 48-79; 2, 47-71; 3, 77-88; 4, 97-133，並收錄於湯(1992f:115-251)。

______, 1990b，〈對照研究と文法理論(一)：格理論〉，《東吳日本語教育》13, 37-68。

______, 1990c，〈私の「型破り」日本語教育：回顧と反省〉，《東吳日本語教育》12, 19-28。

______, 1990d，〈漢語的「大代號」與「小代號」〉，未定稿。

______, 1990e，〈漢語動詞組補語的句法結構與語意功能：北平話與閩南話的比較分析〉，收錄於湯(1992e:1-93)。

______, 1991a，〈對照研究と文法理論(二)：Xバー理論〉，《東吳日本語教育》14, 5-25。

______, 1991b，〈從動詞的「論旨網格」談英漢對比分析〉，第三屆華語文教學研討會論文；收錄於湯(1992e:205-250)。

______, 1991c，〈「論旨網格」與英漢對比分析〉，《人文社會學科教學通訊》2:3, 129-145; 4, 76-97；並收錄於湯(1992f:253-332)。

______, 1991d，〈原則參數語法、論旨網格與機器翻譯〉，中華民國第四屆計算語言學研討會論文。

______, 1991e，〈漢語語法的「併入現象」〉，《清華學報》21:1, 1-63; 2, 337-376；並收錄於湯(1992d:139-242)。

______, 1992a，〈原則參數語法、對比分析與機器翻譯〉，新加坡第一屆國際漢語語言學會議論文；收錄於湯(1992e:251-335)。

______, 1992b，〈語法理論與機器翻譯：原則參數語法〉，《中華民國第五屆計算語言學研討會論文集》53-84頁。

______, 1992c，〈漢語的「字」、「詞」、「語」與「語素」〉，《華文世界》53, 18-22; 54, 26-29; 64, 48-56; 65, 81-87; 66, 77-84；並收錄於湯(1992d:1-57)。

______, 1992d，《漢語詞法句法三集》，臺灣學生書局。

______, 1992e，《漢語詞法句法四集》，臺灣學生書局。

______, 1992f，《英語認知語法：結構、意義與功用(中集)》，臺灣學生書局。

______, 1993a，〈外國人のための日本語文法：考え方と教え方〉，日語教學研究國際研討會專題演講論文。

______, 1993b，〈對比分析與語言教學〉，《人文社會學科教學通訊》4:3, 72-115。

大學入學考試英文科試題：檢討與建議

一 前 言

中華民國大學入學考試中心英文小組，爲了改進大學入學考試英文科的命題與評分，藉以提高考試的「效度」(validity)、「信度」(reliability) 與「鑑別力」(discriminatory power)，自一九九〇年一月起從事英文試題的設計與評鑑的研究工作。三年多來經過審愼的選材、製題與編審，編製了幾套英文試題，然後選擇幾所學校的高三與大一學生加以測試，並就測試結果做數值統計與分析的工作。自今年起更擬舉辦高中英文教師研習會，研討如何設計大學入學考試英文試題以備將來建立英文題庫之用。以下分節討論測驗的用途與種類(包括「診斷測驗」、「進步測驗」、「成就測驗」與「甄別測驗」)、「主觀測驗」與「客觀測驗」、「分項題目」與「成段題目」、「追憶測驗」與「認識測驗」、「速度測驗」與「能力測驗」、「分項測驗」與「整體測驗」、「語言能力」與「語言表現」、「範疇上的錯誤」與「型態上的錯誤」、測驗的「效度」與「信度」、「題目分析」與「鑑別力」、命題基本原則、試題類型與命題注意事項等。

二、測驗的用途與種類

語言測驗或考試可以依照用途或目的之不同，分為四種：診斷測驗、進步測驗、成就測驗、甄別測驗。

㈠「**診斷測驗**」(prognostic test)：又稱「能力測驗」(aptitude test)。這一種測驗的目的，在於評量學生學習某一種語文的潛力。例如，準確地聽出語音與準確地仿說語音的能力是學習語文的重要潛力之一。為了測驗這種潛力，可以利用錄音帶把一些英語的詞句唸給學生聆聽，然後要求學生把這些詞句立刻正確而清晰地仿說一遍。這時候，英語的詞句裡必須含有一些國語裡所沒有的語音，藉以測驗學生能否準確地聽出並說出這些語音。又如，對於句子結構的敏感度與分析能力也是學習語文的重要潛力之一。為了測驗這種潛力，可以利用錄音帶把一些例詞與句型唸給學生聽，然後要求學生發現並模仿這些句型造句。例如，在"Look（看）! I'm looking（我在看）; Wait（等）! I am waiting（我在等）; Move（動）! I'm moving（我在動）;

Sit（坐）！I am sitting（我在坐）"等例句之後，以"Jump（跳）！Laugh（笑）！Eat（吃）！"等動詞原式做提示來要求學生說出"I am jumping, I am laughing, I am eating"等含有現在進行式動詞的例句來。又如，在"She knocks at the door（她敲門），She knocked at the door; She looks at her watch（她看她的錶），She looked at her watch; She walks away（她走開），She walked away"等例句之後，以"She kicks the ball（她踢球）；She picks up a book（她撿起書），She cooks her food（她煮菜）"等含有現在單純式動詞的例句來要求學生說出"She kicked the ball, She picked up the book, She cooked her food"等含有過去單純式動詞的例句來。這裡應該注意：這種診斷測驗是在學生尚未學過英語的假設下舉行的；因此，只測驗「辨聽」(hearing)、「仿說」(mimicry) 與「比照類推」(analogical reasoning) 等學習語文的基本能力，而不牽涉到英語發音、拼字、詞彙、語法等的細節。

㈡「**進步測驗**」(progress test)：舉行這種測驗的目的在於評估某一個特定的教學期間內或特定的教材範圍內的學習成效；一般學校的英語文月考、段考或期考都屬於這種測驗。這裡應該注意：進步測驗必須針對某一個特定的教師在某一個特定的期間內所講解與練習的實際內容舉行測驗，絕對不能超出這個範圍。因此，採用統一命題的進步測驗必須事前妥善協調有關老師的教學內容，絕不能任憑出題老師個人的主觀與好惡來出題目。

㈢「**成就測驗**」(achievement test)：成就測驗與進步測驗一樣，都要測驗學生運用語文的能力。但是成就測驗與進步測驗不同，並不受特定教師或教材的限制。這一類測驗通常都由校外的學者專家來命題或設計，並且經過「預試」（pretest）與「規格化」（standardization）以後才決定最後的試題。從前我國舉辦過的高中畢業會考以及大學入學考試中心最近舉辦的大學入學考試英文預試，在性質上應該屬於成就測驗。成就測驗，雖然不受特定教師或教材的限制，但是必須根據明定的教學目標命題，才算有效。

㈣「**甄別測驗**」（proficiency test）：根據某一種實際需要（或許是各級學校爲了評定考生的語文能力，或許是公私機構爲了評定應徵人員擔任某種職務的工作能力），爲了評估應考人運用語文的能力是否已經達到某一個水準而舉辦的考試叫做甄別測驗。甄別測驗與成就測驗不同，目的不在於測驗應考人知道多少或會到什麼程度，而在於測驗他們是否具有升學某一學校進修某一學科，或任職某一機構擔任某一職務的語文能力。因此，甄別測驗不必根據特定的考試範圍，也不一定要仔細考慮應考者在過去如何學這些語文。各種語文的托福考試、觀光導遊的外國語文考試以及出國進修公教人員的外國語文考試，在理論上都屬於甄別考試。

目前，在臺灣似乎很少有人去注意，國內各級學校的入學英文考試在性質上究竟應該屬於何種測驗。高中聯考在性質上似乎應該屬於成就測驗，因此必須根據〈國中英語課程標準〉的教學目標、大綱與方法，以及現行《國中英語》教材的內容與範圍來命題評分。相形之下，大學聯考(或個別考試)却似乎介於成就測驗與甄別測驗之間，一方面參照〈高中英文課程標準〉所規定有關教學目標、大綱與方法的要求，另一方面針對各個大學各個科系的個別需求，決定命題內容與錄取標準。高中入學考試與大學入學考試在測驗性質上的差異，主要來自國中教育是義務教育而且全省國民中學都一律採用部定《國中英語》為教科書，而高中教育則非義務教育而且並未採用統一的英文教科書；同時，大學教育是高等教育，各個大學的各個科系應該能依照其個別具體的需要在命題內容與方式以及錄取標準上做較有彈性的安排。將來的大學入學考試如果採取兩段式英文測驗，那麼第一段英文測驗(基礎科目)應該較接近成就測驗而以評鑑是否達成三年高中的英語教學目標為目的，而第二段英文測驗(指定科目)則應該較接近甄別測驗，即以評鑑是否具備各個大學各個科系所要求的英語能力為目標。

三、「主觀測驗」與「客觀測驗」

測驗或考試又可以根據測驗方式的不同，分為「主觀測驗」(subjective test) 與「客觀測驗」(objective test) 兩種。「主觀測驗」又稱「申論測驗」(essay test)，因為這種測驗常以口頭問答或筆試申論的方式舉行。這種測驗之所以稱為「主觀」，是由於這種測驗的評分，視個別閱卷人主觀的標準而異，不容易保持一定的客觀標準。「主觀測驗」的優點在於：

(1)學生必須用英語或英文來表達自己的意思，因此可以測驗學生的英語聽講或英文寫作能力以及分析主題與組織文章結構等的能力。

(2)在命題上，比較省時省力。

「主觀測驗」的缺點很多：

⑴由於題目較少，所能包括的考試範圍較窄，因此也比較容易發生"猜中題目"的現象。這樣對學生既不公平，考試的結果也不一定能反映出學生的成績來。同時，由於答錯了一個申論題常要失去很多分數，很容易引起學生的緊張不安。

⑵如果對答案認眞評分，必定很費時間。

⑶評分的「可信度」（reliability）很低，因爲由同一閱卷人評閱多份試卷的時候，可能由於情緒的變化、疲倦或時間緊迫等因素，無法始終保持一定的評分標準。如果由於閱卷數目過多，而必須由許多人共同評分，那麼閱卷人彼此間評分的差距必然更大。根據 Henry Chauncey, 'The Plight of the English Teacher,' *The Atlantic Monthly* (Nov., 1959) 的報告，在一次實驗裡曾經邀請二十八位英文老師，在前後兩次不同的機會，對於同一篇作文予以評分。結果二十八位老師中有十五位老師，在第一次評分中打及格分數，而在第二次評分中却打不及格分數。另有十一位老師，在第一次評分中打不及格分數，但是在第二次評分中却打及格分數。Chauncey又報告，在另一次實驗中曾邀請一百四十二位老師對於同一篇論文加以評分。結果發現，其間評分的差距竟然達到最低分數50分與最高分數98分之大！因此，他的結論是：要求一百五十位閱卷人根據共同一致的標準，作客觀而公平的評分，幾乎是不可能的事情。他還說：卽使是經過精選的老師或教授，在經過一天的事前訓練與實習之後，於同一個時間、同一個地點，在幾位老練的「主試人」（table leaders）負責檢查與協調之下閱卷，也難保閱卷的客觀與公平。

(4)「申論測驗」，無法用評量或統計的方法來檢查題目的「信度」（reliability）、「效度」（validity）、「難度」（difficulty）或「鑑別能力」（discriminatory power）等。這就表示，我們無法檢查「申論測驗」是否有效地達成了考試的目標，或公正地完成了鑑別考生能力的使命。

(5)有些題目，往往題意含糊不清，很容易引起考生的誤解而答錯題目，以至於全盤失分。過去公費留學考試、高考，甚至於大學、高中入學考試的國文作文題目，就常因爲題意晦澀不清而引起很多人的非議。

「客觀測驗」是由許多小題目（叫作"question"或"item"）合成，而學生就根據選擇、完成、配合等方式來作答。這一種測驗之所以稱爲「客觀」，是由於每一個題目都只有一個（或少數）正確的答案；因此，無論由任何人在任何地方評分都會獲得同樣的結果。「客觀測驗」的優點是：

(1)由於題目較多而較細，可以包羅較大的範圍，也可以包括較多的考試方式。

(2)評分的標準完全客觀，不會由於情緒變化、疲倦等因素而引起評分上的偏差，結果較爲公平。同時，評分的工作比較簡單、省時而省力。

(3)「客觀測驗」可以用評量或統計的方法來檢查每一個題目的效度與信度，不適合的題目可以在以後的測驗中加以淘汰。

(4)「客觀測驗」，如果題目的數目相當大，即可以建立題庫而一再反覆地使用，並不至於引起重大的「漏題」或「猜題」等問題。

(5)「客觀測驗」的結果，可以做爲分析學生學習能力的重要資料，也可以藉此考察學生在特定期間內的學習成效。

「客觀測驗」缺點有二：

(1)準備「客觀測驗」的題目比較費時間、費心思。

(2)「客觀測驗」不容易直接測出學生自我表達的能力。

從以上的比較可以知道，「客觀測驗」比「主觀測驗」優點多而缺點少。有些人反對「客觀測驗」，多半是由於對「客觀測驗」的性質與內容以及命題與評分的方式沒有足夠的了解。目前臺灣各級學校入學考試所使用的客觀測驗，還沒有到盡善盡美的地步，主要也是由於試務當局或命題人員對於測驗理論與命題技巧沒有深入的了解，再加上對於近十幾年來的英語語言學與教材教法的研究不十分熟悉所致。其實，「客觀測驗」的缺點都可以設法補救或改進。

除了「申論測驗」與「客觀測驗」以外，有人還舉出「口說・耳聽測驗」(oral-aural test)作爲第三種測驗的方法。「口說測驗」最常用的方法就是「口試」(oral question and answer)或「面試」(interview)。「耳聽測驗」最常用的方法是「聽力測驗」(listening comprehension)。此外，對於初學英語的學生還可以採用「身體、動作測驗」(body-movemen test)。例如，老師說出下面的句子，要學生做出這些動作以便測驗「耳聽」的能力；也可由老師做出下面的動作，要學生說出英語的句子，藉以測驗其「口說」的能力。

Hold out your right hand.（伸出你的右手）

Clap your hands.（拍你的手）

Look at the ceiling.（看天花板）

Point to the clock.（指鐘）

近十年來的大學入學考試英文科試題大致都以「測驗題」（六十分）做爲客觀測驗題；而以「非測驗題」（四十分；包括中翻英二十分與英文作文二十分）作爲主觀測驗題，並附帶提出評分標準與配分來企圖減低主觀評分上的差距。但是主觀測驗本身的缺失仍然無法有效克服，難以達成評分的客觀性與公平性。

四、「分項題目」與「成段題目」

下面我們介紹有關語言測驗的一些基本概念與常用術語。「客觀測驗」上每一個問題叫作“item”（題目），而“item”又可以大別爲“discrete item”（分項題目）與“passage”或“global item”（成段題目）兩種。「分項題目」是個別、分開、獨立的題目；而「成段題目」則牽涉到一段或一段以上的文章、一首詩、或一段對話。例如，在閱讀測驗中提供一段相當長的文章，並出幾個問題來測驗學生對於這一段文章內容的了解，這種題目就屬於「成段題目」。「成段題目」要求學生除了「句子」（sentence）以外，還要注意到整篇「文章」或「談話」（discourse）。也就是說，除了個別句子的結構與意義以外，還得注意到句子與句子之間的聯繫、語意、語用與邏輯關係。

「選擇題目」叫做“multiple-choice item”。在臺灣舉行的測驗中，選擇題有「單選」與「複選」之別；甚至有些人認爲，“multiple-choice”就是表示「複選」。其實，英文“multiple-choice”的意思是指從試卷上多數答案（“multiple responses”）

中選出一個正確的答案來。一般測驗學家都不贊成「複選題」，理由是：

⑴「複選題」不必要地使題目艱深或複雜，有意爲難學生。

⑵在四個答案中有四個正確答案時，答對三個的跟答對兩個或一個的，都得到同樣的分數(零分)或倒扣同樣的分數(三分之一分)，有失公平。

雖然有人認爲「複選題」可以有效防止學生靠僥倖猜中題目的可能性，但是這個問題可以用倒扣辦法來做合理的處理，不必動用「複選題」這把牛刀。

選擇題中供學生選擇的答案，叫做"responses"，又叫做"options"或"alternatives"。答案以外的部分，就叫做"stem"(或 "stimulus")。答案中正確的(或最適當的)答案叫做"correct response"；其他不正確的或不適當的答案，就叫做"distractor"(誘導答案)。一個好的選擇題，就要看每一個"distractor"是否都與"correct response"搭配得很適當。

近十年來的大學入學考試英文科試題大致上以成段題目爲主，而以分項題目爲副；只採用四選一的單選題而不採用複選題，如果選擇上有錯誤，就以倒扣分數來處理。

五、「追憶測驗」與「認識測驗」

在討論語言教學或測驗的時候，我們也要注意「追憶」(recall)與「認識」(recognition)的區別。當我們測驗學生寫作或說話的能力而要求他們把答案寫出來或把答案說出來的時候，我們在要求他們運用"recall"的能力，也在測驗他們"recall"的能力。這個時候，學生必須主動地記起有關的事實、辭彙、句法結構才能作答。反之，當我們用選擇題來測驗學生的閱讀能力或聽力的時候，學生可以從試卷上預先準備好的幾個可能的答案中，選出正確的答案來。這個時候，學生可能無法主動運用答案中所出現的詞彙或句法結構，但是他們却能被動地認出正確或適當的答案來。能答對"recall test"的學生，必能答對"recognition test"。但是能答對"recognition test"的學生，却未必能答對"recall test"。因此，"recall test"一般都比"recognition test"難。例如，下面有關辭彙的測驗題，可以採用"recognition test"的方式 (i)，即可以列出"airplane, church, skyscraper, tower"這四個可能的答案來提供學生選擇；但也可以採用"recall test"的方式 (ii)，即只給這個單字的起首與收尾的英文字母而要求學生把整個單字寫出來。

A tall building of over thirty stories, such as one sees in Manhattan is called a(n)…….

(i) A. airplane B. church C. skyscraper D. tower

(ii) s……r

一般說來，「聽」與「讀」的測驗多半偏重"recognition test"；而「說」與「寫」的測驗則常牽涉到"recall test"。這也就表示：「說」與「寫」的能力，比「聽」與「讀」的能力難以培養，也較不容易測驗。

近十年來的大學入學考試英文科試題大致上測驗題都屬於認識測驗，而非測驗題都屬於追憶測驗。但是只要籌畫妥當，客觀測驗題也可以設計成爲追憶測驗。

六、「速度測驗」與「能力測驗」

測驗又按照有沒有考試時間的限制而可以分爲「速度測驗」（speed test）與「能力測驗」（power test）兩種。「能力測驗」是給學生足夠的時間來做題目，好讓程度最差的學生也有足夠的時間來做完(至於他們實際上能不能做得出來，那是另一個問題)。一般的「進步測驗」(包括月考、期考等)似乎應該採用「能力測驗」的方式，因爲這些測驗的目的在於發現學生在特定期間內的學習效果，而不在於評量學生做題目的速度。「速度測驗」則有考試時間的限制，所以學生必須儘快把題目做完。這一種測驗只有程度最好、反應最快的學生才能及時做完所有題目。至於程度較差或反應較慢的學生，則不一定能在時間內做完。許多「甄別測驗」，例如 GRE 或托福考試，都採用「速度測驗」的方式。大學入學考試，在性質上介於「成就測驗」與「甄別測驗」之間。因此，有人主張大學聯考的英文試題，不妨採用「速度測驗」的方式，藉以更加正確地鑑別程度較好與程度較差的學生。民國六十六年在教育部召開的英語文教學研討會中，高中組卽根據此種觀點建議:試題由目前的六十題改爲一百題。「速度測驗」不一定要增加題目的總數，本來也可以提高題目的難度。不過目前大學入學考試英文科的高標準與低標準平均分數仍然偏低，恐怕暫時不宜提高試題的難度。

「速度測驗」應該把題目依照難度，以先易後難的順序排列下來。這樣學生可以先做完較易的題目，然後才做較難的題目；閱卷的老師也能從答案中一目了然地看出一般學生與個別學生的表現如何。又「速度測驗」常爲了防止學生“猜答案”的弊端，而有「倒扣」的規定。一般倒扣的規定，以每題一分計算，「二選一」每答錯一題倒扣一分、「三選一」每答錯一題倒扣二分之一分、「四選一」每答錯一題倒扣三分之一分、「五選一」每答錯一題倒扣四分之一分。這種倒扣辦法的理論根據是：假定有一個學生在一百題（每題一分）的試卷上，做了六十個題目以後，發現只剩下一分鐘的時間。如果他利用這最後一分鐘在所剩下的四十個題目的四個可能的答案上統統都猜了答案A，希望能按照四分之一的猜中或然率而獲得 40×1/4＝10 分，那麼這個希望將由於倒扣標準扣去(40－10)×1/3＝10 分而落空。有一些測驗專家認爲月考、期考等「進步•能力測驗」(progrcss power test)不必採用倒扣辦法。因爲在這一類考試裡學生有一定的範圍可以準備，有足夠的時間可以做完，所以除了在答案上可以明顯地看出有“猜答案”的意圖者以外，似乎不應該以他們錯誤的答案來抵銷正確的答案，以致影響到他們的成績甚至他們的學習意願。

七、「分項測驗」與「整體測驗」

一般提倡「客觀測驗」的人，通常都採用「分項題目」。有些測驗專家還主張，在「分項測驗」中，最好把「聽、說、讀、寫」的四種語言能力分開來測驗。但是最近的測驗理論則認爲，語文教學的目標既然是「聽、說、讀、寫」四種能力的綜合培養，那麼語文測驗就不應該只考孤立而分開的語言項目(如單考發音、單字或孤立的句子)，而應該考這四種能力整體的運用。「分項測驗」把整個語言分割得支離破碎、互不關聯，失去了語文溝通的意義與價值。理想的測驗，應該綜合地顧慮到語音、構詞、句法、語意、語用等各種語文要素，而且應該設法要求學生同時運用各種語文能力，藉以測驗學生綜合運用「聽、說、讀、寫」的能力。符合這一種「整體測驗」（integrative test）的原則的考試方式計有下面幾種：

(1)「聽寫」（dictation）：由教師或錄音帶唸出一段文章：第一遍用一般說話的速度來唸；第二遍以長短適度(大約四至七字)的詞句為單元略做停頓；第三遍再用一般說話的速度來唸，以便學生有校正的機會。「聽寫」可以綜合地測驗學生的語音、拼字、句法與會意能力。

(2)「塡詞測驗」或「克漏字測驗」（cloze test）：把一段文章，每隔五字、六字或七字留下空白，或將其中某一特殊語法形式(如冠詞、介詞、連詞或動詞的字尾變化等)刪去後留下空白，要求學生來塡充。「塡詞測驗」可以綜合地測驗學生的拼字、句法與會意能力。

(3)「聽力測驗」（listening comprehension）：利用錄音帶所錄的文章、對話、故事、演講等來測驗學生聽音、用詞、句法與會意的能力。

(4)「口說測驗」（oral test）：由一位老師單獨，或兩位以上的老師聯合擧行以求客觀，並可以採用一問一答、兩個人的對話、或當場抽題即席說話三至五分鐘等幾種不同的方式。除了拼字以外，「口試」幾乎可以測驗所有的語言要素。

(5)「閱讀測驗」（reading comprehension）：這一種測驗可以測驗學生的詞彙、句法、語意、邏輯思考與欣賞能力等。

大學入學考試英文科試題一向只採用筆試。填詞測驗雖然考過一次，却因閱卷人員認爲正確答案不只一個時較難評分而不再嘗試。近幾年來有識之士即極力主張在筆試之外模仿英文托福考試而加考聽力測驗。

八、「語言能力」與「語言表現」

語言測驗的對象，是學生運用語言表情達意的能力，而不是分析句子、死背單字成語的能力，更不是如何應付考試的能力。語言學家對於運用語言的能力，做了「語言能力」(linguistic competence) 與「語言表現」(linguistic performance) 的區別。所謂「語言能力」是指我們學習語言以後，經過「內化」(internalization) 而貯藏於大腦皮質細胞中的能力。而且，這種能力是指主動運用語言來表情達意的能力，而不是死記單字或死背文法(rote learning of vocabulary and grammar)的能力。另一方面，所謂「語言表現」是指我們實際運用語言的表現。換句話說，「能力」是指抽象常態的能力，而「表現」則是臨時具體的表現。「能力」在學習過程的某一個特定的時點是一個「常數」(constant)，但是「表現」却常受情緒、緊張、疲倦、粗心大意等非語言因素的影響而變動。就理論上而言，語言測驗所要測定的對象應該是「能力」而非「表現」，至少是要透過「表現」來測驗「能力」才對。因此，測驗的時候，應該設法消除影響「能力」的一切因素，如緊張、粗心大意等。又有些語言學家認爲，所謂「能力」不僅是指運用已聽過、讀過或學過的句子的能力，而且還包括創造從來沒有聽過、讀過或學過的句子的能力。例如 J.C. Catford, 'Some Aspects in Language Testing,' *English Teaching Forum*（Special Issue: The Art of TESOL, Part 2），就根據這個觀點，設計下列練習來測驗英語的「能力」：

Which of the following "quasi-words" are un-English?

(a) A.〔skrul〕B.〔kémbrəl〕C.〔nípæ〕D.〔ftænd〕

(b) A. skrump B. kuhl C. phright D. flought

問題(a)問：在下列四個英語單字的發音中，那些發音違背英語的「字音結構」（phonotactics）？而問題(b)則問：在下列四個英語單字的拼法中，那些拼法違背英語的拼音規則？這裡所列的發音或拼音，在英文字典中都無法找到。可是其中〔skrul〕與〔kémbrəl〕是英語單字可能有的發音，而"scrump"與"flought"是英語單字中可能有的拼法。另一方面，〔nípæ〕與〔ftænd〕是英語單字不可能有的發音，因為英語裡沒有一個單字是以低前元音〔æ〕收尾的，也沒有以〔ft〕這兩個擦音與塞音的組合起首的(只有〔sp, st, sk〕的組合)。同樣地，英語單字裡沒有以"ku-"起首、以"-uh-"居中、或以"-hl"收尾的拼法，所以不可能有'kuhl'這樣的拼法。又字首的"ph-"只能與希臘語字根連用，而字尾"-ght"却是日耳曼語字根，因此"phright"不可能是英語單字的拼法。

前面所提到的「填詞測驗」或「克漏字測驗」也是測驗「能力」的好方法之一。這種測驗，把一段文章中的每第n個（n^{th}）單字删去，然後要求學生根據文章的上下文把删去的字或與該字相當的字填進去。「克漏字測驗」能測驗學生從前面文章的詞句推測後面文章詞句的能力(internalized grammar of expectancy)，而這種能力正是「語言能力」的核心部分。

九、「範疇上的錯誤」與「形態上的錯誤」

對於學生在語言測驗上所犯的錯誤，我們也應該區別「範疇上的錯誤」(category error) 與「形態上的錯誤」(exponence error) 這兩種錯誤。例如，在下面的例題中：

Before he left he ______ a glass of milk.

A. has drunk B. drank C. drinked D. is drinking

如果學生選了答案 "A. has drunk" 或 "D. is drinking"，那麼在應該用過去單純式的地方選用了現在完成式或現在進行式，所以是屬於範疇上的錯誤。但是如果學生選了 "C. drinked"，那麼在過去單純式的範疇上並沒有犯錯誤，錯的是以規則動詞的形式 "drinked" 代替了不規則動詞 "drank"，所以是屬於形態上的錯誤。同樣是錯誤，「範疇上的錯誤」却比「形態上的錯誤」嚴重，因爲前者可能由於對整個句法缺乏了解而引起，而後者則可能由於一時大意或記憶上的錯誤而引起。又同樣是屬於範疇上的錯誤，可再分析成幾級輕重不同的錯誤。例如，在下面的例題中：

X: You can't have replied to their letter; if you have written, we would have heard from them by now.

Y: But I ______; two weeks ago.

A. wrote B. DID write C. WROTE D. was writing E. write

這個題目的正確答案是 "B. DID write"。答案"C. WROTE"，

雖然沒有加"did"，但是把"write"唸重，所以比沒有把"wrote"重讀的答案A好。而答案A又比用過去進行式的答案D好。至於答案E，則連過去式都沒有用，所以是最壞的答案。把學生在測驗上的錯誤，如此仔細地分析與歸類，對於日後個別學生的學習輔導非常有用。

十、測驗的「效度」與「信度」

如果想知道：一套試卷上的各個測驗題目出得好不好、出得適不適當，能不能正確地測驗出學生的成績，那麼必須檢查這些題目的「效度」（validity）與「信度」（reliability）。所謂「效度」，是指測驗的內容是否符合教學目標、有沒有超出教學範圍；因此，必須根據課程標準、教學綱領、教案、以及實際教學的記錄，把每一個題目的內容加以檢討纔能決定這個測驗的「效度」。所謂「信度」是指測驗能否正確地測出學生的成績。例如，同一個學生分前後兩次作答同一份試卷的時候，兩次測驗的結果所獲得的分數是否很接近？又如，同一個學生考同樣性質的兩份試題的時候，所得的分數是否相當接近？這些問題都與題目的「信度」有關。要確保「信度」，測驗必須含有相當數目的題目，纔能包羅整個教學的範圍。同時，這些題目的「難度」必須有差別，纔能達到測驗的效果。又測驗必須依同樣的方式，在同樣的條件下舉行，並且用同樣的標準評分，纔能產生公平的結果。

十一、題目分析

在每一次測驗之後，把學生答案上的錯誤加以分析，至少有兩點好處：

(1)老師可以藉此發現大多數學生共同所犯的錯誤，並且立即加以改正以免將來再犯同樣的錯誤。

(2)老師也可以藉此決定每一題目的「效度」與「信度」，而做爲日後改進命題內容與方式的參考資料。

在「題目分析」(item analysis) 中，首先要注意的是「題目難度」(item difficulty)。「題目難度」的檢查方法很簡單，只要每一個題目答對的或答錯的學生人數加以統計就行。一般說來，答對的學生數目少，題目的難度就高；答對的學生數目多，題目的難度就低。但是要注意：有時候答對的學生少，不一定是由於題目本身的難度；而可能是由於題意不淸楚或命題的方式不妥當所致。其次要注意的是，「題目的鑑別力」(item discrimination; discrimination power)。所謂「鑑別力」，是指測驗題目對於鑑別高程度與低程度學生的能力而言。難度最高的題目，應該能鑑別程度最好的學生與其他學生；而難度最低的題目，則應該能甄別大多數的學生與程度最差的學生。「題目分析」對於評鑑學生的學習成效、分析學生的學習困難、以及改進測驗的內容與方式都有莫大的幫助。例如，在「五選一」的選擇題中，如果學生的錯誤都相當平均地分配於四個誘導答案中，那麼就表示四個誘導答案出得很適當。反之，如果學生所有的錯誤都集中於某一個誘導答案，那麼這就表示誘導答案不均衡，題目出得不好。又如果答對難度較高的題目的學生中，程度較好的應該比程度較差的爲多。反之，如果答對難度較高的題目的學生中，程度較好的與程度較差的各佔一半，甚至程度較差的比程度較好的還要多，那麼這就表示或者題目出得不好，或者有許多學生是靠僥倖猜中而答對題目的。

在比較簡化的「題目分析」中，常把得分較高而佔測驗總數百分之二十七的答案，與得分較低而佔測驗總數百分之二十七的答案拿來比較。如果題目的難度與這兩組學生的成績相對應，而程度較差的那一組學生所犯的錯誤都相當平均地分佈於所有誘導答案上面，那麼這就表示這個測驗的項目出得不錯。在正式的「題目分析」中，題目的「難度」、「信度」與「鑑別能力」都可以用統計數字表示出來。關於這種統計方法，參 Rebecca M. Valette, *Modern Language Testing; A Handbook*, pp. 25-43。

十二、命題基本原則

以下我們根據上面所介紹的語文測驗理論，爲大學入學考試英文科命題提出一些基本原則。

⑴測驗的內容必須符合高中英文教學的目標、大綱與方法。

⑵測驗的內容必須是一般高中英文的課堂上教過的東西，而且是高中學生應該學習的東西。高中學生常遭遇的困難或常犯的錯誤，應該包含於測驗的內容裡面。

⑶測驗的對象，最好包括「聽、說、讀、寫」四種技能。至於這四種技能在測驗中所佔的比重究竟如何，應該參酌課程標準的規定、一般高中英文實際教學的內容、以及學生將來在現實社會中的需求等因素而定。

⑷如果要採用「分項測驗」，那麼四種技能可以分開測驗。這個時候最好讓學生明白每一題目的重點是什麼：發音、詞彙、還是句法？

⑸題目的難度要分配適當，同時排列的次序應該是由易到難、由簡單到複雜。這樣的排列次序，不但可以減輕考生緊張不安的心理，而且還可以幫助程度較差的考生在有限的時間內先做完較為簡單容易的題目。

⑹測驗的題目或答案都不應該有錯誤的內容。命題的時候，對於用詞與句法(特別是習慣用法)要格外小心，有問題的時候最好請教受過高等教育的英美人士(native speaker)。

⑺測驗題目，必須題意清楚、不容考生誤解。題目最好是能用中文說明，並且附上例句。有些較為複雜的題目，甚至應該預先利用考試手册附例題來說明，以便讓考生能熟悉測驗的方式。測驗題目，如果因為題意不清楚而使考生無法作答或答錯題目，那麼這個測驗的目的就沒有達成，對考生而言也是極不公平的事情。

⑻測驗的題目，應該事前謹愼準備，不能臨時隨便出題。準備題目的時候，不妨多準備幾個題目，經過仔細比較以後，把較差的題目加以淘汰。題目應該平時就準備或蒐集，也應該多方參考別人出的題目。遇有好題目最好能做成卡片存檔以備將來之用。

⑼測驗的範圍要包羅無遺、測驗的重點要平衡、考試的題目不要重複，各種方式與難度的題目都應該包括在內。

⑽每一個測驗題目必須是一個整句，而且最好有一個適當的

「上下文」（context）。卽使是詞彙的測驗，也應該放在適當的上下文中，例如：

X: Did you get the letter?

Y: No, the (a. card b. code c. mald d. mail) still has not arrived yet.

測驗命題目前的趨勢是：由「字本位」（word-oriented）的題目變成「句本位」（sentence-oriented）或「言談本位」（discourse-oriented）的題目。

⑾測驗的題目，絕不能鑽入艱深冷僻的牛角尖。測驗應該考常見、常用的東西，而不是特殊例外的東西。

⑿測驗應該儘量避免「連坐法的題目」（sequential item）。所謂"sequential item"，是指一個題目含有兩個或三個步驟；如果第一個步驟失敗，那麼別的步驟就根本無法去做。例如，老師同時要求學生聽寫一段文章並把這段文章翻譯成中文，這就是「連坐法的題目」。因爲如果學生聽寫部分失敗，就無法翻成中文。又如下列某省立女中的測驗題目也有犯「連坐法」之嫌：把空白內的詞，根據上下文的意義改成適當的詞類，並且從下面五個單詞或片語中唸得最重的音節的母音與這個詞的重音節的母音相同的答案選出來。

All men are (creature) equal.

A. attitude B. feature C. spaceship D. beautify E. freight train

要答對這個題目至少必須通過四關：㈠根據上下文決定這裡要塡動詞的過去分詞；㈡要記起這個過去分詞是"created"；㈢要知

道這個過去分詞的讀音是〔krɪétɪd〕；㈣要了解上面五個單詞(包括複合名詞)中每一個詞的讀音與重音。任何一關通不過，就無法答對這個題目。而且最後一關還竟然是「複選題」（正確答案是C與E）！這樣的題目實在有悖於測驗的目的與意義。

⒀避免使人「眼花撩亂」的"eye-tricks"的題目。例如，下列ⓐ題把一個單詞的字母拼湊得亂七八糟、叫人眼花撩亂，固然是"eye-tricks"的題目，就是ⓑ題把"twentieth"只有一個字母("i"與"e")之差的"twenteeth"列在一起，也有"請君入甕"或"誘人入罪"之嫌，最好能避免。

(a) A. embarasmen B. embarrasment C. embarassment D. embarrassment

(b) Today is (A. July twentieth B. July the twenty C. July twenteeth D. the July twentieth).

⒁在選擇題中最好能避免「複選題」。就是在「單選題」，也要盡量避免兩可的情形發生。

⒂在塡充題中，最好能指出所要塡的詞的字數，如----(四個字母的詞)、-----(五個字母的詞)。

⒃命題盡量要考慮到評分的方便，不要因閱卷而花太多的時間與精力。

⒄測驗的方式要有變化，不要千篇一律老是考同樣形式的題目。同時，盡量避免靠死記、死背的題目，而多設計一些動腦筋、重活用的題目。

十三、試題類型與命題注意事項

從一九七八年到一九八〇年，筆者曾在中央日報〈中學生副刊〉、《中等教育》與《英語教學》等刊物爲文批評大學聯考英文試題的缺失(見「參考資料一」至「參考資料四」)，最近並在《人文及社會學科教學通訊》前後發表〈他山之石可以攻錯；評析日本大學考試制度與試題〉與〈八十年度大學聯考試題的評析〉(見「參考資料五」與「參考資料六」)評論一九八七年度日本大學共同考試英文試題與前年度我國大學聯考英文試題。從這些評論中，我們可以知道：㈠一九八〇年以前的我國大學聯考英文試題犯有⑴試題種類與數目過多、⑵複選題不合宜、⑶試題難度偏深、⑷文法分析應該廢止、⑸中譯英題應加改進等缺失或問題；㈡這幾年來我國大學聯考的英文試題則針對以往的缺失，⑴把過去的十一大類六十個題目減爲現在的五大類五十個題目、⑵把過去的複選題改爲現在的單選題、⑶把過去難度偏深的試題改爲現在難度適中的題目、⑷把過去容易引起爭論的文法分析題改爲現在的綜合測驗題、⑸把過去兼考中譯英與英譯中兩類非測驗題改爲中譯英與作文這兩類題目，同時題目所牽涉的文字與內容都力求符合考生的實際英語能力與實際生活經驗；㈢結果，⑴近幾年來的英文考試成績(無論是低標準或高標準)都顯著地提高，⑵考生英文成績的統計數據顯示題目的難度、信度與鑑別度以及誘導選項的誘導力等各方面也有明顯的改進(參鄭恆雄與斯定國〈七十六至七十九年度中華民國大學聯考英文科選擇題統計數值分析〉)，⑶過去考生放棄英文而準備其他科目的傳聞逐漸消失，因畏懼英文而缺考的情形也大量減少。

這幾年來的大學聯考英文試題，雖然一直都在穩定中求進步，但是仍然有改進的餘地。以下就參考資料五、參考資料六以及大學入學考試中心英文小組所編製之預試試題(見「參考資料七」)為例，討論各種試題類型以及命題注意事項。

(一)選擇題

(1) 「詞重音與發音選擇題」

【例題1】從下列問題的單詞中，選出第一重音節的母音讀法與其他三個單詞不同的單詞來。

(A) circumstance (B) pursue (C) universal (D) permanent

(參「參考資料五」，第一問A)

這一類試題的目的在於要求考生分辨單詞的「第一重音」(primary accent)以及出現於這個重音節的母音讀法。許多人認為這是考「發音」的試題。其實，考生並沒有實際的「聽音」，更沒有實際的「發音」；能答對這些試題的考生，並不一定能正確地聽出或發出英語的音來。同時，英語裡第一重音節在單詞裡出現的位置常有一定的規則(例如，雙音節單詞的第一重音大多數都出現於第一個音節，三音節與三音節以上單詞的第一重音節則大多數都出現於倒數第三個音節)，而英文拼字與發音之間也常有一定的對應關係(參湯廷池(1989)《國中英語教學指引》，〈國中英語與音標教學〉100-132頁)。因此，這一類試題不但不能眞正測驗考生的英語重音或發音。而且，如果這一類試題可以由考生利用重音定位與拼字與發音的對應規則來找出正確的答案，那就更失去考發音的意義；而另一方面如果盡出一些屬於不符合規則的例外情形，那就容易出現冷僻罕用的單詞。其他不提到單詞的重音，而在單詞的部分拼字下面畫線來問發音異同的題目，也犯了同樣的缺失。近幾年來我國大學的入學考試英文試題很少出現這一類題目，應該是基於這一種考慮。

(2) **「句重音選擇題」**

下面一段文章裡分別有一個單詞要讀得特別重。請選出這一個單詞。

【例題 2】Susan and Tim were waiting for their friend Akira at the airport. Tim shouted "*There* (A) *he* (B) is! *He's* (C) just beside the man with the red shirt." Both were excited to see their friend from Japan.

【例題 3】It had been a long time since *they* (A) were together at the last ski tournament.
"It's good to see *you* (B) again," said Akira. "You both look great."
"So do *you* (C)! We could hardly wait for you to get here."

（參「參考資料五」，第一問B）

這一類試題的目的在於要求考生指出一個句子或一段文章裡的「信息焦點」(information focus)。由於句子的「信息焦點」經常都是這一個句子裡「音高峰」(pitch peak) 或「句重音」(sentence stress) 出現的地方，所以許多人也誤以爲這是考發音的題目。其實，這一類試題也與前一類試題一樣，並沒有眞正測驗考生聽音或發音的能力，考生只要能了解這一段文章的大意，並且能夠找出那一個答案代表「最重要的信息」(most important information)就可以答對題目。例如，英語的介詞、連詞、代詞、助動詞等「虛詞」(function word)，除非在句子裡充當「對比焦點」(contrastive focus)，否則信息焦點或句重音通常都不會落在這些虛詞上面。在上文或前面的會話裡已經出現的名詞、動詞、形容詞、副詞等「實詞」(content word)都代表「舊信息」(old information)，所以也不可能成為信息焦點，也就不可能讀句重音。只有在上文或前面的會話裡尚未出現的實詞而代表最重要信息的句子成分纔可能成為信息焦點而讀成句重音。因此，這一類試題只能說是考「語意」或「閱讀」的題目，不能說是考「語音」或「發音」的題目。我國以往的大學入學考試英文試題也出現過這一類試題，但不是用上述基本而簡單的原則就可以找出句重音的所在，就是因為文義解釋上的見仁見智而引起無謂的糾紛。而且，由於擔心補習班的猜題，這一類題目很容易出得太難，甚或走入牛角尖。以前面的【例題2】與【例題3】為例，"there, he, he's, they, you" 等都是虛詞，通常都不會成為信息焦點而讀句重音。但是"There (he is)"是「引介句」(presentative sentence)，整個句子都代表新的重要信息(相當於中文的"(你看)他在那裡！我看到他了！")，所以例外地把虛詞"there" 讀成句重音。又"(So do) you"是"You look great (too)"的「簡縮倒裝句」(elliptical inverted sentence)，為了避免重複使用"look great" 而以 "do so" 來代替；而且，為了強調"你看來也蠻好啊！"而把 "You" 移到句尾來充當信息焦點，以便符合「從舊到新的原則」（“From Old to New” Principle），因而代詞“you”也例外地讀成句重音。可見，考生只要能運用一些基本而簡單的原則來判斷句子成分所代表的信息是否重要，就能答對這一類試題。我們認爲：如果眞正要考英語的聽音或發音，唯一的方法是讓考生親耳聽英語或親口說英語。爲了探討在大學入學英文科考試中加考聽力測驗的可行性，大學入學考試中心英文科小組最近利用錄音帶編製一套聽力測驗並加以預試。將來預試結果的公佈，必然有助於檢討加考聽力測驗的可行性。

⑶ **「對話選擇題」**

下面是日常生活中常見的英語對話，請依照對話的內容選出一個最適當的答案。

【例題 4】John: Good evening, Jane.

Jane: Hi, John. I'm glad you could come.

John: ______________________

Jane: No, you're right on time.

(A) It's my great honor, thanks.

(B) You're welcome. Am I the first?

(C) Thanks. Do you have the time?

(D) I hope I'm not too late.

（七十九學年度大學入學考試英文試題「對話」第(31)題）

【例題 5】A: This lamp needs repairing.

B: ______________________

A: Would you? I'll get one right away.

(A) If I had a screwdriver, I'd fix it for you.

(B) I'll repair it for you.

(C) I'd bring the lamp to you.

(D) Would you want me to repair it?

（參「參考資料七」I、對話題）

這一類試題的目的在於要求考生了解一段英語對話的內容，並且根據「語意」與「語用」(pragmatics)選出最適當的答案塡入在會話中留下來的空白裡面。這一類試題的每一個答案都是完整的句子，而且不應該含有冷僻罕用的詞彙或複雜難解的句法結構，因爲這一類題目的目的不在測驗考生的「詞彙」或「語法」。由於是對話，所以文體上應該屬於淺近易懂的口語英語；在對話裡出現的人物與「語言情境」(speech situation)也應該是代表性的人物與典型的語言情境，而且最好不要與考生的身心成長與生活經驗太脫節。這一類試題，除了測驗學生了解語意(明白對話的內容)與注意語用(什麼場合該說什麼話)的能力以外，還可以測驗考生對英美社會禮儀習俗的了解。又這一類試題通常由十小題而成，每一小題對話可以各自獨立，因而上下語意並不連貫(如七十六年度到七十九年度大學聯考英文試題中的對話題)；但是也可以採用上下一貫的對話，因而整段對話在語意與語用上密切連繫(如八十年度大學聯考英文試題中的對話題)。

(4) **「單句選擇題」**

從下列問題的答案中選出最適當的答案填入空白。

【例題6】It would be good for you to send your baggage ______ to avoid any inconvenience.
(A) far advanced (B) in advance (C) with advantage (D) at advantage

【例題7】When I bought the book ten years ago, it just cost ______.
(A) one and a half dollar (B) one and a half dollars (C) one and half dollar (D) one and half dollars

【例題8】Nothing more ______ because of the storm.
(A) could be doing (B) could do
(C) could be done (D) could have done
（以上三題參「參考資料五」第二問A）

【例題9】Have you ever become so upset in a game that you lost your ______?
(A) money (B) strength (C) temper
(D) will

【例題10】Most sportsmen and sportswomen are strong and ______, but not all of them are ______.
(A) rapid, physicians (B) skillful, champions
(C) rude, winners (D) courteous, leaders
（以上兩題參「參考資料七」第二問詞彙）

這一類試題的目的在於要求考生運用判斷英語「詞彙」、「語法」、「語意」等能力從幾個可能的答案中選出最適當的答案來。選擇的關鍵包括：形態相似或意義相近的單詞、成語或表現法之間的選題(如【例題9】、【例題6】與【例題7】)；名詞的單複數之間以及名詞與冠詞、指示詞、數量詞等之間的選擇，動詞的時制、動貌、語態、現在分詞、過去分詞、不定詞、動詞原形等之間的選擇，形容詞與副詞的原級、比較級、最高級以及形容詞與副詞之間的選擇，各種人稱代詞、關係代詞、疑問詞、介詞、連詞、介副詞、助動詞之間的選擇、主語名詞與述語動詞之間的「呼應」(agreement)、代詞與前行語之間的「照應」(anaphora)，時制之間的「一致」(sequence)，動詞與介副詞之間的「連用」(collocation)，動詞、形容詞、名詞等與介詞之間的連用，名詞與形容詞之間以及動詞與副詞之間的連用等句法(如【例題8】)與語意(如【例題10】)問題。命題時應該注意命題範圍的周全，切忌偏重某一部分詞類或句法問題的選擇；同時，更要注意正確答案的選擇必須依賴整句意義的了解。如果僅靠空白前後一兩個單詞的了解，或只靠死背單詞與單詞之間的連用，就可以選出正確的答案，那麼這種題目就不能算是好題目。因此，命題的方式也可以採用在同一個句子裡同時出現兩個空白的方式(如【例題10】)，甚至可以採用在同一個句子裡同時出現三個空白的方式。如此，考生必須全面地了解句子的含義纔能選出正確的答案來。又這一類試題的誘導答案，無論在拼字或句法上都不應該有任何錯誤或瑕疵；因此，考生不能只比較答案，而必須考慮整句的語意與前後的語法關係，纔能選出正確的答案來。

(5) 「**成段選擇題**」

請仔細閱讀各段文章，並選出最適當的答案填入空白。

【例題11】Jack was walking __1__ the street when he saw a big dog. The dog looked very __2__. It kept on barking __3__ Jack, so Jack stopped walking. ……………………

……………………………………………………

1. (A) above (B) over (C) at (D) down
2. (A) sad (B) mean (C) just (D) fit
3. (A) at (B) to (C) on (D) up

……………………………………………………

（參「參考資料六」II、綜合測驗題）

【例題12】Throughout history there __1__ slow changes in the family and family life, but today the family __2__ quickly. This change causes many __3__ for the society and the __4__

……………………………………………………

1. (A) is (B) are (C) has been (D) have been
2. (A) is changing (B) had changed (C) was changed (D) changed
3. (A) areas (B) problems (C) aspects (D) opinions
4. (A) men (B) everybody (C) individual (D) person

……………………………………………………

（參「參考資料七」Ⅲ、綜合測驗題）

這一類試題與前一類試題的不同在於前一類試題係以個別獨立的句子爲單元，而這一類試題則以整段文章爲單元。由於以整段文章爲單元，每一個空白裡正確答案的選擇，不但要考慮出現於同一個句子裡的其他成分，還要考慮這個句子以外的前後上下文。例如，單獨出現的時候，“Trophies were in the case.”與“In the case were tropies.”都可以通；但如果出現於“I found a glass case on the table. ________.”後面則以“In the case were trophies.”爲宜。同樣的，單獨出現時，“A policeman came in”與“In came a policeman”都可以通；但如果出現於“The door opened.________.”則以“In came a policeman”爲宜。其他如“I went to inspect *a* house yesterday. I didn't buy it because most of *the* windows were broken and *the* roof was leaking.”裡無定冠詞“a”與有定冠詞“the”的搭配，以及“'Jack has been promoted to a manager.' '*So* I was told.'”裡'so'的倒序等都必須綜合地考慮整段文章或對話的前後上下文纔能做出正確的選擇。這一類試題的命題除了應該注意上面「單句選擇題」裡所提到的幾點以外，還應該注意下列三點：㈠答案不限於單詞或成語，也可以包括子句或句子；㈡同時選擇幾段文章做爲「綜合選擇題」的時候，最好能兼顧不同的文體與題材，並且考慮文章的難易度而依照從易到難的順序出題；㈢考慮難易度的時候，除了詞彙與句法結構的難度以外，文章的長短以及考生對於文體與題材內容的熟悉度也應該一併加以考慮。

(6) **「分段閱讀測驗題」**

【例題13】下面1到4是一篇前後連貫的文章。請仔細閱讀各段文章，並從A到D的備選答案中選出最能吻合各段大意的答案。

1. Although he was an extremely shy young man, he hoped for a chance to meet a pretty girl when he went to live in Paris. He soon noticed one, who lived nearby.
   (A) While he was in Paris, he wanted to get to know a pretty girl.
   (B) While on a visit to Paris, he had a chance to date a pretty girl.
   (C) One of the neighbors he was introduced to was a pretty girl.
   (D) He didn't feel so shy in Paris because the girls there were very bold.
2. He wondered how to meet her. A French friend told him it was easy: just wait till she dropped something—her handkerchief, perhaps—pick it up, hand it to her, and start a conversation.
   (A) A French friend explained the way he himself had met the girl some

time ago.

(B) Until a French friend suggested a method, he wasn't sure he could get to know her.

(C) One of the girl's friends explained to him how he had got to know the girl.

(D) She was a careless girl, so he hoped to make friends with her by offering to help her.

....

(參「參考資料五」第四、五問)

這一類試題把一篇文章分成四段，並在每一段文章後面附有四個備選答案來敍述這一段文章的大意或要旨，要求考生選出最適當的一個答案來。這一類試題在試題類型上屬於「閱讀測驗」，目的在測驗考生綜合運用詞彙與語法來了解語意的能力，而且如果把這一類試題的正確答案前後串聯起來，幾乎可以形成一篇「摘要」(précis)。這一類試題的命題仍然要注意文章的文體(例如「口語英語」與「書面語英語」的區別以及「描寫文」、「敍述文」、「論說文」等的分別、長短(可以計算每一段文字所包含的字數)、難易度(特別注意閱讀文章與備選答案所用的英文在難易度上要彼此相當)、題材內容(如小說、散文、評論以及文學、社會科學、自然科學等的分別)等問題。

(7) **「不分段閱讀測驗」**

【例題14】仔細閱讀下面文章，並從備選答案中選出最適當的答案填入空白。

One young woman, an only child, chose to live in a college dormitory in order to better learn to live with others. She considered dormitory living to be an invaluable experience. She said that someone "living in the dormitory becomes more involved in college activities. People depend on you to do more, and so do you. You learn to become involved." She went on to say, "you don't have a whole lot of privacy with all those people in one dormitory, but you learn how to get along. After a while, it's like having one big family."

1. The only child chose to live in a college dormitory because
   (A) she would like to be more closely connected with people.
   (B) she found it more convenient to go to classes and the library.
   (C) she would like to enjoy more freedom and independence.
   (D) her family was too big and complicated and she didn't like it.

2. According to the only child, the students living in

the dormitory

(A) learned to cherish their privacy.

(B) considered dormitory life unbearable.

(C) shared many common experiences.

(D) thought little of their experience.

（參「參考資料五）第六問、「參考資料六」Ⅲ.閱讀測驗、「參考資料七」Ⅳ.閱讀測驗）

這一類試題與前一類試題的不同，在於前一類試題以整篇文章爲閱讀的對象，並在每一段文章之後都提供一道問題與四個備選答案；而這一類試題以一段(或數段)文章爲閱讀的對象，而在這一段(或這幾段)文章的結尾才提出所有的問題與備選答案。含有數段文章的閱讀測驗(如「參考資料七」Ⅳ.閱讀測驗第三題(47～50)、第四題(51～54)、第五題(55～57)、第六題(58～60))，比只含有一段文章的閱讀測驗(如「參考資料七」Ⅳ.閱讀測驗的第一題(41～43)與第二題(44～47))，難度可能較高；因爲閱讀測驗的問題可能同時涉及數段文章的內容，有時侯還需要綜合考慮前後幾段文章中所敍述的內容做推理推論才能找出正確的答案，甚至可以不依照文章敍述的前後次序來提出問題。這一類試題的命題，除了應該考慮到上面「分段閱讀測驗」裡所提到的幾點注意事項以外，還應該注意到下列五點：㈠一般說來，這一類試題的段數越多或文字越長，難度越高(可以用以題數除文章字數的比例數値來表現或比較難度)；㈡不能出現不必閱讀文章而只用常識或常理來判斷就可以找出正確答案的題目，也不能出現對某一些知識背景的考生有利而對另一些知識背景的考生不利的文章或題目；㈢不要一字不改地抄襲在文章裡出現的英文詞句來做爲題目，而應該換成另一種說法；而且，題目的內涵也不要完全依照文章裡所敍述的內容，而要在推理推論上稍做一些引伸；㈣謹愼選擇閱讀文章的來源，切勿引用目前在國內容易讀到的報章雜誌上的文章；㈤與文章要旨有關的關鍵性詞彙以及在正確答案與誘導答案中出現的詞彙應該在一般考生「被動認識」（passive recognition；即這些詞彙不一定在「說」與「寫」上能「主動運用」(active manipulation)，但在「聽」與「讀」上却可以藉上下文等的幫助大致了解其含義)的範圍內，但是與文章要旨或正確答案的選擇並無直接關係的詞彙則難度稍高也無妨。

⑻ 「選擇塡空題」

【例題15】下面一段文章共有十個空格，文章下面附有十五個單詞(A至O)請從十五個單詞中選出最適當的答案填入空白，並把代表這個單詞的英文字母標在答案紙上。

Linda's working day in Chicago ___1___ begins at two o'clock in the afternoon and ___2___ around eleven o'clock at night. Because she must ___3___ for two news shows each evening, Linda does far less reporting ___4___ in the field than she would like. The skills needed in reporting the news are quite ___5___ from those needed in serving as a main broadcaster in a news show. As Linda ___6___, "In field reporting, you're going from one place to another, thinking about all __7__ of one story. You're always looking for more __8__ about a single story. As a main broadcaster, you're __9__ with presenting information about many stories clearly, and __10__."

(A) concerned (B) different (C) ends
(D) explains (E) facts (F) formally
(G) interestingly (H) out (I) pay
(J) points (K) prepare (L) reacy
(M) separate (N) sides (O) usually

(參「參考資料七」第二部分填空題II. 填寫)

這一類試題先要求考生閱讀並了解前面一段文章的大意，然後要求考生綜合運用詞彙、句法、語意等語言要素，從十五個備選答案中選出十個正確的答案填入空白裡。備選答案包括五個動詞(其中"separate"亦可做形容詞用)、三個名詞、三個形容詞、與四個副詞，而正確答案則包括三個動詞、兩個名詞、兩個形容詞與三個副詞。可見，這一類試題的測驗對象都集中於動詞、名詞、形容詞與副詞等實詞的了解與運用；在測驗功能上可以說是以詞彙與語意為主，而以句法為輔的閱讀測驗。不過，這一類試題的備選答案應該屬於一段考生的「主動運用詞彙」，也就是說在「說」與「寫」上可以正確掌握的詞彙；因此，在詞彙難度上應該低於在一般閱讀測驗試題中所出現的詞彙。

(二)非選擇題

⑼ 「重組造句題」

把下列問題裡1到7的詞句填入空白來完成句子。答案卡上只要填入附有題號1到10部分的答案(只填代表答案的英文字母)就可以。

【例題16】You are waiting for the 10:05 bus. It is 10:40 now. You are very angry and say: "Oh, ____ ____ __1__ ____ __2__ ____ ____?"
(A) time (B) why (C) never (D) this
(E) on (F) is (G) bus

【例題17】Your doctor asks you how you feel and you answer: "I feel quite well now, thank you. I certainly ____ ____ __3__ ____ __4__ ____ ____."
(A) ago (B) much better (C) did (D) feel
(E) a week (F) I (G) than

（參「參考資料五」第二問）

這一類試題先提出有關「語言情境」的說明，然後把最後一個句子的一部分留爲空格，要求考生把附在後面的詞句加以「重組」(rearrange) 後塡入空格。爲了便於電腦閱卷，這個題目並不要求考生把重組後的句子整個抄下來；而在七個空格中只指定關鍵性的兩個空格，要求考生把塡入這兩個空格的答案字母寫在答案卡上。這一類試題主要在測驗考生重組詞彙來造英文句子的能力；因此，命題的重點一般都在於句子的基本詞序與虛詞的運用。我國歷屆大學入學考試英文試題似乎未曾考過這一類型的題目。

不過這一類試題可以利用客觀測驗的方式來測驗考生重組句子的能力，並且可以用電腦來閱卷，這一點倒值得參考。

⑽ 「填詞測驗題」

【例題18】下面一段文章共有十個空格，請在每一個空格裡填入最適當的單詞以便成為合乎文法而通順達意的文章。

Do you ever say or complain …

"Keep your hands __1__ my records!"

"But all the kids __2__ going! Nobody else has to stay home and take __3__ of their little brother!"

Do you sometimes wish your family were like __4__ of those pictured on TV, where every day is __5__ with fun and laughter? Of course, the TV family has problems, just like your family, __6__ somehow, someway, the problems get __7__ in thirty minutes.

Most of the __8__ our lives really aren't much like what we see on TV. And your friends' families have their ups and __9__ too. No two families are __10__ .

（參「參考資料七」第二部分填空題Ⅱ.填寫以及與七十七年度大學入學考試英文試題第三部分非選擇題一、填充）

【例題19】根據提示的第一個字母或第一個及最後一個字母，在每一空格填入一個完整的英文單詞。

Advertising is now big b__1__, and there are people who e__2__ their living by writing and presenting advertisements, s__3__h people do not actually make soap powder or baked beans or motor cars, b__4__ they prepare advertising matter for those that d__5__. Thus a manufacturer will often go to an advertising agency and ask the people t__6__e to handle all the publicity that will e__7__e him—he hopes—to sell more of his g__8__. In return, he pays the agency f__9__ their services. The newspaper, magazine, or television channel w__10__e the advertisement appears also has to be paid.

（參七十六年度大學入學考試英文試題第二部分非選擇題一、填充）

這一類試題在試題類型上類似「克漏字測驗題」（cloze test）。所謂「克漏字測驗」，是把一段文章每隔五個單詞、六個單詞或七個單詞留下空格，或把其中特殊語法形式(如冠詞、介詞、連詞、代詞、數量詞、疑問詞、關係詞、各種不同形態的常用動詞或常用成語的一部分)刪去後留下空格要求考生來填充。以

【例題18】爲例，標準答案依次是“off”(介詞)、“are”（Be動詞）、“care”(成語“take *care* of”的一部分)、“one”(數量詞)、“filled”(動詞“fill”的過去分詞)、“but”(連詞)、“solved”(動詞“solve”的過去分詞)、“time”(名詞)、“downs”(成語“ups and downs”的一部分)。這一類試題可以綜合地測驗考生的拼字、造句、會意以及推理推論的能力，因而在空格裡出現的詞彙應該屬於一般考生的「主動運用詞彙」。根據測驗專家的研究，這一類試題所測驗出來的成績與考生的閱讀與作文能力之間有相當密切的關係。因此，從「綜合測驗」的觀點而言，這是一種相當理想的試題。不過，這一類試題可以塡入空格裡的單詞常不止於一個，而且必須以人工閱卷；因而閱卷工作比較麻煩，並且容易發生閱卷上的錯誤。【例題19】雖然以提供單詞詞首或詞首與詞尾英文字母的方式來限制可能的正確答案，並且酌情提高文章與試題的難度，但是似乎仍然無法完全克服閱卷上的困難。這可能就是於七十六與七十七年度前後兩次嘗試這一類試題以後沒有再採用這一類型試題的理由。

⑾ 「**中譯英**」

下面一段短文共含有五個中文句子，請譯成正確、通順而達意的英文。

【例題20】

1. 昨天早上我出門的時候，天氣相當暖和。
2. 所以我沒有穿毛衣，只穿了一件襯衫。
3. 但是到了下午，氣溫却急速下降了。
4. 雖然晚上比往常早回家，我還是覺得有點不舒服。

5. 今天我不但打噴嚏而且頭痛，我想我最好馬上去看醫生。

【例題21】

1. 我生長在鄉下的一個小村落。
2. 那時，我家附近有一條清澈的小溪。
3. 我們常在夏天到那裡游泳、釣魚。
4. 現在溪水髒得魚都不能活了。
5. 不知道什麼時候才能再見到童年的美景。

（以上兩題分別採自七十九與八十年度大學入學考試英文試題）

教育部於民國六十九年決定自七十年度起在大學入學聯招英文考試中加考翻譯與作文時，筆者曾發表〈論大學聯考英文科加考作文與翻譯〉（見「參考資料八」）一文來討論這兩類測驗所牽涉的種種問題與應該注意的事項。剛開始的時候，是「中譯英」與「英譯中」併考，後來才把測驗的對象鎖定於英文的表達能力，而非中文的表達能力；因而廢棄「英譯中」而只考「中譯英」。同時，頭幾年的中譯英試題，五個題目是各自獨立而不相干的，到後來才把五個題目串聯成一個短文，藉以測驗考生英文寫作時如何達成「統一性」（unity）、「連貫性」（coherence）、「強調性」（emphasis）與「變化性」（variation）。而且，評分的重點也強調「正確」、「通順」與「達意」，以符合〈高級中學英文課程標準〉的教學目標。為中譯英試題命題的時候，命題人必須同時準備標準答案，用以檢驗標準答案中所出現的詞彙、成語、句型變化與修辭技巧等是否都在一般考生主動運用能力的範圍以內。

(12) 「英文作文」

【例題22】臺灣多山，氣候溫和，有很多珍貴的野生動物，但是有些人却濫捕濫殺。請寫一篇大約一百個英文字(word)的短文。短文分為兩段：第一段說明臺灣野生動物越來越稀少而濫捕濫殺却不斷發生的情形；第二段討論我們應該怎麼樣保護野生動物。

【例題23】寫一篇有關鐘或錶的短文，分成兩段：第一段談鐘或錶對我們生活的重要性；第二段談你最喜歡的一個鐘或錶。

（以上兩題分別採自七十九與八十年度大學入學考試英文試題）

大學入學考試於十年前剛開始考英文作文的時候，採用的是「命題作文」（如（給主題句）"I have long hoped to become a college student"（並附十二個單詞）、"The National Flag and I"、"A Taxi Ride"）與「自由發揮」(free composition)的方式，並且沒有規定一定的評分標準而任由各個閱卷人決定分數的高低。結果，不但考生的負擔太重而無法於規定時間內完成一篇完整的作文，而且不同閱卷人之間的評分差距往往過大，因此常受有識者的批評。近幾年來，英文作文的命題技巧顯著地改進。一方面，放棄命題作文與自由發揮而改爲提供主旨並讓考生有限度地發揮；因而把作文與評分的重點放在「文字表達」(expression)的「簡潔」、「通順」與「達意」，而不放在「文章內容」(content)的獨特突出或動人感人。另一方面，針對評分也提出"內容4分，組織4分，文法4分，用字遣詞4分，拼字、大小寫與標點符號 4 分”這樣較為客觀的標準。如此，不但可以糾正因命題內涵抽象模糊而導致考生無話可寫的缺失，而且也可以防止補習班試前猜題並由考生背記範文的弊端。不過，【例題23】的作文主題“鐘或錶”對於考生而言似乎有點「冷門」的味道，而且有關段意的說明似乎也比往年簡略而抽象，因而難望觸動考生的「文思」。命題者或許擔心作文題目被坊間的補習班猜中，因而有意出一道冷門的題目，結果反而限制了考生聯想的空間與發揮的餘地。其實，這類作文試題事先限制段數與每一段文章的主要內容；即使考生或補習班事先猜到主題，也不太容易猜到每一段文章裡相當具體的內容。同時，這個作文主題不但冷僻，而且有關段意的指示也幾乎沒有什麼具體的內容，考生也就不容易「借題發揮」。例如，以目前一般考生的英文能力，並且在考試時間的限制與壓迫下，應該如何描述他所喜歡的鐘或錶？是描寫它的外表、形狀、大小、顏色、結構、製造廠或銷售處嗎？又如，第一段的“談鐘或錶對我們生活的重要性”與第二段“談你最喜歡的一個鐘或錶”，其實可以充當兩個獨立的作文題目；兩段文章的內容並不完全相干，因而可能不容易連貫。為了幫助考生便於就題發揮，不妨把作文的主題改為「我的錶」。第一段談一下你的手錶；例如，是怎樣的錶？是那一個國家製造的？是你自己買的，還是別人送的？那是什麼時候的事情了？第二段談你的手錶跟你的關係或對你的重要性；例如，戴手錶有什麼方便或不方便？你的手錶幫過你什麼忙？耽誤過你什麼事？你能想像沒有手錶的生活嗎？又英文作文試題雖然訂有評分標準，但是閱卷人是否確實依照這些標準評分，不無疑問。其實，作文成績的高低應該從考生在考試中實際表現的比較中得來。因此，寫得最好的作文應該得到二十分滿分，一如沒有寫一個英文單詞或寫得亂七八糟的作文應該得到零分。閱卷人千萬不能憑個人的主觀來預設滿分的作文；凡是未能達到這個預設標準的作文都一律扣分。因爲每一位閱卷人心目中的滿分標準必然不同，結果各人的評分標準也就必然參差不齊。同時，閱卷人不能只注意考生寫錯的詞句而扣分，也要注意考生寫對的詞句而給分；否則考生的作文成績必然偏低，結果作文的評分就失去了應有的鑑別力。

十四、結　語

以上針對大學入學考試英文試題與題庫命題提出了筆者個人的意見與建議。除了上面所討論的十二種命題類型以外，筆者還多方蒐集了鄰邦日本與韓國大學入學考試英文科的試題類型，並做了初步的分析與探討。由於篇幅的限制，這些試題類型與命題注意事項只好留待將來的機會來加以討論。

* 本文於1993年5月15日在國立政治大學舉辦的「第十屆中華民國英語文教學研討會」上發表，並刊載於《中華民國第十屆英語文教學研討會英語文教學論文集》649 至 676頁。

參考資料

一、湯廷池 (1978)〈六十七年度大專聯考英文試題的檢討與建議〉，收錄於湯(1981)351-360頁。

二、湯廷池（1979a）〈六十八年度大專聯考英文試題的檢討：兼論如何準備大專聯考英文〉，收錄於湯(1981)361-371頁。

三、湯廷池（1979b）〈六十八年度大專聯考英文試題第十九題標準答案的商榷〉，收錄於湯(1981)373-377頁。

四、湯廷池（1980a）〈簡評六十九年度大專聯考英文試題〉，收錄於湯(1981)379-382頁。

五、湯廷池（1991a）〈他山之石可以攻錯：評析日本大學英文科入學考試制度與試題〉，《人文及社會科教學通訊》2卷1期122-148頁。

六、湯廷池（1991b）〈八十年度大學聯考英文試題的評析〉，《人文及社會科教學通訊》2卷4期111-127頁。

七、大學入學考試中心英文小組〈八十年度第一次預試〉。

八、湯廷池（1980b）〈論大學聯考英文科加考作文與翻譯〉，收錄於湯(1981)383-391頁。

九、湯廷池 (1981)《語言學與語文教育》，臺灣學生書局。

語言學與語文教學的回顧與展望

歐美結構學派語言學的理論與方法，早於四〇年代到五〇年代之間經由趙元任博士、李方桂博士等先進的介紹傳入我國，並且廣泛應用於漢藏語系的分析與研究。但是當代語言理論的直接影響我國的外語教學，以及語言學課程的在大學裡正式講授，還是五〇年代末期到六〇年代初期的事情。先是國立臺灣師範大學（當時尚稱省立臺灣師範學院）英語系的林瑜鏗、陸孝棟、傅一勤、張在賢等幾位教授，先後在美國密西根大學攻讀英語教學以後，在亞洲協會資助之下成立英語中心，並建立我國第一間語言實驗室，首次把在美國結構學派所孕育之下發展出來的「口說教學法」(Oral Approach) 引進到英語師資的養成教育上面來。接着董昭輝、屈承熹、湯廷池等幾位年輕一代的學者前往美國德州大學攻讀語言學，把當時逐漸抬頭的「變形衍生語法」（trans-formational-generative grammer）理論帶回國內來。

從一九六二年七月到一九六四年二月之間，臺灣師範大學英語系與美國德州大學(The University of Texas, 後來改稱為 University of Texas at Austin)在教育部與美國國際開發總署(Agency for International Development, 簡稱 AID）的贊助之下主持為期兩年七個月的「在職英語教師訓練計畫」(In-Service English Teachers Retraining Program)，前後舉辦了十一屆訓練班，訓練了一千一百八十九位英語教師。每一屆訓練班為期八週，課程的主要內容是英語的密集訓練與口說教學法的灌輸。每一位學員每週都要上平均三十二小時到四十小時的課(包括發音訓練、句型練習、會話練習與上課實習等)，並且還要做平均五小時到十小時的作業。根據統計，當時國內的英語教師中幾乎有百分之四十五是非本科系畢業的，就是本科系畢業的人也大都沒有受過嚴格的專業師資訓練。因此，在職英語教師訓練計畫對於提昇一般英語老師的英語能力頗有貢獻。同時，由於口說教學法的推廣，英語的聽說教學逐漸獲得重視，各種「口語練習」(oral drills) 開始取代傳統的「文法翻譯教學法」(Grammar-Translation Method)。從一九六三年八月起到一九六四年二月止，本人還巡迴全省訪問結業學員，以教學觀摩、專題演講與疑難解答等方式做追蹤與回饋的工作。

大學部語言學課程的開設也是從六〇年代開始。先是由臺灣師範大學英語系的傅一勤教授講授「音素論」(Phonemics) 與「普通語言學概論」(Introduction to General Linguistics)，接着由本人開始講授「變換律導論」(Introduction to Transformational Grammar) 與「語言分析導論」(Introduction to Linguistic Analysis)。在美國麻省理工學院進修當代語法理論的吳匡教授也開設「當代文法研究」(Survey of Modern Grammars) 的課程，後來改由本人主講。六〇年代後期臺灣師範大學英語系開始試辦語言組與文學組的分組教學，從大三起根據學生的性向與志趣提供不同的選修課程。剛試辦分組教學的時候，志願語言組的學生並不多，但是不出幾年選擇語言組的學生人數便超過了選擇文學組的學生人數。語言學課程的講授開始於臺灣師範大學英語學系，並且逐漸擴大到臺灣大學外國語文學系與考古人類學系、政治大學西洋語文學系、高雄師範大學英語學系、彰化教育大學語文教育學系(後來改稱英語學系)、中央大學外國語文學系、中山大學外國語文學系等。如今，幾乎所有公私立大學的外國語文學系都或多或少地開授語言學課程。教育部的大學課程規劃也反映了這種現實，於一九七〇年把語言學概論列爲各大學外文系或英語系的部定必修課程。不少大學的外文系(包括臺灣大學外文系與清華大學外語系)也先後把語言學概論列爲大二轉學考試的考試科目之一。

現代語言學的影響不但見於大學部課程的規劃，而且也顯現於研究所課程的發展與研究的方向。臺灣師範大學於一九五六年成立英語研究所。雖然剛成立之初該所並無以現代語言學爲專長的教授，但是從第一屆畢業生起就有人以英語教學或語言分析爲碩士論文的主題。根據黃宣範教授於一九九一年年底在香港語言學會所主辦的「華語社會中的語言教學研討會」上發表的論文〈從知識社會學看臺灣語言學的本土化〉，在師大英語研究所三十年來一百六十二位畢業生中，以英語教學爲碩士論文的主題者共十七人，以語言分析爲碩士論文的主題者共五十人；而且以語言分析爲論文主題的學生人數與年增多。一九六九年輔仁大學成立國內第一個語言學研究(不過正式名稱却爲「語言研究所」)，到一九九一年爲止的全部畢業碩士九十六位幾乎都以語言分析爲論文的主題。一九八六年清華大學成立名副其實的「語言學」研究所，並於三年後成立國內第一個語言學博士班。到現在爲止，該所師生論文的研究主題都集中於音韻、詞彙、句法、語意與語用各方面的主題，而研究的語言則包括臺語、原住民語言以及漢語以外的語言(如英語、日語、法語、德語等)。一九八六年以後，政治大學、高雄師範大學、靜宜女子大學等都先後成立研究所並內設語文組或語言學組。根據黃宣範教授的上述論文，臺灣國內自行培養的語言學碩士到一九九一年爲止已達一百七十七人(這個數字不包含中文研究所、日本文化研究所等非主修語言學的畢業生)，而目前在各大學攻讀語言學學位的學生則共爲博士班八人與碩士班一百一十五人。黃宣範教授的論文還提到：目前任教於國內各大學並獲有語言學博士學位的學者共有四十二位；但是如果包含以英語教學與漢語聲韻學、方言學等爲專長而獲有碩士以上學位的學者，那麼任教於大學的語言學人才總數則可達一百人左右。

國內語言學的興起與推廣對於國中、高中、職業學校以及師範大學的英語教育產生了相當深遠的影響。這些影響包括：

㈠為以上各級學校的英語教育提出相當明確的「目標行為」（terminal behavior）做為學習目標。例如，一九八三年七月教育部公布的「國民中學英語課程標準」與「國民中學選修科目英語(甲)課程標準」分別提出下列⑴至⑶以及(1')至(3')的學習目標。

⑴ 指導學生聽、說、讀、寫簡易英語的能力。

⑵ 指導學生了解並應用英語基本語法結構。

⑶ 培養學習英語的正確態度，以作為升學及職業輔導的基礎。

(1')培養學生運用現代英語之基本能力，以達到能聽、能說、能讀、能寫之目的。

(a)能聽：應使學生瞭解教師課堂上所用之英語，並能聽懂從錄音帶、收音機或電視上所聽到之簡易英語。

(b)能說：應使學生能運用在課本上所學到之詞彙與句型，清楚而流利地用英語表達自己的意思。

(c)能讀：應使學生能看懂與課文難度相當之英文文章，並能以正確的語調將文章讀出來。

(d)能寫：應使學生能以英文寫出所能聽、說或讀的話或文章。

(2')建立學生進修英語之正確基礎，並配合教育輔導，授以必要之英語訓練，以適應學生升學之需要。

(3')認識英語民族之優良風俗、習慣與文化，並充實現代國民所需要之國際禮節與生活知能。

一九八三年七月教育部公布的「高級中學外國文(英文)課程標準」則舉出下列四項做爲高中英文教育的學習目標。

(1) 從聽、說、讀、寫各方面，培養學生運用切於實際生活的正確英語的能力。

(a)能聽懂教師講的英語。

(b)能運用英語回答教師的問題。

(c)能流暢地朗誦課文並正確地了解意義。

(d)能利用學到的詞彙、慣用語、句型、生活習慣、文化背景等簡明地用口頭與文字表達自己的意思。

(2) 輔導學生閱讀與欣賞當代英文，並鼓勵學生自動閱讀課外讀物以作爲將來進修之基礎。

(3) 利用造句及翻譯(中翻英)等方法，訓練學生寫作簡明英文之能力。

(4) 啓發學生研習國際事務與科技知識之興趣，以促進民族文化之交流，宏揚世界大同之理想。

一九八六年十二月在教育部人文及社會學科教育指導委員會之下成立的高級中學英文學科小組也提出下列兩項做爲高中英文課程的教育目標。

(1) 培養學生聽、說、讀、寫一般英文之能力。

(a)能聽懂與一般事物有關的英語。

(b)能應用淺近的英語與人交談並敍述或解釋一般事物。

(c)能讀懂各種不同體裁與內容的淺近英文讀物並能流暢

地朗誦。

(d)能寫作簡明的英文以表達情意及描寫一般事物。

(2) 激發學生瞭解英語國家社會文化及社交禮儀之興趣，並培養以淺近英文介紹我國社會文化之能力，以促進民族文化之交流。

(二)國中、高中乃至大學的英語教育都逐漸揚棄以往偏重閱讀與翻譯的教學方式，進而重視聽、說、讀、寫四種語言能力的均衡發展。「口語」(spoken language）的「聽說」與「書面語」(written language）的「讀寫」都是人類表情達意的重要工具，在一般社會與日常生活裡使用「聽說」的機會可能比「讀寫」的機會多，而且隨着內外經濟制度的自由化與國際化，使用口語聽說的頻率勢必越來越大。因此，「聽說教學」與「讀寫教學」應該密切配合，相輔相成。「聽說教學」與「讀寫教學」的目標、方法與內容不但不互相衝突，而且聽說能力的訓練等於是爲讀寫能力的培養舖路。學生經由聽說教學訓練聽音、發音、用詞、造句、表意、會意等能力，然後在讀寫教學中學習如何把語音與文字聯繫結合起來培養認字、寫字、用詞、造句、聯句、作文、修辭等能力。良好的聽說訓練必然有助於以後的讀寫教學；因爲正確的單詞發音可以幫助單詞拼法的了解與記憶，正確的停頓與語調也可以方便標點符號的學習與使用，句型與問答等口頭練習更是爲將來的讀寫奠定穩固而扎實的基礎。再加上目前國內各級學校的英語教育都盛行大班教學，老師的工作負擔繁重，書寫練習與批改往往是既費時又費力。相形之下，口頭練習可以全班一齊或分組、分行來做，老師可以在教室裡隨時走動以便「監聽」（monitoring）。如果發現錯誤也可以立卽改正，並另外設計適當的練習來加强記憶與應用。如果國中階段的英語教育能進一步加强聽說的訓練，那麼高中與大學階段的英語教育就可以把教學的重點逐步移到讀寫的訓練來。不過，國內英語教育的現實是國中英語的聽說訓練仍然有待加强，所以高中與大學階段英語教育的聽說訓練仍然不能忽視。

㈢以往的國內英語教學偏重老師單方面的講解，學生在教室裡只有聽講或做筆記之分，很少直接參與教學活動。Leonard Bloomfield 曾經說過："Language learning is over-learning; anything else is of no use（學習語言就是不厭其煩的反覆練習，捨此而外別無他途）"。Charles Fries 也曾經主張：學生在教室裡的練習應該佔整個教學活動百分之八十五以上的時間。「國中英語課程標準」第四實施方法在第壹項規定：「英語教學必須首先設法激發學生學習英語的興趣，讓學生有積極參與練習的機會，使英語眞正成爲表情達意的工具，因而享受學習成功的樂趣」；並且在第叁項規定：「英語教學必須教與學並重，講解與練習兼顧。學生的練習至少應佔整個教學活動一半以上的時間，並且隨年級之增高逐漸加重學生練習的時間」。換句話說，在語言教學的課堂裡，主角應該是學生，老師只不過是配角，充其量也是導演而已。從前來自國外的英語教學專家，參觀國內的英語教學時常做的批評是："They are not teaching English; they are merely talking about English"，而要實際教英語就必須讓學生實際練習英語的方法很多。以口頭練習爲例，從最初級的「以模仿與記憶爲內容」的「仿說記憶練習」(mimicry-memorization drill)與「仿說反覆練習」(imitation-repetition drill)，中級的「純粹以運用爲目標」的「純粹運用練習」(purely manipulative drills)與「主要以運用爲目標」的「運用加溝通練習」(predominantly manipulative drills)，到高級的「主要以溝通爲目標」的「準溝通練習」(predominantly communicative drills)與「純粹以溝通爲目標」的「純粹溝通練習」(purely communicative drills)，不同方式的各種練習不下三十種。這些練習的靈活運用不但可以促進學生積極參與教學活動，並且可以激發學習的興趣與提高學習的效果。這些不同焦點與不同難度的練習，還可以製作成錄音帶練習或電腦輔助教材，以供學生在語言實驗室或在家自修之用。現在幾乎每一所國中、高中以及大專學校都有語言實驗室、視聽教材與電腦教室的設備，如何充分利用這些設備來增加學生的學習時間、提高學習效果、甚至發揮個別輔導的功能，應該是今後各級學校英語教育主要課題之一。

㈣國人過去學習英語，總是以達到 King's English 或 Queen's English 的水準爲目的；無論是發音、用詞、風格都以英美上流社會人士所使用的英語爲標準，因而力求模仿而且務必逼眞。但是二十世紀後半期的英語已經儼然成爲「國際輔助語言」(international auxiliary language)，也就是「地球村」(the global village)裡不同國籍或種族的人士間互相用來傳達信息的共同語言。學習英語既然以不同國籍或種族的人士間之表情達意爲目標，英語教育的重點也就從「絕對的正確」(absolute correctness) 移到「達意」(expressiveness)、「可解」(intelligibility) 與「流利」(fluency) 上面來。例如，Clifford H. Prator 就主張：在初學的階段固然要注意發音、用詞與語法的正確，可是到了某一個階段以後，就應該把重點放在「主動運用」與「表情達意」上面。向外國學生要求像本國人 (native speaker) 說本國語那樣絕對的正確，恐怕是可望而不可卽的目標。在初學語言的過程中，所犯的錯誤一定很多。但是錯誤愈多，改正的機會也愈多，學習的效果也就愈好。但是絕不能因爲嚴於指出錯誤或苛於要求改正而導致學生對於英語產生畏懼之心，甚而對於自己的學習能力失去信心。Charles F. Hocket 與 Max Gorosch 也認爲：成人學習外國語不能要求本國人說本國語那樣純正的發音，而只能要求他們講的話雖然難免帶有些口音，外國人卽能聽得懂。因此，Hocket 對於「良好的發音」所下的定義是："A good pronunciation of a foreign language is one which will not draw the attention of a native speaker of that language away from what we are saying to the way in which we are saying it"。過去的英語教學，過分注重發音、用詞與語法的正確，而忽略了「語言情境」(speech situation)、「上下文」(context) 與「表情達意」(communication) 的重要，不能不說是一大缺憾。今天的英語教育則除了狹義的「語言能力」(linguistic competence) 之訓練以外，還注意到「語用能力」(pragmatic competence) 與「溝通能力」(communicative competence) 的培養，可以說是一大進步。

㈤語文教學是一個有組織、有系統的過程。每一個新的教學單元必須與以前學過的教學單元以及以後即將學習的教學單元融會貫通。每一節課的進度也必須與前幾課的內容相互呼應，不能隨意分化教學的單元、混亂教學的進度。因此，教材的編纂應該是「漸進」（progressive）、「累積」（cumulative）而「反覆」（repetitive）的。所謂「漸進」是指教材與練習的設計要由易到難、由簡到繁，使學生在學習的課程中能按部就班、循序漸進；所謂「累積」是指學習的份量要有計畫地支配，使學生積少成多、脚踏實地地進步；而所謂「反覆」是指教材與練習的編排要有適度的重覆，使學生學習或練習一次以後，仍有複習或再學習的機會。另外，教材與練習的難度要適合學生的程度，課文的內容與社會文化背景也要符合學生的成長背景、生活經驗與社會需要。至於測驗與考試，不但應該避免冷僻艱難的題目，而且更應該避免孤立而呆板的題目(例如單考發音、拼字、單詞解釋或文法錯誤)，因爲這種測驗與考試方式把整個語言分割得支離碎、互不關連，以致於失去了溝通的功能與意義。測驗與考試應該綜合地顧慮到語音、構詞、語法、語意、語用等各種語言要素，因而應該設法要求學生同時運用各種語言能力，藉以符合「綜合測驗」(integrative test) 的原則。一般說來，國內各級學校的英語測驗與考試都偏難而過於瑣碎，並不完全符合綜合測驗的要求。以大學入學考試英文科試題爲例，有一年閱讀測驗的文章是以'prose'(散文)與'verse'(韻文)的區別爲主題，而另一年閱讀測驗的文章是以美國英語老師爲對象談論如何教英語。由於以往大學入學考試英文科試題的偏難，考生成績的高標準與低標準都偏低，以致於失去了入學考試應該具有的「鑑別力」(discriminatory power)。所幸，近幾年來的大學入學考試英文科試題，無論在命題的內容、方式與技巧上都有顯著的進步，考生成績的低標準與高標準也比以往攀升不少，因而過去常發生的「放棄英文，準備其他科目」的現象也大爲減少。最近大學入學考試中心英文科小組針對歷年大學入學考試英文科試題做了有系統的「題目分析」(item analysis)，證實最近幾年的英文科試題在「效度」(validity)、(信度」(reliability) 與「甄別力」方面有明顯的改進。這個小組也在研究英國、美國、日本、韓國、新加坡等各地高中學生的英文程度與大學入學考試英文科試題之後，認爲：以目前國內高中學生的英文程度而言，大學入學考試英文科試題的難度應該以相當於英美小學六年級學生的英文程度爲宜。

語言學的興起與推廣，雖然爲國內的英語教育帶來了以上的良性發展，但是仍然有下面幾個問題值得注意。

㈠國內的英語教育在短短三十年之內，從傳統的「文法翻譯教學法」(Grammar-Translation Method) 經過「直接教學法」(Direct Method) 與「口說教學觀」(Oral Approach) 而演進到「認知教學觀」(Cognitive Approach)、「溝通教學觀」(Communicative Approach)、「功能教學觀」(Functional Approach) 與「自然教學觀」(Natural Approach)。

但是我們應該瞭解：英語教學並沒有「唯一的、可以適用於所有學生的、最好的方法」，因爲每一位英語老師在不同性質的學校、不同年級的教室所教的學生都可能有不同的學習動機、不同的學習能力、不同的學習興趣、不同的學習困難、不同的學習目標。因此，我們應該參酌國內的現實環境與實際需要，對於不同的「教學觀」(approach)與「教學法」(method)採取「折衷主義」(eclecticism)的觀點，不但要比較優劣而捨短取長，並且更要根據國內環境與需要調整適應而加以改進。同時，只懂得接受抽象的「教學觀」與原則性的「教學法」還不夠，必須對於具體而微的「教學技巧」(technique)下一番功夫。從如何訓練聽一個音或發一個音開始，如何介紹或解釋一個生詞或成語的意義與用法，如何練習或運用一個句型或語法要點，到如何用口頭或文字來簡潔有效地表情達意，都必須就實際個別的例子一一加以研究，不斷地實驗、不斷地改進，一直到能夠發現適合於自己學生的程度與需要；也就是能以「最少」的時間使「最多」的學生發揮「最大」效果的教學技巧爲止。因此，如何從「教學觀」與「教學法」的介紹邁進「教學技巧」的研究與改進，應該是今後我國語文教育的重要課題之一。

㈡有些人曾批評：現行國中英語與高中英文的課程標準的規定，偏重「聽說」兩種語言能力的訓練，而忽略「讀寫」兩種語言能力的培養。但是遍覓國中英語與高中英文的課程標準，我們根本找不到這樣的證據。而且，就目前國中英語與高中英文的實際情形而言，「聽說」教學仍然是最弱的一環，使國中與高中英語老師感到最力不從心的也是「聽說」兩種語言能力的培養。影響所及，有不少學生在大學畢業之後還得進入托福英文補習班或英語會話訓練班來接受聽說能力的訓練。其實，强調「聽說」的重要，並不就等於忽略「讀寫」；訓練「聽說」可以說是爲了學習「讀寫」打基礎。學習語言的一般過程是：先了解耳朵所收聽的語言(「聽」)，再用嘴巴說出自己的話(「說」)，然後再從文字中認出自己或別人所講的話(「讀」)，最後纔模仿所讀過的文字來簡潔有效地表達自己的意思(「寫」)。因此，Charles Fries 曾經說過：我們應該練習「說」我們所「聽」過的話，「讀」我們所「說」過的話，「寫」我們所「聽」過、所「說」過、所「讀」過的話。聽說教學的目的，不僅在訓練聽音、發音與會話，同時也在訓練用詞與造句，甚至也在訓練閱讀文章或以文字表情達意的能力。「語音」(sound) 與「文字」(letter) 只是語言兩種不同的面貌；「口語」(spoken language) 與「書面語」(written language) 的區別或差異，也只是相對的，而不是絕對的。國人提倡讀書或學習的方法，一向主張「耳到、口到、眼到、手到、心到」，而「聽說讀寫」「四管齊下」地互相配合正符合這個要求，應該更能達成教學的實際效果。

㈢也有人曾批評：目前的國中英語、高中英文甚至大一英文，無論是教材或考試，都過於簡單容易，因而不足以提昇學生的英文程度。現代一般高中學生與大學學生的英文程度是否眞的像一些人所說那樣不如上一代？這個問題，可能因爲觀點的不同，而有見仁見智的答案。但是如果考慮到上一代的高中與大學教育只能由少數菁英份子來享受，而這一代的高中與大學教育却非常普遍，並比較上一代學生與這一代學生在課業負擔與資訊爆炸下所承受的不同程度的壓力，那麼我們就不敢對這個問題武斷地下定論。語言教學專家對於教材難度與教學進度所提出的建議是：語文教材的難度應該在一般學生的「理解能力」(comprehension ability) 與「模仿能力」(imitation faculty) 所能及的範圍內。如果教材難度遠低於學生的學習能力，那麼語文學習只能算是一種「娛樂」(recreation)；但是如果教材難度遠高於學生的學習能力，那麼語文學習無異是一種「痛苦」(frustration)。許多心理語言學家更根據實際的「臨床實驗」(clinical experiment) 來研究教材難度與教學進度的問題(例如每一個教學單元應該含有多少生詞？每一堂教學活動應該練習多少生詞？)而國內各級學校所採用的教材難度(如每一課課文所包含的生詞總數)與教學進度(如每一堂英文課所介紹的生詞總數)都常超出這些心理語言學家所提出的「最適切」(optimal)的限度。同時，語文教學所應達成的目標不僅是「被動的認識」(passive recognition)，還要透過「主動的運用」(active manipulation) 而達到「自由自在的表情達意」(spontaneous communication)。為了達成這個目標，單是「語言知識」(linguistic knowledge)的傳授還不夠，還要經過不斷的練習與應用來培養「語言技能」(linguistic skill)，最後纔能發展成為習焉不察的「語言習慣」(linguistic habit)。高中與大學的語文教育很容易變成語言知識的傳授，而忽略語言技能與語言習慣的培養，這點不能不注意。另外值得注意的一點是：語言學對於語文教學的貢獻在「初級」（elementary level）與「中級」（intermediate level）的階段中最爲顯著，但在「高級」（advanced level）的階段中則影響較弱。這個現象似乎顯示：目前國內對於語言結構的分析以及語言規律的「條理化」（generalization）所做的努力還不夠。對於許多語言現象或問題仍然無法以簡單明確的規律或原則來說明。結果，學生必須自行暗中摸索，學習的效果也就事倍功半。以往的語文教學，教師常以「只可意會，不可言傳」來逃避向學生做明確的交代或說明。但是，我們有理由相信：無論是「語言能力」、「語用能力」或「溝通能力」，都可以經過語言分析而條理化。因此，「既可意會，必可言傳」應該是今後努力的方向。

㈣另有人批評：國內的英語教學過分注重英美社會文化與風俗習慣的介紹，而完全忽略了我國傳統文化與社會思想的討論。這裡不但牽涉到「教育哲學」（pedagogical philosophy）的問題，更關係到「教學上的優先次序」（pedagogical priority）。語文不能存在於眞空中，而是屬於廣義的「文化」（culture）之一環；任何國家或種族的語文都與這個國家或種族的文化背景、社會形態、生活方式、風俗習慣等息息相關。小者成語典故的意義與用法、「問候語」（greeting）以及「禁忌語」（taboo word）與「語言情境」（speech situation）的關係、「暗喻」（metaphor）與「象徵」（symbolism）的詮釋，大者文章的修辭技巧、篇章的組織結構、作者的風格體裁等等，無一不與這個語文背後的文化形態、傳統思想與風俗習慣有關。就這一點意義而言，在學習英語的同時學習英美社會文化與風俗習慣毋寧是自然而必要的事情。這樣的觀點並不排斥以英語來敍述或討論我國的社會文化與風俗習慣。問題是在學習英語的過程中「什麼時候」以及「怎麼樣」引進這樣的敍述與討論。我個人對這個問題的看法是：在國中階段先奠定「基本英語」（Basic English）的基礎，在高中階段則致力於「一般英語」（General English）的訓練，而在大學階段(特別是英語系與外文系的學生)才推進到「特殊英語」（English for Specific Purpose）的培養或研究。因爲沒有健全的「基礎英語」或「一般英語」做爲基礎，根本無法達成「特殊英語」的目標。英語的基本能力，無論是發音、用詞、造句、會話或作文，都應該在「基本英語」與「一般英語」的階段中訓練或培養；而屬於某一專業或主題的特殊詞彙、句型或文體則可以在「特殊英語」的階段中逐漸建立起來。而且，我們認爲所謂「英語教學的本土化」，其本質不在於如何用英文表達中文裡'饅頭、豆漿、髮禁、教官、升旗典禮'等詞彙。因爲即使把這些中文詞彙翻成英文的'steamed bread, soybean milk, a ban on (growing) long hair, a teacher of military training, a flag-hoisting ceremony'，不熟悉這些中國事物或概念的外國人還是無法眞正了解這些英文所指涉的事物或所含蘊的意義。而且，如果學生在「基本英語」或「一般英語」的階段中已經學會'cream bun, a jam bun, raisin bread, white bread, brown bread; a steam-engine, a steam-kettle, a steam-bath, steam=heat with steam, steamed cake, a steamed towel, a boiled egg, the boiled rice, smothered chicken; mother's milk, breast milk, powder(ed) milk, dry milk, evaporated milk, condensed milk; a parking ban, a press ban, a ban on {luxuries/drinks/exportation/smoking}; a teacher of {English/physical{education/training/exercise}}; a heart-breaking story, a hair-raising experience, a record-breaking attendance, a homecoming hero' 等說法或與此類似的說法，那麼這些學生就很容易在「比照類推」(analogy)之下學習(甚至自己發現)如何表達有關的中國事物或概念。就英語教學的觀點而言，重要的不是用怎麼樣的英語表達中國事物這個「最終結果」(end product)，而是怎麼樣運用英語表達中國事物這個「智力過程」(intellectual process)或「智力訓練」(intellectual exercise)。因爲如果學習英語或英語教學本土化的終極目的是特殊詞彙的介紹或記憶，那麼編一部漢英詞典或專業術語手册就可以輕易地達成這個目的。我們並不反對隨着學生年齡的增高，在英文的課文或上課的討論中逐漸引進中國的文化思想與風俗習慣，但是凡事都應該有輕重緩急之分。英語教育當前的要務是：先爲學生聽說讀寫英語的能力奠定健全而穩固的基礎，然後再訓練學生運用這種英語的能力來談論中國的文化思想與風俗習慣。我們更不反對在大學的通識課程裡開授以英文主講的「中國語文通論」(Introduction to the Chinese Language)，或「中國文化通論」(Introduction to Chinese Culture)，但是並不十分贊成以這些內容做爲「大一英文」(Freshman English)的主要目標。

㈤在國內的語文教育中，受語言學的影響最深，而且教材教法最進步的，恐怕是英語教學。這固然是由於英語是從國中到大學的唯一必修外國語，而且是高中與大學入學考試的必考科目之一；但是與大多數語言學師資都來自英語系或外文系，以及大多數語言學博士學位都獲自美國，應該也有密切的關係。根據黃宣範教授〈從知識社會學看臺灣語言學的本土化〉一文中的統計，在師大英語研究所過去三十年的一百六十二位畢業生中，有十七位爲英語教學碩士，有五十位爲語言學碩士；目前任教於國內各大學或從事研究的四十二位博士中，有三十九位的學位獲自美國，而其餘三位的學位則獲自歐洲。另外，黃教授的文章中也指出，在近二十年來國內語言學碩士論文一百四十三篇中，與英語有關者(包括英語教學、英語句法音韻以及漢英對比分析)共三十篇，而無一篇是以英語以外的外國語爲碩士論文的主題。目前在國內設系或開授的外國語文，除了英語以外，還有德語、法語、西語、日語、韓語、俄語、土耳其語、阿拉伯語等多種。這些外國語在國際社會與經貿關係中的地位會愈來愈重要，連過去無端受人排斥的日語也開始在國立大學設系並在商業學校開授(教育部中甚至有人倡議在國中階段卽開始講授日語)。但是這些外國語的國內師資却相當缺乏，教材教法也急待改進與提昇。教育事業是百年大計，外語師資的培訓並非一日可蹴。如今之計，唯有進一步發展這些外國語的研究所，並積極推進這些外國語研究所與校內外語言學研究所之間的學術交流與合作，藉以提昇師資與教學水平。

至於國內語言學教育的現況、語言學與文學之間的聯繫以及未來的展望，則可以分為下列五點來討論。

㈠如前所述，近代語言學理論與方法，早於四〇年代到五〇年代之間，經由趙元任博士、李方桂博士等先進傳入我國。但是在臺灣則在五〇年代到六〇年代初期之間，由當時在臺大考古系與中文系任教的董同龢教授幾乎是單槍匹馬地開授語言學課程。一九五六年師大首次成立英語研究所，兼收專攻英美語言學與文學的碩士班研究生。但是根據黃宣範教授上述論文中的敍述，師大英語研究所在一九七〇年之前並無眞正專長現代語言學的教授。就是到了一九七〇年，「語言學概論」（Introduction to General Linguistics）正式成為國內各大學英語系或外文系的必修課程以後，一般大學的語言學師資與教學成效仍然不甚理想。由於語言學在當時的臺灣是相當「陌生」（strange）而「玄奧」（esoteric）的學問，而且初次任教的教師在缺乏教學經驗與教學技巧之下無法激發學生的興趣，再加上除了語言學概論之外並無適當的後續課程，因此當年的語言學課程在一般大學的學生之間並不十分賣座。只有在師大英語系裡，由於語言學的師資陣容較為堅强，並有較多的後續課程可供學生選修，所以不但選修語言組的學生超出了選修文學組的學生，而且日後也培養出來不少語言學專才。從七〇年代中期起，國內的語言學師資愈來愈充實，學生對於語言學的興趣也愈來愈旺盛。除了以培養中學師資為宗旨的臺灣師範大學、高雄師範大學、彰化教育大學等英語系的學生對於語言學的學習表現出相當强烈的意願與認同以外，據說政治大學、中央大學等英語系的學生對於語言學的學習風氣也非常旺盛。不過，如果眞正要語言學在國內生根、成長、茁壯，那麼必須把語言學推廣到英語以外的外文系去，甚至要設法讓語言學深入中文系裡面。這樣的倡議並不一定表示語言學家的「本位主義」，因爲語言學確實能爲人文學系的學生在學術專長與將來的出路上面多提供一項「選擇的餘地」(option)。

㈡語言學的興起，以及語言學對於語文教學的影響，逐漸改變了國內英語系與外文系的面貌。在語言學未抬頭之前，「外文系」無異是「外國文學系」的簡稱，課程的規劃與設計大都以文學爲主，語文教學只居於附庸的地位。其實，了解語文與運用語文是學習文學以及語言學的先決條件；沒有語文能力扎實的基礎，就不可能有文學與語言學優美的上層建築。因此，英語系與外文系的課程設計應該從語文能力的訓練與加强開始。至於聽、說、讀、寫四種技能的比重分配與優先次序則由各校根據學生的程度與需要、教師的陣容與專長以及各校的發展特色等做富有彈性的調整。文學、語言學與語文教學雖然分屬於三個不同的專業領域，但是「分屬」並不表示「對抗」或「排斥」；因爲這三門學問都寄生在語言與文字上面形成一種命運共同體。特別是文學與語言學，不但要互相聯繫，而且更要彼此支援。文學與語言學，無論是課程或師資，都必須相輔相成；否則只有兩敗俱傷。語言學在「暗喻」(metaphor)、「象徵」(symbolism)、「風格」(stylistics)、「韻律」(metrics)、「詩學」(poetics)、「言談與篇章分析」(discourse and text analysis) 等方面有相當豐碩的成果，對於文學的研究應該有些貢獻；而文學也可以爲語言學的研究提供有意義的語料與問題。

㈢為了使語言學能普及到英語系以外的外文系與中文系，也為了促進語言學、語文教學與文學之間更加密切的聯繫，今後的語言學教育應該注意「中文化」與「本土化」的問題。語言學（特別是語法理論）的文章，無論是專業性質的論著或啓蒙性質的導論，大都是用外文（特別是英文）撰寫的。而且，文中所使用的術語與概念都相當抽象而複雜，常讓一般讀者感到陌生甚或畏懼。因此，如果要讓語言學在國內生根或普及，第一步要進行的恐怕是語言學論著的「中文化」。我們一方面應該鼓勵國內的語言學家以中文發表論文或演講，並努力把當代語言學的經典之作翻成中文；另一方面也應該鼓勵語言學教師用中文來講解語法理論或與學生討論語言分析。有些人或許認為語言學，特別是英語系的語言學，應該用英文來講解，甚至應該用英文來思考。但是語言學是一門獨立自主的學問，並不依賴或附屬於任何語言而存在。語言學與物理學、化學、生物學等自然科學一樣，屬於「經驗科學」（empirical science）之一環；並且按照研究經驗科學的三項步驟，即「觀察」（observation）、「條理化」（generalization）與「驗證」（verification），步步為營地擬設語法規律或建立理論體系。讀了語言學，無論是用英文或中文上課，並不能保證英語語文能力的提昇。只有把語言學的思考、分析、推理與推論方法應用到英語結構與功能的研究的時候，才能對於英語教學或英語語文能力的培養有所貢獻。因此，主張語言學必須使用以英文撰寫的教科書、必須使用英文來上課或必須運用英文來思考，就如同主張物理學、化學與生物學必須使用以英文撰寫的教科書、必須使用英文來上課或必須運用英文來思考那樣沒有道理。除了語言學的「中文化」以外，我們也應該致力於語言學的「本土化」；也就是說，在課堂上盡量利用漢語的語料與例子來說明語言學的基本概念與重要現象。例如，在「同位語」(allomorph) 的討論中，只用英語或其他印歐語言的例子還不夠，最好能夠再以漢語的「上聲語素」（third-tone morpheme）在另一上聲語素前面出現時要讀陽平爲例來說明所有漢語的上聲語素都有上聲與陽平這兩種「由音韻條件決定的同位語」（phonologically-conditioned allomorph)；並以'不'在'有'前面出現時，要用'沒'爲例來說明'不'與'沒'這兩個「語」(morph）是「由詞彙條件決定的同位語」（morphologically-conditioned allomorph)；更以'一、七、八、不'的「變調」(tone change）來說明「兼由詞彙與音韻條件決定的同位語」(phonologically as well as morphologically conditioned allomorph)。再如，「上聲調」的在「上聲調」前面變成「陽平調」或「半上聲」，「去聲調」的在「去聲調」前面變成「半去聲」，以及在漢語詞彙裡沒有由「合口韻頭」（'u'-medial)與「合口韻尾」（'u'-ending) 合成的詞，而且由「齊齒韻頭」('i'-medial) 與「齊齒韻尾」('i'-ending) 合成的詞也只限於'崖、埄、睚、啀、涯'等少數幾個詞來說明漢語的「異化現象」(dissimilation)。除了基本概念與重要現象的說明，盡量引用漢語的語料與例子以外，有關的練習與作業也應該從漢語的語料中尋找問題。以有關「語素」與「同位語」的區別爲例，表示完成貌的動詞‘有’與詞尾‘了’以及表示數目的‘二’、‘兩’與‘雙’等，究竟是各自獨立的語素，還是共屬同一個語素的同位語？如果是同位語，那麼這些同位語的「互補分佈」（complementary distribution）或「自由變異」（free variation）的情形如何？漢語的語料也不限於北平話，而應該包括各地方言(特別是當地所常用的方言)，好讓學生對於自己的「母語方言」（native dialect）能有深刻的印象與眞正的了解。當然，漢語的討論不限於「共時」（synchronic）與「比較」（comparative）的層面，從古漢語經過中古漢語到現代漢語的「異時演變」(diachronic change)也可以做爲分析討論的對象。另外附帶一提的是，以往國內語言學教材與練習主要以印歐語言(特別是英語、法語、德語、西語與俄語等主要語言)的語料爲上課的題材。但是從漢語的語族淵源與我國的地緣關係而言，日語、韓語、泰語、越語等語言的語料與分析也似乎應該在語言學的研究與教學上佔一席之地。或許有人要問：在英語系或外文系的語言學課程裡討論漢語與鄰近國家的語言有什麼意義與價值？當代語言學的研究與成果告訴我們：當代語法理論的研究重點已不在於「個別語言」（particular language）的描述，而在於人類「自然語言」(natural language）的「普遍特質」（language universals）或「普遍語法」（universal grammar）。應用語言學的研究與成果也告訴我們：母語與外語之間的「對比分析」（contrastive analysis）不但是設計外語教材教法的主要考慮之一，而且是預測與解釋學生錯誤的重要資訊來源。孫志文博士在擔任輔仁大學外語學院院長的時候，曾一再地强調：我國學生如果要學好外國語文，必須先要好好觀察並了解本國語文。對本國語文的深切了解，必能幫助對外國語文的了解；而對多種語文的了解更能培養學生敏銳的「語感」(linguistic intuition)。

㈣其次，我們也該談到語言學的「簡易化」與「實用化」。我們常聽到學生埋怨：語言學太玄奧、太難懂，學了之後又不曉得有什麼用處或派場？徵諸目前國內的語言學教學，這樣的埋怨並非沒有道理。但這並不是語言學本身的罪過，而是教師、教材、教法與教學技巧的問題。國立政治大學的莫建清教授在第九屆全國英語教學研討會上提出了論文〈從語音轉換的觀點談如何記憶英文單字〉，並從「格林法則」（Grimm's Law）談到如何幫助學生了解並記憶英文的單詞。這篇論文可以說是針對「音韻學」（phonology）簡易化與實用化的很好的嘗試。不過，莫教授的論文所採取的是"先談木、再談林、最後談山"的觀點，我現在改從"先談山、再談林、最後談木"的觀點把他論文的內容重新加以組合，並做適當的補充如下：

⑴語音是會演變的。

⑵語音的演變是遵守一定的規律的。

⑶語音演變的規律是「自然合理的」（natural），而有其「發音」（articulation）或「聽音」（perception）上的道理的。

⑷所謂「自然合理」的語音演變或語音演變規律，包括下列幾種：

(i)「同化」(assimilation)：語音與語音在發音「部位」或「方式」上的類同。

(a)「鼻音同化」(nasal assimilation)：例如，英語的鼻音在唇音/p, b/前面讀成/m/、在舌尖音/t, d/前面讀成/n/，在舌根音/k, g/前面讀成/ŋ/；漢語的鼻音也產生同樣的同化現象。

(b)「清濁同化」(voicing assimilation)：例如，英語複數詞尾的'-s'在清音後面讀成/s/(如'cu*ps*')，在濁音後面讀成/z/(如'cub*s*')。

(c)「元音鼻化」(vowel nasalization)：例如，英語的元音在鼻音之前(如'*seen*')或後('*nie*ce')會鼻化；漢語的元音也產生同樣的鼻化現象。

(d)「顎化」(palatalization)：例如，英語裡'*cu*te, *de*w, na*ti*on, fa*ci*al, *ca*t'等的發音，以及從'**k*iri*k*a'到'*ch*ur*ch*'的演變；漢語裡"街、江"等字的閩南音與北平音的差別也是顎化的結果。

(e)「唇化」(labialization)：例如，英語裡'*tw*o', '*qu*ite'等的發音；漢語裡聲母'ㄅ、ㄆ、ㄇ、ㄈ'與韻母'ㄛ'的組合也與唇化有關。

(f)「濁化」(voicing)：例如，英語不重讀的詞首'ex-'出現於元音前面讀成〔ɪgz〕，出現於輔音前面讀成〔ɪks〕，以及印歐語的'u*p*er'在英語變成'o*v*er'。

(g)「清化」(devoicing)：例如，英語裡'h*i*t, sh*i*p'的讀音，日語裡'h*i*totsu, f*u*tatsu'的讀音，以

及德語裡/b, d, g/之在詞尾讀成/p, t, k/。

(ii)「弱化」(weakening; lenition)與「强化」(strengthening)

(a)「輔音弱化」(consonantal weakening):從送氣塞音到不送氣塞音,從清塞音到濁塞音,從塞音到塞擦音或擦音,從擦音到流音、滑音或喉音等的演變趨勢;例如,「格林法則」(/bh→v, bh→b, p→f/與/p→pf→f/),以及英語裡'li*p*'與'la*b*ial'、'pa*t*ernal'與'fa*th*er'、'mo*b*ile'與'mo*v*e'、'*v*oluntary'與'*w*illing'、'*v*ine'與'*w*ine'、'*t*reble'與'*th*ree'等的對應。

(b)「輔音强化」(consonantal strengthening):與「輔音弱化」正好相反的演變趨勢;例如,英語裡'*f*ragment'與'*b*reak'、'*f*renzy'與'*b*rain'、'in*f*late'與'*b*low'等的對應;以及漢語裡從「切韻」到「廣韻」的演變(/m→b→p/)。

經過這樣的整理、說明與舉例,學生不難了解形成英語詞彙兩大來源的「固有詞彙」(native vocabulary; Anglo-Saxon words)與「外來詞彙」(foreign vocabulary; words of Latin, Greek and French origins),以及這兩種詞彙之間因「格林法則」所引起的語音演變與拼字變化。正如莫教授所主張,經過「簡易化」與「實用化」的語言學,可以使語文教學「趣味化」與「生動化」。

㈤最後談到語言學的「專業化」與「多元化」。語言學的研究與教學有其理論上嚴肅的一面，但是也有其應用上輕鬆的一面。許多人只看到理論語言學嚴肅的一面，却錯過了應用語言學輕鬆有趣且有實用價值的一面。以語法學為例，理論語法學研究的領域不再侷限於「句子語法」（sentence grammar）；一方面往下鑽入「詞法」（word-syntax），一方面往外擴張到「言談語法」（discourse grammar）與「篇章分析」（text analysis）。而應用語言學則除了對外語教學、「華語教學」（teaching Chinese to foreign students）、測驗理論、辭典編纂、口譯筆譯、作文修辭、風格體裁等各方面的教學與研究工作繼續做出貢獻以外，已經開始與現代科技相結合而邁入「語音合成」（speech synthesis）、「機器翻譯」（machine translation）與「人工智慧」（artificial intelligence）等研究領域。就當前國內的人才市場而言，語言學的研究專才仍然是供不應求。因此，中央研究院資訊所的謝淸俊教授曾經說過：就資訊所的研究領域而言，語言學的人才比資訊科學的人才更難求。威權時期的結束，為國內學術界帶來了「自由化」、「民主化」、「多元化」與「本土化」的新風氣。今後語文教育的課程設計，不能單方面地從教師的專業背景或主觀評價來着想，還要謹愼考慮學生的性向志趣與現實社會的需要。系所主管與教育當局商討課程設計之前，必須與系所全體同仁密切磋商，彙集正反兩方面的意見往上峯反映。不同專長與研究領域的同仁應該互相尊重，彼此合作，盡量消弭「行溝」（professional gap）的存在。在校學生與畢業校友有關課程內容或聘請師資的意見與建議，例如文學與語言學之間以及必修科目與選修科目之間的選擇取向、師資的選派與科目的增設等問題，也應該利用面談或問卷調查等管道來讓他們有充分表達的機會。另一方面，爲了教師的專業化，不但學校的圖書設備必須加倍充實，而且教師應該有充分進修的機會。今年二月間在墾丁舉辦的第一屆全國大學英語文教育檢討會議中，語言學組同仁曾針對課程規劃與師生進修分別提出下列兩點建議：

⑴「語言學概論」或「英語語言學導論」確實需要列爲共同必修科目。設立共同必修科目的意義在於：承認該科目確實是日後學習其他科目不可或缺的基礎學科，因而不容許各大學或系所主管個人主觀的好惡而有所改易。至於其他科目，則完全授權各校由系所內部同仁以全體合議的方式來決定必選或選修以及學分與時數的多寡等問題。與會同仁所建議的語言學後續課程還有「英語語言史」、「對比語言學」、「英漢對比分析」、「語言教學的理論與實際」、「語言與人生」等，並且相信這些課程的開設對於提昇學生的語文能力與文學造詣以及他們將來在國內外的進修與就業有莫大的幫助。

⑵除了開設系內語言學課程以外，還可以考慮「校內跨系」（intramural interdisciplinary）語言學課程甚至「校外跨校」（intermural）語言學課程的開設。由於各校語言學師資與專長的不均衡，學生跨校選讀語言學課程的權益應該受到保障。又爲了使語言學的教學過程生動活潑且能激發學生的思考分析，最好能定期舉辦語言學課程的「工作營」（workshop），好讓大家有

觀摩、學習與交換經驗心得的機會。教育部也應該鼓勵語言學教授利用休假期間前往外校擔任客座教授，以符合「人」盡其才、「知」暢其流的目的。

* 本文原應邀於1992年6月17至18日在國立臺灣大學文學院舉辦的「大學人文教學研討會」上以專題演講的方式發表，並刊載於《大學人文教育教學研討會論文集》81頁至98頁。

參考文獻

DeCamp, D. (1965) 'The Training of English Teachers in the Far East', Language Learning, 15:119-127.

黃宣範 (1991)〈從知識社會學看臺灣語言學的本土化〉，香港語言學會「華語社會中的語言學教學研討會」。

莫建清 (1992)〈從語音轉換的觀點談如何記憶英文單字〉，中興大學「第九屆全國英語教學研討會」。

湯廷池 (1991)〈漢語語法研究的回顧與展望：兼談當代語法學的本土化〉，香港語言學會「華語社會中的語言教學研討會」。

湯廷池 (1992a)〈第一屆全國大學英語文教育檢討會議語言學組綜合報告〉。

湯廷池 (1992b)〈語言教學、語言分析與語法理論〉，中興大學「第九屆全國英語文教學研討會」。

湯廷池 (1992c)〈高中英語教學：回顧與展望〉。

參 考 文 獻

DeCamp, D. (1965) "The Training of English Teachers in the Far East', Language Learning, 15:119-127.

[illegible] (1990) [illegible]

[illegible] (1992) [illegible]

[illegible] (1991) [illegible]

[illegible] (1992a) [illegible]

[illegible] (1992b) [illegible]

[illegible] (1992c) [illegible]

國立中央圖書館出版品預行編目資料

英語認知語法：結構、意義與功用／湯廷池著.--初版.
--臺北市：臺灣學生，民81-83
冊；　　公分.--(語言教學叢書；9-10)
參考書目：面
ISBN 957-15-0439-4（中集：精裝）
ISBN 957-15-0440-8（中集：平裝）
ISBN 957-15-0638-9（下集：精裝）
ISBN 957-15-0639-7（下集：平裝）
1.英國語言
805.1　　81004723

英認認知語法·結構、意義與功用
（下集）

著作者：湯廷池
出版者：臺灣學生書局
本書局登記證字號：行政院新聞局局版臺業字第一一〇〇號
發行人：丁文治
發行所：臺灣學生書局
臺北市和平東路一段一九八號
郵政劃撥帳號00024668
電　話：3634156
FAX：(02) 3636334
印刷所：淵明印刷公司
地　址：永和市成功路一段43巷五號
電　話：9287145

定價 精裝新臺幣四一〇元
平裝新臺幣三五〇元

中華民國八十三年八月初版

80507-3

ISBN 957-15-0638-9（精裝）
ISBN 957-15-0639-7（平裝）

現代語言學論叢書目

甲類① 湯 廷 池著：國語變形語法研究第一集：移位變形
② 鄭 良 偉 鄭謝淑娟著：臺灣福建話的語音結構及標音法
③ 湯 廷 池著：英語教學論集
④ 孫 志 文著：語文教學改革芻議
⑤ 湯 廷 池著：國語語法研究論集
⑥ 鄭 良 偉著：臺語與國語字音對應規律的研究
⑦ 董 昭 輝著：從「現在完成式」談起
⑧ 鄧 守 信著：漢語及物性關係的語意研究
⑨ 溫 知 新 楊 福 綿編：中國語言學名詞滙編
⑩ 薛 鳳 生著：國語音系解析
⑪ 鄭 良 偉著：從國語看臺語的發音
⑫ 湯 廷 池著：漢語詞法句法論集
⑬ 湯 廷 池著：漢語詞法句法續集
⑭ 石 毓 智著：肯定和否定的對稱與不對稱
⑮ 湯 廷 池著：漢語詞法句法三集
⑯ 湯 廷 池著：漢語詞法句法四集
⑰ 葉斯泊森著 傅一勤譯：語法哲學
⑱ 湯 廷 池著：漢語詞法句法五集

乙類① 鄧 守 信著：漢語主賓位的語意研究(英文本)
② 溫知新等十七人著：中國語言學會議論集(英文本)
③ 曹 逢 甫著：主題在國語中的功能研究(英文本)
④ 湯廷池等十八人著：1979年亞太地區語言教學研討會論集
⑤ 莫 建 清著：立陶宛語語法試論(英文本)

語文教學叢書編輯委員會